LENA HÄFERMANN

Weserblick und Bücherträume

Alles auf Anfang Die 39-jährige Frieda kehrt ihrem Leben in Stockholm den Rücken. Sie hat nicht nur ihren Mann nach dessen Affäre verlassen, sondern muss sich auch eingestehen, dass ihr großer Traum, als Autorin in Schweden Fuß zu fassen, gescheitert ist. Jetzt sitzt sie wieder im Dachgeschoss ihrer Eltern – großartig. Auf der Suche nach einem Neuanfang in ihrer Heimat Bremen stolpert sie in eine alte Buchhandlung, die so ruiniert ist wie Friedas Chancen auf ein Happy End. Doch dann entdeckt sie zwischen verstaubten Regalen ein Manuskript voller Geheimnisse. Gemeinsam mit ihren Freundinnen macht sie sich auf die Suche nach dem verschollenen Autor – und stößt dabei auf eine große Liebesgeschichte aus den 70er-Jahren. Frieda beginnt sich zu fragen, ob auch ihre eigene Zukunft noch umgeschrieben werden kann. Plötzlich steht ihre erste große Liebe Tom vor ihr und die Gefühle flammen wieder auf. Doch sind die Träume von damals noch die richtigen – und ist es wirklich so einfach, noch einmal von vorne anzufangen?

© privat

Lena Häfermann lebt und arbeitet mit kurzen Unterbrechungen seit 20 Jahren in Bremen. Nach ihrem Studium der Kulturwissenschaft war sie in verschiedenen Agenturen und Verlagen in Bremen, Hannover und Frankfurt am Main als Werbetexterin und Redakteurin tätig. Mittlerweile arbeitet sie als freie Autorin und Texterin. Vor rund zehn Jahren ist ihr erster Reiseführer erschienen. Es folgten weitere Reisebücher, ein Quiz sowie Inselromane und Bremen-Krimis.

LENA HÄFERMANN

Weserblick und Bücherträume

ROMAN

GMEINER

Bei Fragen zur Produktsicherheit gemäß der Verordnung über die allgemeine Produktsicherheit (GPSR) wenden Sie sich bitte an den Verlag.

Im Ehnried 5, 88605 Meßkirch
Telefon 07575/2095-0
info@gmeiner-verlag.de

1. Auflage 2025

Satz: Mirjam Hecht
Umschlaggestaltung: U.O.R.G. Lutz Eberle, Stuttgart
unter Verwendung eines Fotos von: © Schroptschop / iStock.com
Druck: GGP Media GmbH, Pößneck
Printed in Germany
ISBN 978-3-8392-0879-3

Personen und Handlung sind frei erfunden. Ähnlichkeiten mit lebenden oder toten Personen sind rein zufällig und nicht beabsichtigt.

Prolog

In Bremen gibt es einen Brauch: Wer die Stadt verlässt, spuckt einmal kräftig in die Weser. Egal, wo es einen hinverschlägt. In die weite Welt oder nur nach Hamburg. Wer wegzieht – freiwillig, gezwungenermaßen oder der Liebe wegen, was beides zugleich sein kann –, lehnt sich über das Brückengeländer und spuckt. Dann, so wollen es Brauchtum und Schicksal, kehrt er gewiss wieder zurück. Die meisten folgen dem Brauch wohl in einem Anflug von Heimweh, auch wenn sie noch gar nicht weg sind. Aus Angst davor, sich bald nach einem Zuhause zu sehnen, das jetzt vielleicht gerade noch oder auch schon gar nicht mehr Bremen ist. Doch wer das tut, sollte es sich gut überlegen, denn manche Wünsche gehen schließlich in Erfüllung.

*

Im feinen Nieselregen, der unabhängig von der Jahreszeit typisch für ihre Heimat war, verharrte Frieda am Geländer der großen Brücke, eine von jenen, die Alt- und Neustadt verbanden, und schaute betrübt hinunter. Die Weser war heute sommerlich dunkelgrau. Sie schäumte hier und da, was, wie ihr einmal jemand erklärt hatte, vom flussaufwärts gelegenen Weserwehr herrührte. In den weiß aufblitzenden Schaumkronen ließen sich fliegende Elefanten, kopfüber fahrende Busse und tanzende Dinos erkennen, wenn man genau hinschaute. Wie früher als Kind, wenn man während einer langen Reise im Auto die Wolken beobachtete und sich die Zeit mit bloßer Fantasie vertrieb. Heute erkannte Frieda nichts in der Gischt. Kein Fabelwesen. Keine Blumen. Gar nichts. Sie sah nur wilden Schaum ohne jegliche Bedeutung. In diesen Tagen war die Leere ein ständiger Begleiter ihres Daseins. Sie seufzte theatralisch und erinnerte sich an jenen Abend vor gut 15 Jahren, als sie das letzte Mal so bewusst auf die Weser geschaut hatte. Wie jung sie gewesen waren! Anfang 20 und überzeugt, dass die Welt nur darauf wartete, sich ihnen zu zeigen. Bereit, sich in das Abenteuer zu stürzen, das sich Leben nannte. Hoch und heilig hatten sie einander geschworen, bloß nicht zu schnell sesshaft zu werden. Die Langeweile, die mit Verpflichtungen jeglicher Art einherging, sollte so lange wie möglich warten. Sie wollten nicht heiraten, bis sie mindestens Mitte 30 wären. Hier hatte sie schon auf ganzer Linie versagt, stellte Frieda fest. Bereits mit Ende 20 hatte sie ihrem Jonathan das Ja-Wort gegeben, das er knapp 10 Jahre später gegen ein »Ach, lieber doch nicht« eingetauscht hatte.

Die Freundinnen hatten außerdem versprochen, sich immer für ein Abenteuer bereitzuhalten. Das Leben einfach zu nehmen, wie es kam. Wenig zu zaudern, selten zu zögern. Trotzig schaute Frieda sich um. In Bremen, ihrer neuen alten Heimat. Sie war nicht geblieben. Nicht hier und nicht dort. Sesshaft war sie also nicht geworden. Als sie weggezogen war, hatte sie nicht gezögert. Bei ihrer Rückkehr etwas mehr. Ihre Gedanken wanderten zu den Freundinnen von damals: der schönen Marike mit den wallenden dunklen Locken, dem breiten Lächeln und der Lebensfreude, die jeden ansteckte, der sie traf. Der zierlichen Hanna. Klein und drahtig mit Bubikopf, weil sie so viel Sport machte, dass eine Langhaarfrisur sie bloß gestört hätte. Noch heute trug sie ihr Haar so. Wegen des Sports, den sie immer noch regelmäßig trieb, aber auch, weil sie inzwischen Mutter geworden war und selten Zeit für aufwendige Stylings hatte. Die geheimnisvolle Kira hatte die Runde komplettiert. Sie war erst in der Oberstufe auf ihre Schule gekommen. Die vier hatten einander sofort gemocht. Es war, als hätte ein unsichtbares Band sie zusammengeführt. Kira war klug. Wollte immer alles ganz genau wissen. Sie war die Bodenständige unter ihnen. Immer bedächtig. Nachdenklich. Daher umwehte sie stets ein Hauch von Rätsel. Sie hatte Anwältin werden oder in die Politik gehen wollen. Letzteres hatte sie verwirklicht. Senatorin in der Bremer Bürgerschaft. Außenstehende mochten denken, ihr Privatleben wäre dabei auf der Strecke geblieben, doch Kira führte genau das Leben, das sie sich gewünscht hatte. Und wenn jemand, der sie nicht kannte, Mitleid mit ihr hatte, weil sie weder Ehemann noch Kinder vorweisen konnte, war ihr das herzlich egal.

An jenem Abend, an den sie sich nun erinnerte, hatten sie gefeiert, dass sie, Frieda Papendiek, als Autorin durchstarten würde. Nach einem internationalen

Kurzgeschichtenwettbewerb war ein kleiner schwedischer Verlag auf sie aufmerksam geworden und hatte sie ermutigt, aus der eingereichten Geschichte einen Roman zu entwickeln. Mit dem Exposé sollte sie sich für ein Stipendium in Stockholm bewerben, das der Verlag gemeinsam mit einem lokalen Literaturverband organisierte. Das Stipendium beinhaltete den Aufenthalt in Schweden samt einem kleinen Taschengeld für den Lebensunterhalt sowie die anschließende Veröffentlichung ihres Romans mit gezielten Marketingmaßnahmen, die den Erfolg des Buches sichern sollten. Die Bewerbung sei reine Formsache, so wurde es ihr erklärt, und doch hatte Frieda ihr Glück kaum fassen können, als sie bald darauf die Zusage in den Händen hielt. Ein Jahr lang schreiben und gelegentlich den Medien Rede und Antwort stehen und auf öffentlichen Veranstaltungen über ihre Erfahrungen als erste Teilnehmerin des deutsch-schwedischen Literatur-Stipendiums berichten. Im Austausch für Frieda war Lili aus Stockholm nach Worpswede gezogen, um hier in der Ruhe der Natur und umgeben von den vielen anderen Künstlern, die im Ort lebten, ebenfalls an ihrem neuen Werk zu schreiben. Aus Lili war tatsächlich eine berühmte Autorin geworden. Sie hatte sich von ihrem ursprünglichen Genre, Romanen mit literarischem Anspruch, mit dem man zwar Wettbewerbe gewinnen, aber schwerlich Geld verdienen konnte, abgewendet und verfasste nun die »Mittsommer-Morde«, ähnlich den Liebesgeschichten an Schwedens Küsten, die im Zweiten Deutschen Fernsehen so beliebt waren. Nur eben mit Mord statt mit Liebe. Diese Stoffe funktionierten, was Frieda, vor allem beim Gedanken an ihren baldigen Ex-Mann, gut verstehen konnte.

Über Jonathan wollte sie jetzt aber nicht weiter nachgrübeln. Lieber dachte sie an ihre Freundinnen und ihren Abschied aus Bremen zurück. Weit nach Mitternacht waren sie damals kreischend aus dem »Modernes«, ihrer Lieblingsdisco, gekommen. Es war Frühsommer gewesen, jene wunderbare Zeit, in der es spät dunkel und früh wieder hell wurde. Wenn die Nacht kaum angekommen war, ehe sie wieder losmusste, und die Vögel morgens um vier Uhr bei den ersten Anzeichen der Dämmerung zu zwitschern anfingen. Frieda liebte diese Wochen im Jahr. Damals wie heute. Sie brachten ein Gefühl von Neuanfang mit sich. Von »Alles ist möglich«. Oder hatten sie sich damals so frei gefühlt, weil sie gerade Abi gemacht hatten? Das Leben schien in seiner ganzen Bandbreite vor ihnen zu liegen, sie hatten nur zugreifen müssen.

Jedenfalls waren sie kichernd und beschwipst vom Club losgezogen, um einen allerletzten Absacker zu trinken. Einen Schlummerschluck, wie sie es nannten. Sie schwankten und liefen in Schlangenlinien, wie das eben so war, wenn vier Freundinnen um drei Uhr früh durch die Straßen schlenderten und versuchten, sich gegenseitig festzuhalten.

»Halt!«, rief Marike plötzlich, als sie die Brücke in die Altstadt überquerten. Sie blieb so abrupt stehen, dass sie aufeinanderprallten, was große Heiterkeit auslöste. »Frieda«, begann Marike feierlich, nachdem sie sich beruhigt hatten, »wir sind unendlich stolz auf dich. Das weißt du. Das haben wir heute Abend schon oft gesagt. Aber so sehr wir dir alles Glück und noch viel mehr wünschen und hoffen, dass du als gefeierte Schriftstellerin die Welt eroberst, nach New York ziehst und keine Zeit mehr findest, nach Bremen zu kommen, möchten wir dich irgendwann wieder in die Arme schließen. Würdest du uns die Ehre erweisen …?« Sie zeigte bedeutungsvoll auf die dunkle Weser unter der Brücke.

»Natürlich.« Frieda wusste sofort, worauf Marike anspielte.

»Wir tun es alle«, sagte Kira bestimmt. »Vorsorglich für das, was die Zukunft für uns bereithält. Man weiß ja nie.«

Die Freundinnen hatten zugestimmt, plötzlich mit ernstem Gesicht, weil die Situation ein gewisses Maß an Pathos erforderte. Gemeinsam waren sie an das Geländer getreten. Sie hatten sich an der Balustrade festgehalten, weit nach hinten gelehnt, Flüssigkeit in ihrem Mund aufgestaut und sich gleichzeitig wieder nach vorne gebeugt, um dem Schicksal einen Startschuss zu geben.

Warum hatte sie damals bloß in die Weser gespuckt?

Kapitel 1

Wer schon einmal mit Ende 30 auf sein Leben zurückgeblickt hatte, um festzustellen, dass es einem Scherbenhaufen glich, verstand vielleicht, wie Frieda sich fühlte, als sie mit Sack und Pack wieder bei ihren Eltern einzog. Als sie die knarrende und durch den Zahn der Zeit etwas schief gewordene Holztür zum Windfang in dem Altbremer Haus öffnete und sie eine kühle Frische empfing. Alles wirkte so vertraut, als wären nicht 20 Jahre, sondern höchstens ein paar Wochen vergangen, seitdem sie diese Tür jeden Mittag nach der Schule und jeden Abend nach den Treffen mit ihren Freundinnen geöffnet hatte. Manchmal auch spät nachts, um sich leise nach oben zu schleichen, was in einem hundert Jahre alten Haus, in dem es in allen Ecken knarzte und quietschte, kaum möglich war.

Frieda hatte gerade die zweite Tür zum dunklen Treppenhaus aufgeschlossen, die Tasche etwas umständlich durch den schmalen Eingang gezerrt und stand nun mit hängenden Schultern da. Ihre Eltern waren ausgeflogen. Seit sie Rentner waren, hatten sie, wie sich das für diesen Lebensabschnitt gehörte, ständig etwas vor: Museumsbesuche, Ausflüge nach Bremen-Nord und nach Worpswede, Einkaufen, die Enkel besuchen, und, und, und. Irgendetwas stand immer an. Frieda war froh darüber. Sowieso, weil es den beiden gut ging, sie zufrieden waren, viel Zeit miteinander verbrachten und sie sich so aktiv durchs Leben bewegten, als wären sie nicht Ende 60, sondern erst Anfang 50. Aber heute war sie besonders erleichtert, allein zu sein. Sie brauchte diesen Moment, um anzukommen. Ohne Fragen, wie die Reise gewesen war. Wie es ihr nun ging, so ohne Mann und ohne Job. Ohne das sorgenvolle Gesicht ihrer Mutter, die sich fragte, was sie mit ihrer jüngsten Tochter bloß anstellen sollte. Friedas ältere Schwester Annemarie war glücklich verheiratet, hatte zwei entzückende Mädchen und lebte auf einem anwesenähnlichen Hof im Bremer Norden. Sie arbeitete als Anästhesistin in der dortigen Klinik und schaffte es scheinbar spielend, alles unter einen Hut zu bekommen. Ehefrau, Ärztin, Mutter – perfekt und alles, was Frieda nicht war. Oder besser: nicht mehr war. Verheiratet war sie schließlich auch gewesen. War es sogar noch. Nur eben mittlerweile getrennt lebend, weil sich Jonathan dafür entschieden hatte, mit seiner Assistentin ein Kind zu bekommen und es gemeinsam mit ihr großzuziehen. Vielleicht würde sie ihm eines Tages sogar dafür Respekt zollen, dass er sich nicht einfach aus der Verantwortung stahl. Mit Frieda hatte er keine Kinder bekommen können. Es hatte eine Zeit in ihrem Leben gegeben, in der sie darüber verzweifelt und unglücklich gewesen war. Sie hatte sich Kinder, eine eigene kleine Familie, gewünscht. Anders als bei einigen ihrer Freundinnen, die schon zu Schulzeiten davon geschwärmt hatten, war das bei Frieda nicht immer so gewesen, aber auch für sie hatte es irgendwie zu ihrer Vorstellung vom Leben dazugehört. Eigentlich. Doch es hatte nicht klappen wollen. Nach vielen Monaten der Unsicherheit hatten Jonathan und sie eine Klinik besucht, in der nach ein paar Untersuchungen das traurige Ergebnis festgestanden hatte: empfängnisunfähig.

Jetzt schüttelte sie den Kopf, als wollte sie sich daran erinnern, dass es nichts brachte, sich mit Sorgen aus der Vergangenheit zu belasten. Sie hatte schließlich neue. Sie war 39 und im Begriff, wieder bei ihren Eltern einzuziehen, weil sie arbeitslos und pleite war und nicht wusste, wohin.

Sie schaute nach oben durch das Treppenhaus, durch das ein heller Lichtstrahl fiel. Wie um ihr den Weg zu weisen. Sie musste angesichts der dramatischen Formulierung, die sich in ihrem Kopf zusammengesetzt hatte, selbst grinsen. So war das eben manchmal als Autorin. Auch als minder erfolgreiche. Die Sätze formierten sich wie von selbst und beschrieben Szenen in ihrem Leben, als würden sie in einem Buch stehen.

Frieda hatte Glück im Unglück gehabt: Die Zwei-Zimmer-Dachgeschosswohnung, die ihre Eltern sonst an Studierende vermieteten, war zufälligerweise gerade frei geworden, und so konnte sich Frieda dort einrichten. Sie schleppte ihr Gepäck nach oben, öffnete die Tür, die nie abgeschlossen war, und begutachtete die beiden Räume, die sie früher mit ihrer Schwester geteilt hatte: zwei etwa gleich große, weiß gestrichene Zimmer mit Parkett, ein weiß gefliestes Badezimmer mit Badewanne und eine geräumige, voll ausgestattete Küche. Kein Balkon. Aber sie konnte natürlich jederzeit den

Garten oder den Balkon ihrer Eltern benutzen. Frieda seufzte, während sie durch die Wohnung streifte. Die Koffer ließ sie im Flur stehen.

Zwei Zimmer, Küche, Bad. Wie eine Studentin. Was sich damals wie der Inbegriff der Freiheit angefühlt hatte, kam ihr jetzt klein und eng vor. Vor allem in Anbetracht der Tatsache, dass sie in Stockholm mit Jonathan in den letzten Jahren in einer Vier-Zimmer-Penthousewohnung gelebt hatte. In die jetzt ohne Übergang Astrid eingezogen war, ihren makellosen Körper auf der Dachterrasse bräunte und abends in der noblen Küche sicher ein Salätchen für sich und ein Steak für Jonathan zubereitete. Astrid als übertrieben naives Dummchen darzustellen, deren einziger Lebenssinn darin bestand, für ihren Mann zu sorgen, war nicht fair, das wusste Frieda. Aber sie musste zugeben: Die Vorstellung, dass der traumhafte Körper ihrer Nachfolgerin bald für eine Weile Vergangenheit wäre, munterte sie auf. Vielleicht bekam sie Mehrlinge und die Haut würde durch das gewaltige Anschwellen reißen.

Frieda, ermahnte sie sich dann, *derlei Fantasien helfen niemandem. Und dir schon gar nicht. Die einzige Person, die deine Wut verdient hat, ist Jonathan. Was kann Astrid schon dafür, dass sie sich in Jonathan verliebt hatte? Dir ist es schließlich auch mal so ergangen.* Sie würde ja ohnehin nie erfahren, wie Astrids Bauch sich entwickelte. Schließlich hatte sie nicht vor, den beiden irgendwann einen Besuch abzustatten. Einer der Vorteile einer deutsch-schwedischen Ehe war: Wenn sie zerbrach, konnte man sich sehr gut aus dem Weg gehen.

Sie betrat das Wohnzimmer, öffnete das Fenster und sah auf die Wohnstraße hinaus. Vom kleinen Markt hörte sie Stimmen, hin und wieder fuhr ein Bus auf der nahen, belebten Straße vorbei oder ein Auto hupte. Es war nicht sonderlich viel los im Viertel. Über der Stadt hing Schwüle. Es war Mittwochnachmittag in den Sommerferien, und nach dem Nieselregen am Vormittag schien nun die Sonne. Frieda ließ sich auf das Sofa fallen, das ihre Eltern ihr besorgt hatten, und sah sich um. Neben der Couch gab es einen kleinen Tisch und eine Kommode, auf die sie einen Fernseher stellen konnte. Sogar ein Bild, das die Weser bei Sonnenuntergang zeigte, hing schon an der Wand. Ihre Mutter wollte wohl, dass sie sich heimisch und willkommen fühlte und nicht wie jemand auf Durchreise, der kein Zuhause hatte. Das rührte Frieda. Sie zog ihr Handy aus der Tasche, um eine Dankesnachricht in die Familiengruppe zu schicken, hielt dann aber inne. Zwar wusste ihre Schwester längst, dass Frieda nach Bremen zurückgekehrt war – es gab keinen Grund, es ihr zu verschweigen –, aber sie wollte ihr Elend trotzdem nicht vor ihrer perfekten Schwester ausbreiten. Also schickte sie ihrer Mutter im persönlichen Chat einen Dank mit lieben Grüßen an ihren Vater. Nach einem weiteren Moment des Innehaltens beschloss sie, ihr weniges Gepäck aus dem Mietwagen zu holen und auszupacken. Leider hatte sie keine Möbel aus Schweden mitgebracht. Im ersten Schockmoment der Trennung hatte sie von alldem nie wieder etwas sehen wollen. Ihren Mann nicht. Und ihre Möbel auch nicht. Jetzt fragte sie sich, ob das richtig gewesen war. Ein Stück Heimat in dem neuen alten Zuhause hätte ihr vielleicht geholfen, sich schneller einzuleben. Ein bekanntes Schränkchen, der Schaukelstuhl, in dem sie morgens gern den ersten Kaffee getrunken hatte, der flauschige Teppich vor ihrem Bett. Wieder entfuhr ihr ein Seufzer. Nein, es war gut so. Sie brauchte einen Reset.

Und sie würde einen neuen Schaukelstuhl besorgen, in dem sie morgens ihren Kaffee trinken könnte.

Kapitel 2

Früher hatten sie kaum einen Tag ohneeinander verbracht. Doch in den letzten Jahren war Friedas Freundschaft zu Marike, Kira und Hanna eingeschlafen. Mit ihrem Umzug nach Schweden und dem schillernden Leben, das sie dort begonnen hatte, war es ihr irgendwann schwergefallen, die Verbindung aufrechtzuerhalten. Es war mühselig geworden, Termine für Besuche zu finden oder wenigstens mal ein Telefonat einzuschieben. Oft hatte sie das Gefühl, wieder von vorne anfangen zu müssen, wenn sie etwas erzählen wollte. Immer wieder überkam sie die Sehnsucht nach ihren Freundinnen und die Wehmut darüber, etwas zu verpassen.

Früher waren die Mädels für Frieda das Wichtigste auf der Welt gewesen. Keinem Mann war es damals gelungen, die Hauptrolle in einem ihrer Leben einzunehmen. Besonders Karsten, Hannas Mann, hatte es anfangs ganz schön schwer gehabt. Er war so sehr in Hanna verliebt gewesen, dass er sie am liebsten immer um sich gehabt hätte. Das hatte zu einigen heftigen Streits und Beinahe-Trennungen geführt, bis er endlich verstanden hatte, wie eng die Freundschaft der vier Frauen war und dass ihm nichts anderes übrig blieb, als das zu akzeptieren. Als die beiden eine Familie gründeten, legte sich der Wunsch nach ständiger Zweisamkeit bei ihm dann sowieso.

Marike zog, damals wie heute, wechselnde Bekanntschaften einer festen Beziehung vor, sodass die Eifersucht eines Partners auf ihre Freundinnen selten ein Thema war. Frieda war lange Zeit sehr unglücklich verliebt gewesen. Für einen anderen Mann hatte sie keinen Kopf gehabt. Oder besser: kein Herz. Kira datete, als sie Anfang 20 waren, einen deutlich älteren Mann, der Freiraum genauso schätzte wie sie selbst. Er lud sie ins Restaurant oder ins Theater ein, an ihren Freundinnen zeigte er nur wenig Interesse, und Kira war das eigentlich auch ganz recht so. Ihre gemeinsamen Abende beschränkten sich auf etwa einen pro Woche. Die Beziehung ging in die Brüche, als Sven zu seiner Frau zurückkehrte.

»Friiieda! Ich werde verrückt!« Marike kreischte durch das kleine Café, in dem Frieda und sie sich verabredet hatten. Es befand sich direkt neben Marikes Werkstatt im Altstadtviertel Schnoor. Sie lief auf Frieda zu und nahm sie fest in den Arm, während Frieda, die aufgestanden war, Mühe hatte, nicht das Gleichgewicht zu verlieren.

»Marike«, sagte sie etwas leiser, aber nicht weniger erfreut. »Schön, dich zu sehen!« Sie befreite sich aus der Umarmung, um ihre Freundin zu begutachten. Sie sah noch immer großartig aus, wie früher. Etwas älter geworden, klar, aber mit dem gleichen strahlenden Lächeln auf den knallrot geschminkten Lippen. Die dunklen Locken, von wenigen silbrigen Fäden durchzogen, hielt sie mit einem halben Zopf am Hinterkopf zusammen. Sie trug ein rotes Sommerkleid, das ihr großartig stand.

»Wie lange haben wir uns nicht gesehen?«, fragte Marike und ließ sich auf das Polster neben Frieda fallen. »Weihnachten vorletztes Jahr?«

Schuldbewusst nickte Frieda. »Ich glaube schon. Letztes Jahr war ich an Weihnachten gar nicht in Bremen. Meine Eltern haben uns in Stockholm besucht.« Sie erinnerte sich an ausgelassene Feiertage mit ihren Eltern und Jonathan und fragte sich plötzlich, ob das die letzte Gelegenheit gewesen war, bei der sie gemeinsam glücklich gewesen waren. Rückblickend hatte es nämlich schon im neuen Jahr angefangen, dass Jonathan lange arbeiten musste, oft gereizt war, klischeemäßig viel Zeit im Fitnessstudio verbrachte und die Abende und Wochenenden als Paar immer seltener wurden.

»Eine Schande«, riss Marikes Stimme sie aus ihren Gedanken.

Verwirrt blickte Frieda auf. »Was meinst du?«

»Na, dass man einander schwört, es nie so weit kommen zu lassen, sich nur einmal im Jahr an Weihnachten zu treffen, und schwuppdiwupp ist man 39 Jahre alt und die besten Freundinnen kommen viel zu kurz.«

Frieda lachte auf. »Das stimmt. Das ist eine Schande. Apropos: Kommt Hanna noch? Und Kira? Ich habe doch extra in die Gruppe geschrieben!«

Bedauernd senkte Marike den Blick. »Apropos apropos«, scherzte sie. »Max ist krank und Hanna musste ihn aus dem Kindergarten abholen. Kira hat immer zu tun, wie du weißt. Sie kann tagsüber nicht einfach Kaffee trinken gehen. Wo kämen wir denn hin, wenn sich die Senatorinnen und Senatoren einen lauen Lenz im Bremer Touriviertel machen würden?« Sie grinste.

Frieda verkniff sich die Frage nach Hannas Mann und Max' Vater. Sie hatte ihn nie sonderlich leiden können. Schon damals nicht, als er jedes Mal ein Theater gemacht hatte, wenn Hanna sich lieber mit ihnen statt mit ihm traf. Eifersucht war keine gesunde Basis für eine Beziehung. Seine traditionelle Auffassung der Vaterrolle machte es nicht besser. Auch wenn es sie überhaupt nichts anging, wie Hanna und Karsten ihre Ehe führten.

»Ich weiß, was du denkst.« Ihre Freundin zwinkerte ihr zu.

»Ich denke überhaupt nichts«, behauptete Frieda. »Wollen wir uns einen Kaffee holen?« Sie wies zur Theke.

»Nichts da, Kaffee!«, sagte Marike. »Wir feiern unser Wiedersehen. Ich hole uns zwei Prosecco.«

»Wie du meinst, ich muss ja nicht mehr arbeiten. Im Gegensatz zu dir.«

»Ich mache meine Werkstatt für heute zu. Und was dich angeht: Darüber sprechen wir gleich, Süße. Ich will alles wissen! Was aus deiner Kolumne geworden ist, wie sich deine Bücher verkaufen und woran du gerade schreibst.« Dann stand sie auf, um den angekündigten Prosecco zu holen. Marike begrüßte die Bedienung, die sie offenbar näher kannte, und ließ sich auf einen Plausch mit ihr ein. In der Zwischenzeit grübelte Frieda über einer Antwort.

»Eingestellt, schlecht und an gar nichts« lag es ihr auf der Zunge. Doch das hörte sich selbst in ihren Ohren erbärmlich an. Voller Selbstmitleid. Als wären die Welt und alle anderen schuld daran, dass aus ihr bisher keine erfolgreiche Schriftstellerin geworden war. Weniger als das. Dass sie nun gar keine Arbeit hatte und sich selten so verloren gefühlt hatte wie in diesen Tagen.

Marike kam zurück. Die schmalen Gläser waren beschlagen vom kühlen Inhalt, der sanft nach oben perlte.

»Auf uns«, prostete Marike, nachdem sie sich gesetzt hatte, und sah Frieda fest in die Augen. »Darauf, dass wir nie wieder so lange nichts voneinander hören.« In ihrem Blick lag Ernsthaftigkeit. Wie bei einem Schwur.

Frieda musste unwillkürlich an ihren Abend auf der Weserbrücke denken. »Auf uns«, wiederholte sie. »Und auf Hanna. Und Kira.«

Sie nahmen beide einen Schluck und stellten ihr Glas ab. »Ja, Kira«, murmelte Marike leise. »Da sagst du was. Die habe ich leider auch schon lange nicht mehr getroffen. Wie gesagt, immer busy busy. Vielleicht ändert sich das jetzt, wenn du wieder da bist.« Sie gab sich einen Ruck. »Aber nun sind zumindest wir beide ja hier. Lass es uns besser machen als die vergangenen Jahre und auch als die zwei Tröten, die uns heute versetzt haben. Erzähl mir von Schweden und deiner Karriere. Was ist mit Jonathan passiert?« Sie kniff böse die Augen zusammen, als sie seinen Namen aussprach.

Frieda seufzte. Der schwedische Unternehmersohn Jonathan Lundgren und die deutsche Schriftstellerin

Frieda Papendiek. Ein echtes Traumpaar. So hatte die Presse geschrieben. Beide attraktiv. Sie begabt, er wohlhabend und Erbe eines traditionsreichen Energiekonzerns. Eine Geschichte, wie die Boulevardzeitungen dieser Welt sie liebten. Doch weder Jonathans Einfluss noch ihr Talent hatten gereicht, um Friedas Bücher zu verkaufen. Die Stockholmer Tageszeitung hatte ihr schließlich eine Kolumne angeboten, in der sie über ihr Leben als Expat an der Seite des ehemals begehrten schwedischen Junggesellen berichten sollte. Anfangs kamen die Ideen wie von selbst. Irgendwann wurde es zusehends mühseliger, einen spannenden Aufhänger für die kommende Woche zu finden. Wenn sie über ihrer Kolumne brütete, rückte der Roman, an dem sie schrieb, in den Hintergrund. Dann machte Jonathan ihr stilecht unter dem Eiffelturm in Paris einen Antrag. Das allein reichte schon für drei Kolumnen; die Hochzeitsvorbereitungen und die Flitterwochen in Kenia und Madagaskar füllten das ganze Jahr. Von außen musste ihr Leben beinahe wie ein Märchen gewirkt haben. Aber es hatte Frieda immer gestört, nicht wirklich unabhängig zu sein. Das war auch der Grund, warum sie Jonathans Geld jetzt nach der Trennung nicht wollte und Schweden den Rücken gekehrt hatte. Als Stipendiatin und später als seine Ehefrau hatte ihr Aufenthalt dort noch seine Berechtigung gehabt. Aber mit dem Ehe-Aus war ihr für alles die Grundlage entzogen worden: für die Wohnung, die Kolumne und ihr Leben an seiner Seite. Wer war sie ohne Jonathan Lundgren?

Frieda erzählte ihrer Freundin von den letzten Jahren – in allen unerfreulichen Einzelheiten: davon, dass sich nur ihr erster Roman vor 15 Jahren ganz gut verkauft hatte. Dass die Fortsetzung, die nur in Schweden erhältlich gewesen war, mit Anlauf gefloppt war und sie in den letzten Jahren unter einer kreativen Blockade gelitten und nur noch Kolumnen verfasst hatte. All das hatte sie bei ihren sporadischen jährlichen Treffen stets nur angedeutet. Warum die rare Zeit mit Sorgen und schlechter Laune füllen? Sie sprach von Jonathan, der sich in einer verfrühten Midlife-Crisis zu seiner Kollegin hingezogen gefühlt hatte, und schloss schließlich damit, wie sie sich dazu entschieden hatte, nach Deutschland zurückzukehren, um sich selbst wiederzufinden, indem sie bei ihrem jüngeren Ich danach suchte.

»Und du meinst, du findest dich im Dachgeschoss deiner Eltern wieder?«

Frieda musste lachen und verschluckte sich an ihrem Getränk, das sie durstig – nach Trost, nicht nach Prosecco – ausgetrunken hatte. Ihre Augen begannen zu tränen und sie lief rot an. »Danke«, sagte sie hustend, als sie sich wieder beruhigt hatte, und nahm ihre Freundin in den Arm. »Es tut gut, daran erinnert zu werden, nicht immer alles bierernst zu nehmen.«

»Süße, du weißt, dass ich für dich da bin. Und dass ich Mitgefühl habe, sowieso. Aber Humor hat noch nie geschadet.«

Sie bestellten eine weitere Runde Prosecco, und dann war Marike dran mit Erzählen. Sie hatte einen Liebhaber in Hamburg, der hin und wieder zu ihr nach Bremen kam. Sie selbst fuhr selten in die Nachbarstadt. Als

Frieda wissen wollte, warum, gab Marike zu: »Er ist verheiratet. Tut mir leid«, sagte sie dann schnell. »Ich weiß, dass du das nicht gutheißt. Ich weiß nicht mal, ob ich das selbst tue. Aber es hat sich so ergeben. Er gefällt mir. Unsere Treffen sind leicht und unbeschwert. Sorgen und Alltag haben da keinen Platz. Ich bin niemandem etwas schuldig«, sagte sie dann, legte den Kopf schief und sah fast aus, als hätte sie doch ein schlechtes Gewissen.

Dass sie sich mit »Ich bin niemandem etwas schuldig« einfach so aus ihrer Verantwortung stehlen konnte, fand Frieda nicht, aber sie wollte den ersten Tag ihres Wiedertreffens nicht mit Streit ruinieren, also sagte sie nur: »Du bist schon groß. Du wirst wissen, was du tust.«

»Es gehören immer zwei dazu.«

Ein Satz, der im Grunde stimmte, der Frieda in den letzten Wochen jedoch immer wieder auf die Palme gebracht hatte. Es gehörten zwei dazu. Jonathan und Astrid. Aber auch Jonathan und sie? Trug sie Mitschuld am Ende ihrer Ehe? Was hatte sie getan oder nicht getan, damit es so weit kommen konnte und er sich neu verliebt hatte?

*

Als sie später nach Hause lief, war Frieda angenehm beschwipst. Die beiden Gläser Prosecco auf fast leeren Magen und die Stunden mit ihrer ehemals besten Freundin hatten Euphorie in ihr ausgelöst. Sie fühlte sich stark und jung. Ihre Scheidung und die Rückkehr nach Bremen erschienen ihr zum ersten Mal nicht wie eine Niederlage, sondern wie ein strahlender Neubeginn. Zurück auf Los. Alles auf Anfang.

Sie musste kichern, als sie die Tür aufschloss und sich an die unzähligen Male erinnerte, die sie früher angetrunken nach Hause gekommen war. Schon unten im Flur hatte sie jedes Mal gehört, wie eine Etage über ihr mahnend die Schlafzimmertür aufging. Sie dachte daran zurück, wie sie sich bemüht hatte, sich wenigstens ganz kurz so nüchtern wie möglich zu verhalten, um sich keinen Ärger einzuhandeln.

Sie trat ein, bekam vor Aufregung einen Schluckauf und sah sich plötzlich ihren Eltern gegenüber, die nacheinander aus dem Wintergarten gestürmt kamen, um sie zu begrüßen.

»Hast du was getrunken?«, fragte ihr Vater sofort und sah sie misstrauisch an.

»Nun lass das Kind doch!«, rügte ihre Mutter ihn und nahm Frieda in den Arm. »Hallo, Kleines«, sagte sie sanft. »Bist du gut angekommen?«

Frieda hickste zur Bestätigung.

»Also wirklich.« Ihr Vater verdrehte die Augen. »Es ist mitten am Tag.«

»Hallo, Papa«, presste Frieda hervor und streckte ihre Arme aus. Sie hielt den Atem an, um den Schluckauf zu unterbrechen.

»Hallo, Kind«, antwortete er mit einem Seufzer.

»War nur ein bisschen Prosecco«, brachte Frieda nach Luft schnappend als Erklärung hervor und verbiss sich ein Grinsen.

»Offenbar ein bisschen zu viel.«

»Nun sei mal nicht so spießig, Bernd. Frieda hat es doch gerade nicht so leicht.«

»Das heißt ja wohl nicht, dass sie sich am helllichten Tag betrinken muss!«, sagte er.

»Ein Gläschen mit der besten Freundin kann man wohl kaum als ›betrinken‹ bezeichnen«, verteidigte ihre Mutter Frieda.

»Ich finde, sie sollte in ihrer Situation besser einen klaren Kopf behalten«, entgegnete er mit gedämpfter Stimme, als spräche er über eine Patientin, die seine Bedenken nicht hören sollte. »Auf Kummer Alkohol zu gießen, war noch nie eine gute Idee.«

»Sie haben *gefeiert,* Bernd. Nicht getrauert.«

Interessiert verfolgte Frieda den Schlagabtausch zwischen ihren Eltern. Sie schienen ihre Rollen getauscht zu haben. Früher war ihr Vater immer derjenige gewesen, der ein Auge zugedrückt hatte und mit den beiden Töchtern nachgiebig gewesen war. Ihre Mutter hatte Wert auf Manieren gelegt. Darauf, was die Leute dachten. Der Schluckauf verschwand, Frieda schritt in die Küche, nahm sich ein Glas aus dem Schrank und füllte es mit Leitungswasser.

»Wollen wir uns auf den Balkon setzen?«, rief sie ihren Eltern zu, die noch immer im Flur standen und erörterten, ab wann der Alkoholkonsum ihrer Tochter bedenklich wäre.

»Eine gute Idee«, stimmte ihre Mutter zu und kam zu Frieda. »Schön, dass du da bist«, wiederholte sie und mit gesenkter Stimme: »Hör nicht auf deinen Vater.«

Ingrid Papendiek war eine kleine, rundliche Frau, die vor Energie nur so strotzte. Ihr Haar war blond wie das von Frieda. Sie trug es halblang und meist in einem Zopf. Ihre braunen Augen blickten gütig und unternehmungslustig zugleich in die Welt. Ihr Mann Bernd hatte den beiden Töchtern die Größe vererbt. Er war ruhiger als seine Ehefrau und bewegte sich bedächtiger, so als würde er ihren Tatendrang ausgleichen wollen. Der liebevolle Blick war ihnen gemein. Bernds Augen waren hellgrau und von einer Brille umrahmt. Sein Haar war ebenfalls hellgrau und so voll, dass mancher junge Mann neidisch darauf wäre.

»Er meint es nur gut«, gab Frieda auf den Kommentar ihrer Mutter zurück und war im Grunde ihres Herzens froh darüber, dass es wieder Menschen in ihrem Leben gab, die sich um sie sorgten. Jonathan wäre es vermutlich in letzter Zeit nicht mal aufgefallen, wenn sie frühmorgens Prosecco statt Kaffee getrunken hätte.

Die drei nahmen auf dem Balkon Platz, und Friedas Eltern berichteten erst kurz von ihrem Ausflug zum Bauernmarkt und den Köstlichkeiten, die sie dort erstanden hatten und die es gleich zur Vorspeise geben würde. Anschließend ließen sie sich ausführlich von Friedas Fahrt und ihrer Ankunft erzählen.

»Hast du alles, was du brauchst?«, erkundigte sich die Mutter. »Oder fehlt dir etwas? Ich habe mir die kommenden Tage freigehalten, falls wir einkaufen gehen müssen.«

»Das ist lieb, Mama. Ich werde eine Liste schreiben. Mir fehlt mein Schaukelstuhl«, sagte sie und zog eine schiefe Grimasse. »Ich möchte mir einen neuen für die Küche kaufen. Danke übrigens, dass ihr mir schon so viele Möbel besorgt habt.«

Ingrid Papendiek antwortete: »Die sind von Annemarie. Sie hat sich kürzlich neu eingerichtet und dir ihre alten Möbel vorbeigebracht.«

»Ach. Nun, das ist nett von ihr. Ich werde mich bei ihr bedanken.«

»Sie kommt später zum Essen vorbei. Sie kann es kaum erwarten, dich zu sehen.«

Vermutlich, um ihrer Schwester unter die Nase zu reiben, wie famos ihr eigenes Leben gerade lief, dachte Frieda, schwieg aber. Vielleicht war sie auch ungerecht. Sie hatte ihre Schwester einige Zeit nicht gesehen. Telefoniert hatten sie auch selten. Nur hin und wieder hielten sie sich mit WhatsApp-Nachrichten auf dem Laufenden.

»Was hast du denn jetzt vor?«, wollte Bernd Papendiek wissen.

»Mir einen neuen Job suchen.«

»Wo?«

Wenn ich das wüsste, müsste ich nicht suchen, dachte Frieda. »Das weiß ich noch nicht genau.«

»Lass das Kind doch erst mal ankommen, Bernd.«

»Soll ich wirklich nicht mal bei Olaf anrufen und fragen, ob sie beim Kurier wen gebrauchen können?«, fragte er, den Einwand seiner Frau ignorierend.

»Nein, Papa, das ist wirklich sehr nett. Aber ich möchte lieber aus eigenem Antrieb etwas finden. Wenn ich beim Weser-Kurier anfange, weil du den Redaktionsleiter noch aus Kindertagen kennst, dann habe ich nicht das Gefühl, mir den Job verdient zu haben.«

»Jeder nutzt Vitamin B, warum nicht auch du?«

Frieda hob die Schultern und blinzelte in den zugewachsenen Garten und zu den Balkonen gegenüber, wo die Nachbarn saßen. »Ich brauche das gerade, verstehst du? Etwas Eigenes.«

Ihr Vater öffnete den Mund, um etwas zu erwidern, doch seine Frau fiel ihm ins Wort. »Natürlich verstehen wir das. Wenn wir dir helfen können, lass es uns wissen.« Sie legte sanft eine Hand auf Friedas Oberarm und lächelte sie an. Frieda schluckte gerührt. Gefühlsbekundungen waren in ihrer Familie nicht an der Tagesordnung.

»Danke«, murmelte sie. Nach einer kurzen Pause sagte sie: »Ich weiß noch nicht so recht, was ich jetzt machen möchte. Vielleicht fange ich erst mal im Supermarkt an. Oder als Verkäuferin in einer schicken Boutique«, überlegte sie laut. »Ich glaube, ich brauche etwas Neues. Einen Job, bei dem ich nicht viel nachdenken muss, und wenn die Arbeit erledigt ist, dann schließe ich die Tür hinter mir ab und denke nicht mehr dran.«

»Als Verkäuferin musst du schon auch nachdenken«, sagte Bernd.

»Aber nicht so … kreativ. Als Autorin oder Redakteurin kann ich den Kopf gar nicht ausschalten«, gab Frieda zurück und fühlte sich langsam in die Ecke gedrängt. Sie seufzte innerlich. Dass ihre betriebsamen Eltern ihre Arbeitslosigkeit nicht gutheißen würden, war ihr natürlich schon vor dem Umzug klar gewesen. Das tat sie selbst schließlich auch nicht. Doch sie hatte gehofft, sich nicht gleich am ersten Abend rechtfertigen zu müssen. Seit Jonathans Affäre vor ein paar Wochen aufgeflogen war, war sie damit beschäftigt, ihr Leben beisammenzuhalten. Einen neuen Job in Bremen zu finden, einer Stadt, die sie vor vielen Jahren verlassen hatte, rangierte auf ihrer Prioritätenliste nicht an erster Stelle. In einer schlaflosen Nacht war ihr in den Sinn gekommen, dass auch Scham dabei eine Rolle spielte. In ihrer Erinnerung war sie hoch erhobenen Hauptes nach Stockholm gezogen, hatte sich stolz »Autorin« genannt und den begehrten Unternehmer Jonathan Lundgren geheiratet – und nun war sie mit leeren Händen zurückgekehrt. Würde man sie auslachen, wenn sie sich irgendwo bewarb?

»Und von Jonathan möchtest du kein Geld annehmen? Dabei bleibst du?«, wechselte ihre Mutter vom Job zu einem Thema, das dem vorangegangenen in puncto Unerfreulichkeit in nichts nachstand. »Daran ist nichts falsch, weißt du. Er ist schließlich dazu verpflichtet, dir Unterhalt zu zahlen. Oder dir zumindest die Hälfte eures Vermögens zu überlassen.«

Doch Frieda schüttelte den Kopf. Den Blick hielt sie nachdenklich zu Boden gerichtet. »Es ist nicht unser Vermögen. Es ist *sein* Vermögen. Oder besser: das seiner Familie. Also ja, ich bleibe dabei. Er schuldet mir nichts. Ich möchte damit abschließen und nach vorne sehen. Alles, was ich von nun an erreiche, soll aus eigener Kraft geschehen«, wiederholte sie und nickte energisch, als müsste sie sich selbst davon überzeugen. Auch wenn es ihr in dunklen Momenten so vorkam, als hätte da ein falscher Stolz das Sagen übernommen. Jonathan hatte ihr Ansinnen verständlicherweise sehr begrüßt. Er konnte sein Geld auch anders ausgeben, als seine geschiedene Ehefrau damit zu unterstützen. Erst recht jetzt, wo Nachwuchs unterwegs war.

Unbemerkt war Annemarie auf den Balkon getreten. »Das ist ja wohl der größte Blödsinn, den ich je gehört habe!«, sagte sie in dem für sie so typischen überheblichen Tonfall.

Überrascht sah der Rest der Familie Papendiek auf.

»Hallo, Schwesterherz«, grüßte Frieda und ging nicht auf ihren Kommentar ein. Sie stand auf, um ihre Schwester in den Arm zu nehmen. »Gut siehst du aus.« Annemarie war im Gegensatz zu Frieda dunkelhaarig, aber etwa genauso groß. Sie hatte eine schlanke, sportliche Figur, der auch die beiden Schwangerschaften nichts hatten anhaben können. Die stechend blauen Augen ließen sie oft ein wenig unterkühlt wirken. Sie war seit ihrer Jugend so schön, dass sich die Männer auf der Straße nach ihr umdrehten. Annemarie spielte erfolgreich Badminton und Schach, ihr Mann war ein charmanter Bankangestellter aus Bremen-Nord, die beiden Kinder so hübsch, dass sie manchmal als Kindermodels jobbten, und alles in allem gelang Annemarie einfach alles. Nur das durch die erste ungewollte Schwangerschaft unterbrochene Medizinstudium könnte ihr als Makel ausgelegt werden. Doch pragmatisch, wie sie war, hatte sie das Beste daraus gemacht, ein Semester lang pausiert und anschließend weiterstudiert, als wäre nichts gewesen. Frieda dachte manchmal, dass ihre

Schwester ein Grund dafür war, weswegen sie ihr Glück in einem anderen Land gesucht hatte.

»Ich hole mal den Käse und bestelle uns Pizza«, kündigte der Vater an. Den ständigen Streitereien zwischen seinen Töchtern ging er gern aus dem Weg. »Hallo, Annemarie.« Er drückte sie kurz an sich und verschwand in der Küche.

»Meinst du das etwa ernst?« Herausfordernd sah Annemarie ihre Schwester an. Da Annemarie noch stand und auf sie herabsah, fühlte sich Frieda noch kleiner als ohnehin schon. »Dass du kein Geld von ihm nehmen willst?«

Frieda nickte und straffte die Schultern, während sie zu Annemarie aufblickte. »Ja, das meine ich so«, gab sie gedehnt zurück. Warum sollte sie so etwas behaupten, wenn es gar nicht stimmte? Nur, um für Gesprächsstoff zu sorgen?

»Du warst zehn Jahre lang mit einem erfolgreichen Manager und künftigem Unternehmensinhaber zusammen, der in Geld nur so schwimmt, und willst jetzt keinen Unterhalt von ihm annehmen, obwohl er schuld an eurem Ehe-Aus ist?« Ungläubig sah Annemarie von Frieda zu ihrer Mutter. »Das sollte sie sich aber noch mal gut überlegen«, versuchte Annemarie, sich bei ihr Zustimmung zu holen.

»Das muss sie nicht«, sagte Frieda laut, um die beiden daran zu erinnern, dass es ihr Leben war, um das es gerade ging. Sie hoffte, ihre Stimme klang bestimmt genug, um das Thema zu beenden. »Du musst es ja nicht verstehen.«

»Tue ich auch nicht. Wenn Steffen mich betrügen würde, würde ich ihn bluten lassen.«

»Wenn du meinst, dass dir das helfen würde.«

»Kein Geld zu nehmen, würde mir zumindest auch nicht helfen.«

»Liebe lässt sich nicht mit Geld aufwiegen«, fand Frieda. »Und Liebeskummer lässt sich dadurch nicht lindern.«

»Ach Gott.« Annemarie war schon immer mehr Kopfmensch als ihre Schwester.

»Das ist doch eine ganz andere Situation«, versuchte Ingrid Papendiek zu beschwichtigen. »Annemarie, du bist Mutter und arbeitest in Teilzeit, um für deine Familie da zu sein. Natürlich hast du einen Anspruch auf das Geld, das Steffen in der Zwischenzeit verdient. Das, was du für deinen Mann und deine Kinder tust, ist schließlich auch Arbeit und sollte dementsprechend entlohnt werden. Nicht, dass du kein Geld verdient hättest, weil du keine Kinder hast, Liebes.« Erschrocken wandte sie sich Frieda zu. »So habe ich das nicht gemeint.« Sie ließ zerknirscht den Kopf hängen und suchte nach passenden Worten. Zwischen ihren Töchtern zu vermitteln, war ihr noch nie leichtgefallen. Sie hatte es am liebsten, wenn sich alle vertrugen. Genau wie ihr Mann. Dass die beiden Kinder so unterschiedlich waren und eigentlich nur den Kampfgeist teilten, hatte es den Eltern in dieser Hinsicht oft schwer gemacht.

»Schon gut, Mama. Ich möchte ohnehin nicht mehr darüber reden. Mein Entschluss steht fest.« Sie reckte das Kinn. »Ich möchte bald wieder auf eigenen Beinen stehen.«

Annemarie zog die Augenbrauen hoch, als wollte sie sagen, dass Frieda es bisher auf ihren eigenen Beinen nur geradewegs zurück in ihr Kinderzimmer geschafft hatte. Zumindest nahm Frieda an, dass ihr diese oder eine ähnliche Bemerkung auf der Zunge lag. Annemaries Arroganz hatte sie früher schon zur Weißglut getrieben. Sie hatte angenommen, das hätte sich im Laufe der Jahre gebessert, doch wenn sie ihre vom Glück geküsste Schwester jetzt so ansah, kamen die alten Rivalitätsgefühle wieder in ihr hoch.

»Möchtest du etwas trinken, Annemarie?«, fragte sie nun mit zuckersüßer Miene, um das Thema endgültig zu wechseln. »Ich hole dir etwas.«

»Gern, Schwesterherz«, entgegnete Annemarie, die inzwischen auf einem der gemütlichen Sonnenstühle Platz genommen hatte. Lässig schlug sie die langen Beine übereinander und sah Frieda an. »Ich nehme eine Weinschorle. Mit viel Wasser. Ich muss ja noch fahren.«

Frieda stand auf, um ihrer Schwester das gewünschte Getränk zu holen, und war froh, einen Moment für sich zu haben. In ihrem Inneren brodelte es. Vor dem offenen Kühlschrank zwang sie sich, tief durchzuatmen und langsam bis zehn zu zählen. Das konnte ja heiter werden heute Abend. Einen Dank für die alten Möbel würde Annemarie heute garantiert nicht von ihr hören. Eher würde sie sich die Zunge abbeißen. Oder gleich die gesamte Einrichtung auf ihren Hof zurückschaffen und sich zum Fernsehen auf den bloßen Boden setzen.

*

Als Frieda später im Bett lag und nicht einschlafen konnte, dachte sie darüber nach, was es künftig für sie bedeuten würde, ohne Jonathans großzügiges Einkommen zu leben. Vorerst keine Besuche mehr in eleganten Restaurants, keine Kurzurlaube oder gar Fernreisen, im Supermarkt müsste sie wieder auf die Preise achten. Sie hatte sich an Jonathans Seite geborgen gefühlt. Nicht nur wegen der finanziellen Absicherung. War es sein Aussehen gewesen? Er war groß, hatte breite Schultern und einen entschlossenen Gang. Überall, wo er hinkam, bemerkten die Menschen ihn. Jonathan Lundgren wusste, was er wollte. Dabei war er freundlich und fürsorglich, hatte immer ein offenes Ohr für die Belange seiner Mitarbeitenden, seiner Familie und seiner Freunde. Selbst auf der Straße erkannte er, wenn jemand Hilfe brauchte, und bot sie wie selbstverständlich an. Ja, dachte Frieda bei sich, er war ihr sicherer Hafen gewesen. Ihr Herz zwickte, und sie verbot sich, weiter an ihren Ex-Mann zu denken.

Die Schräge über ihr, an der früher ein Poster von Ronan Keating gehangen hatte, war blank, nur beleuchtet von den Mondstrahlen. Das vorhanglose Fenster offenbarte einen Himmel ohne Wolken und eine dunkle, endlose Weite. Wie winzig wir doch sind im Vergleich zum Universum, dachte Frieda. Wie unbedeutend müssten doch meine Probleme eigentlich sein. Aber sie fühlten sich gerade gar nicht so an. Unbedeutend. Sie fühlten sich riesig an. Berghoch.

Dass nachts die trüben Gedanken kamen, hing wohl mit dem sinkenden Melatoninspiegel zusammen, hatte sie neulich gelesen. Sie spürte, wie der Hoffnungsschimmer, der sich früher am Tag gezeigt hatte, schwächer wurde. Stattdessen fühlte sie einen Kloß in ihrem Hals. Weil sie hier allein im Bett lag und sich alles nicht wie ein Neuanfang, sondern wie das Ende anfühlte. Weil sie nicht Anfang 20 war, sondern fast 40. Ehe die Tränen zu fließen begannen, griff Frieda nach ihrem Handy, suchte eine Folge »Die 3 ???« heraus und versuchte, begleitet von den Abenteuern von Justus, Peter und Bob, in den Schlaf zu finden.

Kapitel 3

Frieda hatte schon ihr halbes Leben unter Schlafproblemen gelitten. Spätestens seit dem Teenageralter gehörten lange wache Nächte für sie dazu. Zunächst nur hin und wieder vor einer Prüfung oder wenn sie Liebeskummer hatte; im Laufe der Jahre wurden die schlaflosen Stunden jedoch immer häufiger. Besonders schlimm war es zuletzt in Schweden gewesen. Oft hatte sie nur bis zwei oder drei Uhr in der Früh geschlafen, sich von links nach rechts und von rechts nach links gewälzt, bis Jonathan ungnädig geknurrt hatte und sie aufgestanden war, um zu lesen, mit Kopfhörern fernzusehen oder in den langen schwedischen Sommernächten spazieren zu gehen.

So war sie an diesem Morgen einigermaßen überrascht, als sie vom Geräusch der sich öffnenden Wohnungstür geweckt wurde. Ganz leise und zaghaft, als ob sich jemand bemühte, keinen Lärm zu machen. Mit einem Klicken fiel die Tür ins Schloss, und Frieda spürte deutlich die Anwesenheit einer anderen Person im Flur vor dem Schlafzimmer. Von den Eltern geweckt werden. Sie stöhnte leise auf und vergrub den Kopf in ihrem Kissen. Änderten sich denn manche Dinge nie? Nein, sagte sie sich gleich darauf und musste lächeln. Im Elternhaus blieb man immer Kind. Egal, wie alt man war. Es war fast wie früher, als sie noch zur Schule ging. Wenn sie noch selig in den Federn lag und ein Elternteil vorwurfsvoll die Treppe hochstapfte, hatte sie morgens schon den Schreck ihres Lebens bekommen. *Es ist fast halb acht! Die Schule wartet nicht!*

Frieda grinste. Sie setzte sich auf und machte sich bereit, ihrer Mutter behutsam mitzuteilen, künftig allein und ohne Weckservice aufstehen zu wollen. So lieb und fürsorglich es sicher auch gemeint war. Dann vernahm sie ein zaghaftes Klopfen, das untypisch für ihre Mutter war.

»Ja?«, antwortete Frieda und bemühte sich, so zu klingen, als sei sie schon länger wach. Auch das hatte sich nicht geändert.

»Frieda-Kind«, hörte sie ihren Vater da sagen. »Darf ich reinkommen?«

Verdutzt antwortete sie: »Ja, klar.«

Die Tür öffnete sich langsam und dahinter kam ein Tablett zum Vorschein, auf dem ihr Vater duftenden Kaffee, ein Glas Orangensaft und einen Teller mit zwei Croissants drapiert hatte. »Guten Morgen«, grüßte er und trat ein. Dann stellte er das Tablett auf der freien Bettseite ab. »Ich will gar nicht lange stören. Das hier«, er zeigte auf das Frühstück, »ist meine Entschuldigung für gestern. Du bist erwachsen. Ich rede dir nicht rein, wenn du nicht für Olaf arbeiten möchtest und tagsüber Sekt trinkst.« Er neigte den Kopf und sah sie treuherzig an.

Frieda lächelte und schaute erst auf das Frühstück und dann wieder zu ihrem Vater. »Danke, Papa.« Sie griff nach dem Kaffee und klopfte mit der Hand aufs Bett. »Setz dich doch für einen Moment zu mir.«

Er tat, wie ihm geheißen, und nahm auf der Bettkante Platz.

»Möchtest du?« Frieda wies auf die Croissants, doch ihr Vater lehnte mit dem Hinweis ab, er habe bereits vor zwei Stunden gefrühstückt. Frieda erstarrte. »Vor zwei Stunden? Wie spät ist es denn?«

»Gleich 11 Uhr. Du hast ganz schön lange geschlummert, du kleines Murmeltier.«

»Ach du Schande! Ich habe einen Termin beim Arbeitsamt. Jetzt muss ich mich aber beeilen.«

Ihr Vater sah aus, als läge ihm ein Kommentar über ihr erwachsenes Verhalten auf der Zunge, doch er sagte nichts. Frieda stand auf und behielt ihren Becher in der Hand, um ihn mit ins Bad zu nehmen.

»Daran könnte ich mich gewöhnen.« Sie grinste und wies auf das Frühstückstablett, ehe sie das Badezimmer ansteuerte.

Ihr Vater lachte. »Das glaube ich gern. Frühstück gibt es ab sofort unten bei uns. Oder eben allein hier oben«, fügte er rasch hinzu.

»Unten in der Küche ist gut«, sagte Frieda und lächelte.

*

Frieda war eher zufällig zur Autorin geworden. Sie gehörte nicht zu jenen, die schon seit ihrer Kindheit Aufsätze schrieben und die Verwandtschaft zu Weihnachten und Geburtstagen mit selbst erdachten Geschichten beglückten. Vielmehr erwachte ihr Interesse an der Schriftstellerei im Deutsch-Leistungskurs in der Schule.

Die Pflichtlektüren von Mann, Hemingway, Dürrenmatt und Co hatten es ihr angetan. Während die meisten ihrer Mitschüler sich stöhnend durch die Seiten quälten, konnte Frieda Stunden damit verbringen, zu lesen, zu interpretieren und in fremde Welten einzutauchen. Sie war fasziniert von dem in den Büchern beschriebenen Alltag. Für sie musste es kein Krimi oder Thriller sein, kein Mord und Totschlag, die eine Geschichte interessant machten. Ihr gefiel es einfach, wie die Protagonisten der großen Autoren ihr Leben zu meistern vermochten. Aus Spaß begann sie bald damit, eigene Erzählungen zu schreiben, die sie später, als ihr während des Studiums das berufliche Ziel abhandengekommen war, aus Neugier bei einem Wettbewerb einreichte. In ihrer Kurzgeschichte »Diese schwedischen Sommer« ging es laut begeisterter Jury um Nostalgie, Melancholie und die intensiven Emotionen skandinavischer Sommertage, so hieß es damals in der Bewertung, die sie für das Stipendium nominierte. Die Geschichte spielte auf einer kleinen, abgelegenen Insel in Schweden, umgeben von Wäldern, Seen und der endlosen Weite des Meeres. Als Protagonistin hatte Frieda Emma erschaffen. Emma erinnerte sie ein bisschen an sie selbst. Emma kehrte in der Geschichte nach fast zwei Jahrzehnten erstmals an den Ort zurück, an dem sie als Jugendliche ihre Sommerferien verbracht hatte. Dort hatte sie ihre erste große Liebe erlebt, Freundschaften geschlossen – und ein Geheimnis gehütet, das sie bis ins Erwachsenenalter verfolgte.

Später sollte aus der Kurzgeschichte ein Roman werden, und Frieda entschied sich dafür, die Handlung in

Vergangenheit und Gegenwart zu splitten. In ihrem Kopf waren Emmas Erlebnisse in so schillernden Farben präsent, dass Frieda sie nur noch aufzuschreiben brauchte. Das ging fast wie von selbst.

In ihrer Jugend verbringt Emma einen Sommer auf der Insel bei ihren Großeltern. Es sind unbeschwerte Tage, die nicht enden – Sonne, frisch gepflückte Beeren, Schwimmen im Meer und gegrillter Fisch am Abend. Sie lernt Niels kennen, einen Jungen aus dem Nachbardorf. Gemeinsam erkunden sie die Umgebung und die Natur, träumen von der Zukunft und verlieben sich ineinander. Doch eines Abends geschieht ein Badeunfall, bei dem Emma fast ums Leben kommt. Sie gibt Niels die Schuld. In ihrer Wahrnehmung bedrängte er sie und nahm ihr Zögern nicht ernst. Der Streit und die Angst vor dem Wasser liegen wie ein Schatten über Emmas Erinnerung an die Insel.

Der zweite Teil des Romans spielte in der Gegenwart. Als Emma auf die 40 zugeht, beschließt sie, einen Sommer auf der Insel zu verbringen, um eine alte Hütte zu renovieren, die sie von ihrer verstorbenen Großmutter geerbt hat. Doch die Rückkehr bringt nicht nur schöne Erinnerungen zurück: Sie trifft Niels wieder. Schließlich schafft er es, ihr die Angst vor dem Wasser zu nehmen, und ihr wird klar, dass keiner von beiden Schuld an dem Unfall von damals trägt.

In der Fortsetzung erzählte Frieda von der Zukunft, die Emma und Niels miteinander teilten. Emma zieht nach Schweden, um bei Niels zu sein. Das Leben in den schwedischen Wäldern hatte sie sich einfacher vorgestellt. Immer wieder geraten die beiden in Streit.

Der Roman floppte. Von den lyrischen und detailverliebten Landschaftsbeschreibungen, die die Leserschaft des ersten Romans so verzaubert hatten, war nicht mehr viel übrig geblieben. Aus Emma – vielleicht auch aus Frieda – war eine sachliche Frau geworden.

All das ging Frieda durch den Kopf, als sie zum Arbeitsamt eilte. Verschwitzt und außer Atem erreichte sie gerade noch pünktlich das rote Backsteingebäude unweit der Innenstadt. Rasch meldete sie sich an, und schon war sie auf dem Weg zur Beratung. Auf dem Flur nahm sie kurz Platz und wurde nach wenigen Minuten aufgerufen. Die zuständige Sachbearbeiterin stellte sich als Svenja Goldner vor. Sie war klein und hatte ein entschlossenes Auftreten. Sie trug eine schlichte graue Baumwollbluse zur dunklen Jeans. Beides saß tadellos. Der mausbraune Pagenkopf, der im einfallenden Sonnenlicht schimmerte, gab den Blick auf große Perlenohrringe frei. Kein Haar wagte es, abzustehen. Nur der rosa Lippenstift schwächte den strengen Eindruck ab und verlieh ihr eine weiche Seite. Svenja Goldner schimpfte zunächst, weil Frieda versäumt hatte, sich in Deutschland rechtzeitig arbeitssuchend zu melden. Das hätte sie am besten schon von Schweden aus erledigen müssen. Auf Friedas bissigen Einwand, dass sie bis vor Kurzem noch nicht wusste, dass sie wieder nach Bremen käme, weil das Aus ihrer Ehe sie selbst überrumpelt hatte, zeigte sich aber plötzlich Mitgefühl im Gesicht der Beraterin.

»Ach du je«, sagte sie betroffen. »Das tut mir ehrlich leid, Frau Papendiek.« Sie lächelte aufrichtig. »Wir können leider trotzdem keine Ausnahme machen. Regeln sind Regeln. Es wird noch etwas dauern, bis Ihr Antrag durch ist. Aber Sie werden das Geld natürlich rückwirkend bekommen.« Sie schenkte ihr erneut ein aufmunterndes Lächeln.

»Ich möchte gar kein Bürgergeld beantragen«, korrigierte Frieda schnell. Einfach nur Geld zu bekommen, ohne dass sie dafür etwas leistete, fühlte sich falsch an. Es kam für sie genauso wenig infrage, wie sich von ihrem Ex-Mann aushalten zu lassen. Zumal sie in den letzten Jahren gar nicht in Deutschland gelebt hatte und in ihren Augen keinen Anspruch auf die Zahlungen hätte.

Nun blinzelte die andere Frau verwirrt. »Ach so. Wie kann ich Ihnen denn dann helfen?«, fragte sie und schob die Papiere zusammen, die sie vor sich ausgebreitet hatte. Offenbar Antragsformulare, die nun doch nicht benötigt wurden.

»Ich weiß nicht … ich brauche wohl ein wenig Orientierung«, überlegte Frieda laut. »Beruflich.« Na ja, und privat, dachte sie, aber dafür war Svenja Goldner ja leider nicht zuständig. »Ich habe in Schweden als Autorin und Redakteurin gearbeitet. Aber nun glaube ich, dass ich mich nach einem neuen Berufsfeld umsehen sollte, verstehen Sie? Diese Zeit ist vorbei. Schweden, meine ich. Und das Leben als deutsch-schwedische Carrie Bradshaw auch.« Sie lachte nervös. Unter dem zunehmend irritierteren Blick der Sachbearbeiterin begann Frieda, sich unwohl zu fühlen. Vielleicht hätte sie sich doch besser auf den Termin vorbereiten sollen. »Das klingt sicher etwas durcheinander«, sagte sie und brachte ein schiefes Lächeln zustande. »Ich bin hier, um mich über Weiterbildungsmaßnahmen zu informieren«, fasste sie schließlich zusammen. »Können Sie mir etwas empfehlen?«

»Sind Sie denn sicher, dass Sie in Ihrem bisherigen Beruf nicht mehr arbeiten möchten?«, hakte Frau Goldner nach und sah sie forschend an. »Vielleicht können wir für Sie eine Anstellung in einer Werbeagentur finden. Im Marketing. Oder im Bereich PR- und Öffentlichkeitsarbeit.« Wieder lächelte sie ihr freundlich zu. »Es muss ja nicht gleich etwas ganz anderes sein. In der Werbung werden doch immer Leute gesucht, die schreiben können.«

»Hm … Presse- und Öffentlichkeitsarbeit?«, fragte Frieda zögernd und zog eine nachdenkliche Miene. »Ich weiß nicht, ob das das Richtige für mich ist.« Wenn sie etwas nicht ausstehen konnte, dann war es, Leuten Honig um den Bart zu schmieren. »Welche Voraussetzungen muss ich denn dafür mitbringen?«, erkundigte sie sich aber dann doch. Sie hatte sich schließlich vorgenommen, offen für Neues zu sein.

»Das ist ziemlich unterschiedlich«, gab Frau Goldner zurück. »Klassischerweise müssen Pressemitteilungen verfasst und der Kontakt zu den Redaktionen und Medien gepflegt werden. In manchen Jobs gehört die Betreuung der Social-Media-Kanäle dazu, in anderen Unternehmen wiederum die Ausrichtung von Veranstaltungen. Je nach Firma und Branche.« Sie stand auf und holte aus einem hohen Schrank einige Flyer und Broschüren hervor. »Hier«, sagte sie und reichte Frieda den Stapel. »Schauen Sie sich die Berufsfelder rund um Marketing und PR einmal in Ruhe an. Sie können auch eine Schulung machen, wenn Sie mir darlegen, dass sie nötig ist. Beispielsweise im Bereich Social Media oder für Suchmaschinenoptimierung.«

Frieda nahm die Unterlagen entgegen und warf einen kurzen Blick darauf. »Gibt es denn Branchen, in denen ich als Quereinsteigerin eine Chance habe?«

»Die Gastronomie sucht immer händeringend nach Personal.«

Frieda rümpfte die Nase. Bis spät nachts in einer Bar zu arbeiten, war nicht mehr ihr Ding. »Ich dachte eher an den Einzelhandel.«

Svenja Goldner seufzte tief und faltete die Hände, ehe sie ihrem Gegenüber einen langen Blick zuwarf. »Frau Papendiek, bitte verstehen Sie mich nicht falsch, aber ich kann nicht für jede meiner Kundinnen einen neuen Schlachtplan aus dem Hut zaubern. Es ist immer am besten, Sie kommen schon mit eigenen Vorstellungen zu mir. Lassen Sie uns jetzt erst mal Ihr Profil für die Jobsuche anlegen, dann sehen wir weiter.«

Frieda schluckte. Etwas eingeschüchtert rückte sie ihren Stuhl näher an Svenja Goldner heran, und sie begannen, Friedas bisherige Tätigkeiten und Erfahrungen einzutragen, die mehr als übersichtlich waren. Vor allem, wenn man sie so schwarz auf weiß aufgelistet vor sich hatte. Doch die Sachbearbeiterin ließ sich davon nicht beirren. »So, dann lassen Sie uns mal nachsehen, welche Stellenangebote für Sie infrage kommen.« Schwungvoll ließ sie die Maustaste klicken und sah gebannt auf den Bildschirm, auf dem eine Liste mit Angeboten angezeigt wurde. »Das drucke ich Ihnen aus. Zu Hause sehen Sie sich das an. Ebenso wie die Flyer«, sie zeigte streng auf den achtlos zur Seite geschobenen Stapel, »und dann hören wir bestimmt bald wieder voneinander!« Frau Goldner lächelte gewinnend. Mit einem Blick auf ihre Armbanduhr leitete sie dann das Ende des Gesprächs ein. Frieda verstand und erhob sich.

»Schreiben Sie mir gern eine Mail oder rufen Sie durch, wenn Sie noch Fragen haben«, sagte die Arbeitsvermittlerin. »Und alles andere kommt sicher auch bald wieder ins Lot.« Mit einem letzten Zwinkern schloss sie leise die Tür hinter Frieda.

*

Frieda verließ das Gebäude in nachdenklicher Stimmung. Sie war arbeitslos. Arbeitslos! Sie ging keiner geregelten Tätigkeit nach, war weder Hausfrau noch Mutter, Privatiere leider auch nicht, sie musste den Tatsachen ins Auge blicken: Sie war in ihrem Leben gescheitert. Was hatte sie denn schon groß zustande gebracht? Sie seufzte schwer und wich zwei schwatzenden Mädchen aus, die ihr in dem verwinkelten Flur, der muffig und irgendwie nach Antriebslosigkeit roch, entgegenkamen. Es lag ihr auf der Zunge, die beiden anzuherrschen, ob es wohl möglich war, dass sie mal ihre Augen nach vorne richteten und nicht einfach so durch die Welt marschierten, als würde sie ihnen gehören. Doch dann erinnerte sie sich daran, dass sie auch einmal so gewesen war: vertieft in ein Gespräch mit Freundinnen, ohne nach rechts und nach links zu sehen. Ganz bei sich.

Und wer war sie geworden? Ihre Unabhängigkeit hatte sie bei der Überfahrt auf der Öresundbrücke gelassen, ihr Mann erwartete ein Kind mit einer anderen Frau, und … Stopp! Sie blieb unvermittelt stehen, als sie merkte, in welch teuflischem Gedankenstrudel sie gefangen war. Sie atmete tief durch und beeilte sich, an die frische Luft zu kommen. Denn Selbstmitleid konnte sie eigentlich nicht ausstehen.

Draußen empfingen sie ein blassblauer Himmel und die angenehm warme Sommerluft. Von der nahe gelegenen Schule drang ausgelassenes Geschrei herüber. Vermutlich war gerade Pause. Vor dem Arbeitsamt standen Mitarbeitende und Kunden, rauchten und vertrieben sich, im Falle der Kunden, die Wartezeit. Frieda kam nicht umhin, ihnen einen Blick zuzuwerfen und sich zu fragen, aus welchen Gründen sie gekommen waren. Wenn sie ehrlich war, hatte sie früher immer gedacht, wer keine Arbeit fand, war selbst schuld. Heute schämte sie sich für ihre arroganten Gedanken. Sie schenkte einem missmutig vor sich hinstarrenden älteren Herrn ein Lächeln, das er überrascht erwiderte, und machte sich auf den Heimweg.

Nachdem sie die lärmenden Hauptstraßen hinter sich gelassen und das Weserufer erreicht hatte, holte sie ihr Smartphone hervor, stöpselte die Kopfhörer ein und rief Hanna an. Während sie noch überlegte, ob sie ihre

Freundin möglicherweise gerade im Büro störte, meldete Hanna sich.

»Frieda, hey«, sagte sie außer Atem. »Schön, von dir zu hören«, schnaufte ihre Freundin weiter und fügte hinzu: »Es tut mir übrigens leid, dass ich gestern nicht bei eurem Antritts-Prosecco dabei sein konnte. Aber danke für das süße Bild!«

Ach ja, fiel es Frieda ein und sie musste schmunzeln, Marike und sie hatten noch ein Selfie geschossen und es leicht anklagend mit der Unterschrift »Ihr fehlt uns. Aber nur ein bisschen!« in ihre WhatsApp-Gruppe geschickt.

»Kein Problem«, sagte Frieda und ließ ihren Blick langsam über die glitzernde Weser schweifen. Schön war das hier, dachte sie versonnen. Einfach schön. Von den Röstereien wehte ein schwacher Kaffeeduft zu ihr herüber, den sie, neben dem Maische-Geruch aus der Brauerei, schon immer mit ihrer Heimat verbunden hatte. Und den sie schon immer geliebt hatte. Sie atmete tief ein und genoss das Aroma. Dann sagte sie: »Wir verstehen doch, wenn du an anderer Stelle gebraucht wirst. Beim nächsten Mal seid ihr beide dabei!«

Hanna stimmte mit einem »Auf jeden Fall!« zu.

»Was machst du denn gerade?«, fragte Frieda lachend. »Du klingst, als wärst du bei einem Marathon.«

»Marathon nicht ganz. Ich jogge nur eine gemütliche Runde durch den Bürgerpark. Fünf Kilometer«, erklärte sie.

Frieda dachte daran, dass sie ihre morgendlichen Workouts seit der Trennung ganz schön vernachlässigt hatte. Sie war bereits morgens viel zu oft viel zu erschöpft, um sich zu einem Sportprogramm – ganz gleich welcher Art – aufzuraffen. »Ich sollte auch wieder damit anfangen«, sagte sie. Sie stellte sich vor, wie Hanna durch den Park lief, anscheinend so wenig aus der Puste, dass sie noch locker telefonieren konnte, und wie sie bald darauf erfrischt und zugleich ausgepowert zu Hause ankam. Frieda erinnerte sich daran, dass ihr regelmäßige Bewegung immer gutgetan hatte. »Vielleicht nimmst du mich mal mit?«, fragte sie spontan. »Ich sollte auch unbedingt wieder etwas für meine Fitness tun.«

»Klaro! Supergern. Wir können einen festen Lauftreff verabreden, ein- oder zweimal die Woche«, schlug Hanna gleich begeistert vor. »Auf fixe Termine kann sich Karsten am besten einstellen, und wenn wir uns morgens treffen, ist Max in der Kita.«

»Perfekt.«

»Und heute Abend habe ich auch ›frei‹.« Sie betonte das Wort, als wäre es in Anführungszeichen gesetzt.

Frieda verstand sofort, was sie meinte.

»Wollen wir etwas unternehmen?«, schlug Hanna vor, die mittlerweile wieder ruhiger atmete. »Wir können Marike und Kira fragen. So wie früher! Was denkst du?«

Bei dem Gedanken an ihre einstigen Mädelsabende wurde Frieda ganz warm ums Herz. Das war etwas, was sie in Schweden wirklich vermisst hatte: Freundinnen, die sie schon immer kannten. In deren Mitte sie ganz sie selbst sein durfte. »Das klingt wundervoll«, seufzte sie.

»Wir können uns bei mir treffen. Ich besorge den Wein, und wir bestellen uns was vom Asiaten. In Ordnung?«

»Ausgezeichnet!«, sagte Hanna euphorisch. »Dann lege ich jetzt besser noch eine Extrarunde ein. Wir sehen uns später!«

Sie verabschiedeten sich, und Frieda schickte eine Nachricht in die WhatsApp-Gruppe der Freundinnen, um die anderen beiden einzuladen. Während sie nach Hause spazierte, lächelte sie breit.

Kapitel 4

Bevor es Zeit war, das Wohnzimmer für den Besuch heute Abend herzurichten, sprich: Wein- und Wassergläser auf dem Couchtisch bereitzustellen, etwas Obst und Gemüse als gesunden Alibi-Snack zu schnippeln und die wenigen Habseligkeiten und Kartons, die noch herumstanden, wegzuräumen, beschloss Frieda, etwas für ihre Fitness zu tun. Sie würde den Platz im noch leeren Wohnzimmer für ein Workout nutzen. Bekanntermaßen war der Anfang immer am schwersten. Sie schlüpfte in bequeme Sportkleidung, rollte ihre Matte aus und suchte sich bei YouTube ein Pilates-Programm jener Trainerin heraus, mit deren Videos sie bis vor Kurzem trainiert hatte. In der nächsten halben Stunde schwitzte sie merklich einiges an angestautem Frust und Ärger heraus. Sie war etwas eingerostet und weniger beweglich als noch vor ein paar Wochen, stellte sie fest. Und einige der anstrengenden Bauchübungen musste sie in der Anfängervariante, mit auf dem Boden abgelegtem Kopf, absolvieren. Erschöpft, aber glücklich stand sie schließlich unter der Dusche und war stolz, ihren inneren Schweinehund überwunden zu haben. Sie ließ das heiße Wasser über ihren Körper laufen. Gleich kämen ihre Freundinnen. Es warteten Wein und chinesisches Essen auf sie. Sie würden herumalbern und endlich mal wieder aus vollem Herzen lachen. Das Leben konnte so schön sein!

Nach der Dusche legte Frieda etwas Make-up auf, ließ ihre schulterlangen Haare an der Luft trocknen und wählte einen dunkelblauen Jumpsuit, der gemütlich, aber schick war. Für ihr Wiedersehen nach so vielen Monaten wollte sie sich ein bisschen schön machen.

Mit einem Blick auf die Uhr entschied sie, die beiden Umzugskartons, die noch in der Stube standen, zunächst nur in die Nische im Flur zu schieben, statt sie auszuräumen. Sie hob den Deckel ein Stück an und lugte hinein. Erstaunt erkannte sie, dass die Kiste mit Papieren, Alben und dicken Umschlägen, wie man sie früher aus der Fotoentwicklung kannte, gefüllt war. »Schlecker«, stand auf den meisten Päckchen. Das war keine der Kisten, die sie aus Stockholm mitgebracht hatte. Der Karton musste bisher im Keller oder auf dem Dachboden der Eltern gestanden haben. Ihre Mutter hatte ihn wohl zu Friedas Habseligkeiten gestellt. Vielleicht, um ihr eine Freude zu machen und ihr die Gelegenheit zu geben, in Erinnerungen zu schwelgen. Frieda rümpfte leicht die Nase. Ihre Mutter konnte ja nicht wissen, dass sie gerade lieber nicht mit ihrer Vergangenheit konfrontiert werden wollte. Sie hatte immer noch das Gefühl, ihr jüngeres Ich enttäuscht zu haben.

Da klingelte es auch schon, und Frieda schob den Karton rasch in die Ecke. Mit ihrer Jugend würde sie sich ein anderes Mal beschäftigen. Schon klingelte es ein zweites Mal. Ihre Freundinnen waren ungeduldig. Frieda grinste. Wie lange hatte sie Hanna und Kira nicht gesehen? Das musste ebenso lange her sein wie bei Marike, überlegte Frieda. Sie erinnerte sich nicht, dass sie eine von ihnen mal allein getroffen hatte. Also lag das letzte Treffen mindestens 18 Monate zurück. Wirklich ein Trauerspiel! Sie hörte, wie ihre Freundinnen schwatzend und kichernd die Treppe hinaufkamen. Und ehe Frieda sich erneut darüber ärgern konnte, wie viel Zeit sie alle hatten verstreichen lassen, erreichten ihre Freundinnen die letzten Treppenstufen und standen mit strahlenden Gesichtern und hintereinander aufgereiht wie die Orgelpfeifen auf der Treppe vor Frieda.

»Frieda!«, quietschte Hanna. »Ach du meine Güte!« Ihre Stimme nahm einen zittrigen Ton an. Gleich würde sie anfangen zu weinen. Hanna war schon immer nah am Wasser gebaut gewesen.

»Komm her, du Heulsuse«, sagte Frieda lachend, musste aber auch schlucken. Schnell blinzelte sie die erste aufsteigende Träne weg. »Es ist schön, dich zu sehen«, flüsterte sie ihr ins Ohr. Sie drückten einander fest. Hanna war kleiner als Frieda und reichte ihr gerade einmal bis zu den Ohren. »Du wirst ja immer kleiner, du Sportfloh«, unkte Frieda und überspielte ihre Befangenheit.

»He, ich bin auch noch da«, rief Kira da aus dem Treppenhaus. »Ich habe Frieda auch noch nicht gesehen, seit sie wieder in Bremen ist.« Behutsam schob sie sich zwischen den anderen hindurch und nahm Frieda in den Arm. »Frieda, meine Schwedenschönheit. Gott sei Dank bist du endlich zurück zu Hause!«

Trotz aller Wiedersehensfreude lag ein Hauch Unsicherheit in der Luft. Alle schienen sich zu fragen, ob ihre Freundschaft die Distanz überstanden hatte. War nicht manches ungesagt geblieben, während sie einander nur auf Instagram gefolgt waren und sich digital ausgetauscht hatten? Sich selten gesehen hatten? Eigentlich nie die Alltagsprobleme der anderen mitbekommen hatten?

Frieda wies Hanna, Kira und Marike den Weg ins Wohnzimmer. Sie selbst verschwand in der Küche, um die Getränke zu holen. Als sie zurückkehrte, hatten Kira und Marike auf dem Sofa Platz genommen. Hanna hatte eines der übergroßen Sitzkissen gewählt, die Frieda aus dem Keller ihrer Eltern geholt hatte. Sie gesellte sich zu Hanna, kuschelte sich auf das andere der zwei Kissen und strahlte ihre Freundinnen an. Die leise Beklemmung, die Frieda eben noch wahrgenommen hatte, war verschwunden.

»Wie geht es dir?«, wollte Hanna wissen und berührte leicht Friedas Schulter. »Alles so weit in Ordnung?« Ihre großen dunklen Augen sahen sie besorgt an.

»Lass sie doch erst mal den Wein ausschenken«, ging Kira dazwischen und grinste. »Eins nach dem anderen!«

»Aye aye.« Frieda schenkte den Rotwein aus, den sie in ihrem Lieblingsweinladen in der Neustadt gekauft hatte, den es zu ihrer Freude nach all den Jahren noch gab, schob den anderen die Gläser zu und hielt ihr eigenes Weinglas in die Höhe. »Ich freue mich wahnsinnig, wieder hier bei euch zu sein und mit euch Wein zu trinken.« Sie grinste verschmitzt. »Nun, um ehrlich zu sein, habe ich natürlich nicht erwartet, irgendwann wieder genau *hier* mit euch zu trinken …« Vielsagend sah sie sich in dem Wohnzimmer um, das schon früher ihr Zuhause gewesen war. Die anderen lachten auf und Frieda tat es ihnen gleich. »Aber so ist es nun mal. Das Leben macht, was es will. Das ist nicht nur eine Phrase. Egal, was wir für Pläne haben. Es kommt oft anders, als gedacht oder erhofft. Oder erwünscht«, schob sie nachdenklich hinterher. »So, ich will nun gar nicht rührselig werden oder schlechte Stimmung verbreiten. Fest steht: Die letzten Wochen hatte ich ganz schön zu kämpfen.« Sie zog eine schiefe Grimasse. »Trennungen kann ich wirklich niemandem empfehlen. Doch so langsam geht es bergauf, und ich habe neuen Mut geschöpft.« Dass sie sich noch vor wenigen Stunden wie eine Versagerin auf ganzer Linie gefühlt hatte, verschwieg sie. Sie wollte nicht länger darüber nachdenken, und schon gar nicht wollte sie ihre trüben Gedanken zum Thema des Abends machen. »Das hat natürlich vor allem mit euch zu tun. Und mit meinen Eltern, die mich wieder bei sich aufgenommen haben«, fügte sie pflichtschuldig hinzu. »Ich bin froh, dass ich euch alle habe! Meine Familie und meine Freundinnen. Auf euch!«

›Ochs‹ und ›Schniefs‹ ertönten, und die vier Frauen schlossen sich in die Arme.

»Das wird schon wieder«, sagte die allzeit optimistische Hanna. »Und, auch wenn das ebenfalls eine abgedroschene Phrase ist: Wenn sich eine Tür schließt, öffnet sich eine andere!«

»Na, die will ich gern mal sehen, diese Tür«, gab Frieda gespielt grummelig zurück. Dann nahmen alle erst mal einen Schluck Wein und ließen ihn sich genüsslich auf der Zunge zergehen.

»Lecker«, kommentierte Marike, und die anderen stimmten ihr zu.

»Was hast du denn jetzt vor?«, wollte Kira wissen. Sie saß im Schneidersitz auf dem tiefen Sofa und hatte sich an ein großes Kissen gelehnt. Lässig hielt sie ihr Weinglas in der Hand und sah Frieda erwartungsvoll an. »Gibt es schon einen Plan?«

Frieda betrachtete ihre Freundin, die stets so wirkte, als hätte sie alles im Griff. Ihr braunes Haar trug sie in einem glatten, gepflegten Bob. Ihr Make-up war immer schlicht, aber sorgfältig, und sie wählte ihre Kleidung weniger nach den neuesten Trends als vielmehr nach Qualität und Zeitlosigkeit aus. Heute trug sie eine helle Stoffhose mit hohem Bund und dazu ein schlichtes weißes T-Shirt. Frieda unterdrückte ein Schmunzeln. Wie sollte sie einer Frau wie Kira erklären, dass sie überhaupt keinen Schimmer hatte, womit sie künftig ihren Lebensunterhalt verdienen sollte? Und wo sie wohnen würde, wenn es Zeit war, bei ihren Eltern auszuziehen? Sie entschied sich für die Wahrheit. Und wer, wenn nicht Kira, würde wissen, was nun zu tun wäre?

»Nein, es gibt keinen Plan«, gab sie zu und schüttelte leicht den Kopf. Während sie auf das Wandbild schaute, als sei dort eine Antwort versteckt, sagte sie: »Ich dachte eine Zeit lang, mein Traum wäre es, vom Schreiben zu leben. Ich wollte gar nicht berühmt werden oder wahnsinnig erfolgreich, ich wollte bloß meinen Lebensunterhalt mit meinen Geschichten bestreiten.« Sie brach ab. »Diesen Traum habe ich bereits gelebt. Versteht ihr? Es ist, als hätte ich mein Happy End gehabt und müsste nun noch einmal von vorne anfangen.« Wieder machte sie eine Pause. Sie streckte die Beine aus und lehnte sich zurück an die Wohnzimmerwand. »Ich versuche schon die ganze Zeit, mich daran zu erinnern, was ich vor dem Schreiben gemacht habe, wer ich war und was ich werden wollte.«

»Du hast erst Bio und dann BWL studiert«, stellte Kira trocken fest.

»Ja. Das weiß ich doch«, gab Frieda daraufhin ungeduldig zurück. »So meinte ich das nicht. Wer war ich damals? Wohin wollte ich eigentlich?«

»Nach Schweden.«

»Kira!«, rief Hanna dazwischen. »Gib Frieda eine Chance!«

Marike verkniff sich ein Grinsen.

»Nun, das ist nichts, was wir heute Abend klären müssen. Oder können!«, sagte Frieda zuversichtlicher, als ihr zumute war. »Das wird sich alles finden. Und nun genug von mir. Wie geht es *euch* denn? Ist bei euch alles so, wie es sein sollte? Wisst ihr, wohin ihr wollt?«

Kira sah aus, als hätte sie die Frage nicht ganz verstanden. Marike lachte. Und Hanna zog eine nachdenkliche Miene.

»Mein Leben ist so, wie ich es geplant habe«, meinte Kira schließlich, als keine der anderen beiden antwortete. »Ich würde nichts ändern wollen. Mein Beruf füllt mich aus. Er ist oft anstrengend und herausfordernd, aber ich habe ein gutes Gefühl dabei. Ich kann etwas bewirken mit dem, was ich tue. Das war mir wichtig.« Die anderen nickten. Keine von ihnen hätte sich Kira in einem belanglosen Job vorstellen können. »Außerdem habe ich eine schöne Wohnung, viele Bekannte und ein paar echte Freunde. Was mich unglücklich macht, versuche ich zu ändern«, erklärte sie. »So soll es sein, oder nicht?«

Hanna wiegte den Kopf. »Sollte es, ja.« Sie seufzte leise.

»Ist es denn bei dir anders?« Neugierig musterte Kira ihre Freundin, die Einzige von ihnen, die eine Familie gegründet hatte.

»Nein. Oder vielleicht ja. Ein bisschen.« Hanna brach ab und drehte gedankenverloren ihr Glas. »Eigentlich ist gar nichts«, murmelte sie und blickte zu Boden.

»Na, spuck es schon aus«, drängte Frieda sanft. »Wir hören zu, und wenn es nötig ist, schweigen wir wie ein Grab. Das weißt du!«

»Also, mir geht es schon gut«, fuhr Hanna fort und sah ihre Freundinnen nacheinander an. So, als wollte sie sichergehen, dass alle sie gehört hatten. »Ihr müsst euch keine Sorgen machen. Ich bin nicht krank oder so etwas.«

»Das ist schon mal schön zu hören«, meinte Marike, und in ihrer Stimme klang Erleichterung mit.

Hanna lächelte ihr zu und sagte dann: »Ach, ich weiß es doch auch nicht. Ich komme mir furchtbar undankbar vor. Ich meine, ich habe Zeit für Sport und für mich, habe eine liebe Familie und eine gute Stelle in der Schulverwaltung. Das war mir alles immer wichtig. Aber früher hatte ich natürlich noch keine Vorstellung davon, wie es dann *wirklich* werden würde.«

»Wie meinst du das?«, fragte Marike stirnrunzelnd, nachdem sie abgewartet hatte, ob Hanna von sich aus fortfahren würde. »Hast du etwa Sorgen? Habt ihr Streit, Karsten und du? Oder ist etwas mit Max?«

»Nein!«, sagte Hanna sofort. »Sorgen kann man es eigentlich überhaupt nicht nennen. Ich hatte es mir nur … leichter vorgestellt«, meinte sie dann. »Ein süßes Kind, einen liebevollen Ehemann, nebenher einen sinnstiftenden Beruf, nette Kollegen, Freundschaften …« Sie ließ das Ende des Satzes in der Luft hängen. Keine der anderen Frauen hatte Kinder. Und keine von ihnen konnte sich so richtig vorstellen, wie es wäre, welche zu haben. Kira wäre gern Mutter geworden, aber das war ja so ziemlich das Einzige, was sie nicht allein verwirklichen konnte. Theoretisch ginge das natürlich schon, aber alleinerziehend wollte sie eben auch nicht sein. Insgeheim waren sich alle drei einig: Wenn sie ein Kind hätten, dann nur mit einem Partner, der sich engagierter zeigte als Karsten. Doch offenbar wollte keine von ihnen den ersten gemeinsamen Abend seit Langem mit einer Bemerkung dahingehend belasten. Frieda dachte, dass es ihr schon so ergangen war, als Marike am Vortag von ihrer Affäre erzählt hatte. Sie müssten unbedingt bald wieder damit anfangen, einander die Wahrheit zu sagen. Auch wenn sie unbequem war. Jetzt aber schwiegen sie und schenkten Hanna aufmunternde Blicke.

Marike sagte schließlich: »Ich finde, du machst das super. Wenn du mal Hilfe brauchst, sind wir für dich da.«

Kira zog die Augenbrauen hoch, sagte jedoch nichts. In ihrer Vorstellung waren Freundinnen nicht dafür da, ein Kind mit großzuziehen. Dabei kümmerte sie sich gerne um Max, hatte ihn schon einige Male abends gehütet und freute sich immer, wenn Hanna ihn zu ihren Treffen mitbrachte.

»Das weiß ich doch«, sagte Hanna. Sie zog ihre Beine an ihren Körper und legte das Kinn darauf ab. »Ich hatte einfach einen schwierigen Tag heute. Irgendwie lief alles schief. Das fing direkt morgens an. Wir haben verschlafen. Max hatte schon zwei Wutanfälle, bevor wir überhaupt aus dem Haus waren. Später hat auch noch meine Schwiegermutter angerufen und rumgenölt ... Dann musste Karsten Überstunden machen«, zählte sie auf.

Wie der Schein trügen konnte, dachte Frieda. Als sie Hanna am Telefon erreicht hatte, während diese entspannt durch den Bürgerpark joggte, klang alles nach heiler Welt.

»Ich wusste überhaupt nicht, wo mir der Kopf stand«, sagte Hanna. Dann gab sie sich einen Ruck. »Aber Max macht das alles wieder wett. Also, wenn er mich nicht gerade anschreit, weil ich ihm den falschen Löffel zu seinem Müsli reiche.« Die vier Freundinnen lachten bei der Vorstellung. »Ich glaube nicht, dass es das Richtige für mich wäre, in Vollzeit zu arbeiten und meinem Mann die schönsten Momente mit unserem Kind zu überlassen.« Sie lächelte. »Also, summa summarum: alles gut, wie es ist. Aber danke, dass ich das mal loswerden konnte!« Das war Hanna. Durch und durch. Immer nach vorne schauen. Immer das Gute sehen, dachte Frieda bewundernd. Sie beobachtete, wie ihre Freundin einen Schluck Wein trank und sich Marike zuwandte. »Jetzt bist du dran.«

Die machte es kurz: »Mein Leben ist schön. Obwohl ich früher auch immer dachte, ich hätte eine Familie, wenn ich mal Ende 30 bin. Mir fehlt aber nichts«, betonte sie. »Ich bereue nichts.«

»Non, je ne regrette rien«, sang Hanna.

»Und deine Affäre mit einem verheirateten Mann?«, wagte Kira zu fragen. »Das findest du *schön?*«

Marike zuckte mit den Schultern. »Wir haben eine gute Zeit miteinander«, entgegnete sie schlicht und sah Kira dabei fest in die Augen. Sie schien zu ihrem Verhalten zu stehen.

Frieda hatte das Gefühl, einschreiten zu müssen. Sie wollte nicht, dass es Streit gab. Schon in ihrer Jugend konnten gerade zwischen Kira und Marike die Fetzen fliegen. »Seht ihr!«, rief sie und blickte triumphierend in die Runde. »Ist doch immer so, dass es hier und da mal hakt! Dass es anders kommt als gedacht.«

»Niemand hat etwas anderes behauptet, Süße!« Marike lächelte. »Man muss sich dann eben wieder aufrappeln.«

»Lösungen finden, ein Ziel vor Augen haben«, fügte Kira hinzu.

»Und dabei wollen wir dir helfen«, ergänzte Hanna. Sie hatte schon ganz glasige Augen. Das erste Glas hatte sie viel zu schnell geleert und bei ihrer zarten Statur vertrug sie Alkohol ohnehin schlecht.

»Das ist sehr lieb von euch, danke«, murmelte Frieda und war für einen Moment ergriffen davon, wie wenig sich zwischen ihnen verändert hatte. Eine für alle, alle für eine. So war es schon immer gewesen.

»Von was lebst du eigentlich gerade?«, legte Kira den Finger in die Wunde. »Hast du Ersparnisse?«

»Sie hat doch einen Ex-Mann.« Marike lachte unbekümmert und Hanna nickte.

»Ja, ich habe ein paar Ersparnisse. Von Jonathan bekomme ich kein Geld«, sagte Frieda und sah in Marikes ungläubiges, Kiras wohlwollendes und Hannas verständnisloses Gesicht.

Kira ergriff als Erste das Wort. »Ich finde das gut! Du bist eine selbstständige Frau und machst dich nicht von ihm abhängig. Bravo!«

»Ich finde das, ehrlich gesagt, etwas dumm«, bemerkte Marike trocken. »Er ist wohlhabend, ihr wart verheiratet, das Geld steht dir zu. Warum nimmst du es nicht einfach?«

»Möchtest du auch noch etwas sagen?«, wandte sich Frieda an Hanna und zog abwartend die Augenbrauen hoch.

Die wurde rot. »Öhm«, machte sie. »Ich würde das Geld wohl auch annehmen. Aber du weißt sicher, was du tust«, war schließlich ihre diplomatische Antwort.

»So ist es. So, und nun lasst uns etwas zu essen bestellen. Hanna braucht etwas Festes in den Magen! Gibt es noch das Asia House Deluxe in der Langemarckstraße?«

Die anderen Frauen prusteten los. »Nee, Frieda. Das hat vor fast 10 Jahren dichtgemacht. Hast du schon mal was von Liefer-Apps gehört?« Sie kicherten ausgelassen, riefen eine der Apps auf und wählten ein Restaurant aus, bei dem sie Sushi, Frühlingsrollen und Nudelgerichte bestellten.

Es war weit nach Mitternacht, als sich die Freundinnen unten an der Tür voneinander verabschiedeten. Zwar bemühten sie sich, möglichst leise zu sprechen, um Friedas Eltern nicht zu wecken, aber das Wiedersehen und der Wein hatten sie in eine so gelöste Stimmung versetzt, dass sie kaum aufhören konnten zu plaudern und herumzualbern. Es war herrlich. Frieda schmerzte der Bauch vor Lachen und vom vielen Essen, ihr Kopf war frei von Sorgen und voller Dankbarkeit für ihre Freundinnen.

Kapitel 5

»Herzlich willkommen zu unserem Seminar ›Social Media Marketing leicht gemacht‹!« Der schlaksige junge Mann, den Frieda auf höchstens Mitte 20 schätzte, blickte aufmunternd in die Runde. Ein knappes Dutzend Teilnehmer, inklusive Frieda, hatte sich im Seminarraum des Bildungsanbieters zusammengefunden. Die Kosten für das Seminar übernahm in Friedas Fall das Arbeitsamt. Ob die anderen auch über das Amt hier waren oder den Kurs aus eigener Tasche zahlten, wusste Frieda nicht. Neugierig sah sie sich um. Sie waren eine bunt gemischte Gruppe mit Menschen aller Altersstufen. Der Seminarleiter gehörte zu den Jüngsten. Frieda erblickte mehr Frauen als Männer, einer hatte bereits fleißig einen Laptop aufgeklappt, andere saßen ganz entspannt zurückgelehnt auf ihrem Stuhl und warteten erst mal ab, wieder andere hatten wenigstens ein Notizbuch und einen Stift gezückt, um zu zeigen, dass sie bereit wären für die Wissensaufnahme. Frieda hatte sich ebenfalls nur für einen Block entschieden, aber ihr Handy zu Hause vorsorglich voll aufgeladen, um das Erlernte nach Möglichkeit direkt ausprobieren zu können.

»Ich bin Ben«, stellte sich der Lehrer vor. »Mir gehört eine mittlerweile gar nicht mehr so kleine Werbeagentur in Schwachhausen. Sie heißt SEO-Sau – sicher habt ihr schon mal von uns gehört!« Ein rascher Schulterblick in die Gesichter der anderen zeigte Frieda, dass sie nicht die Einzige war, die die Agentur weder kannte noch den Namen besonders passend fand. Als hätte Ben ihre Gedanken gelesen, erklärte er nun: »SEO-Sau ist ein Kunstwort aus SEO, also Search Engine Optimization, Suchmaschinenoptimierung«, ergänzte er, als ihm auffiel, dass heute auch blutige Anfänger unter ihnen sein könnten, »ja, und Rampensau! Wir sind die Rampensäue auf der SEO-Bühne«, rief er lachend, und Frieda atmete scharf ein.

Ach du je, dachte sie und konnte nur mit Mühe ein Augenrollen unterdrücken. Ihr fiel wieder ein, weshalb sie einen Job in der Werbung bisher nicht in Betracht gezogen hatte: Werbeagenturen waren wie ein Auffangbecken für Möchtegerne. Für Menschen, meistens Männer, die sich unendlich gern reden hörten. Aber nun war sie hier und würde das Beste daraus machen. Zu wissen, wie man sich auf Instagram und Co vermarktete, konnte heutzutage ja fast in jedem Job hilfreich sein. Neben Frieda hatte eine Frau Platz genommen, die ein paar Jahre älter als sie sein musste. Ihr dunkelgraues Haar fiel ihr voluminös bis auf die Schultern. Mit einem samtigen blauen Haarband hatte sie einen Teil davon auf halber Höhe zusammengebunden. Ihre weit geschnittene Baumwollbluse war im gleichen Blau gehalten, und als sie sich jetzt meldete, um eine Frage zu stellen und Frieda zu ihr hinsah, stellte sie fasziniert fest, wie sehr der Ton das Hellblau ihrer Augen zum Leuchten brachte.

»Ja, bitte?«, erteilte Ben ihr etwas widerstrebend das Wort. Er war offenbar noch nicht fertig mit seiner Einleitung und schien auf Unterbrechungen empfindlich zu reagieren.

»Moin«, sagte Friedas Sitznachbarin in die Runde. »Ich bin Kati.« Sie lächelte. »Lernen wir heute SEO?«, wollte sie dann wissen. »Ich bin eigentlich wegen Social Media Marketing hier. Bin ich im falschen Kurs?« Sie zwinkerte Frieda heimlich zu, und die verstand. Kati glaubte nicht wirklich, im falschen Kurs zu sitzen. Sie wollte der Selbstdarstellung bloß Einhalt gebieten.

»Wir können das eine kaum ohne das andere betrachten«, antwortete Ben. »Die Marketingwelt ist eine ganzheitliche. Wir kommen gleich darauf zurück«, versprach er. »Nun wollen wir uns erst mal kennenlernen! Ich möchte erfahren, wer ihr seid und was ihr euch von dem heutigen Schnellkurs erhofft. Wir SEO-Säue bieten natürlich auch weitere umfassende Seminare und Weiterbildungen an, in denen wir euch über mehrere Wochen gezielt schulen und euch alles beibringen, worauf es im digitalen Zeitalter ankommt.«

Kati versuchte, bei »SEO-Säue« ein Auflachen zu unterdrücken, was ihr gründlich misslang. Ein scheppperndes Grunzen erfüllte den Raum.

»Alles in Ordnung? Kati, richtig?«, erkundigte sich Ben mit säuerlicher Miene.

»Ja, natürlich. Entschuldigung. Ich habe mich nur verschluckt.«

»Gut. Du hast eben schon den Anfang gemacht. Magst du dich gleich vorstellen?«

Kati nickte mit gerötetem Gesicht, wischte sich eine kleine Träne aus dem Augenwinkel und erzählte, dass sie in einer Unternehmensberatung arbeitete. Das Management plante, sich zukünftig auf digitalen Businessportalen zu präsentieren. Dazu sollte eine eigene Abteilung aufgebaut werden, und um für die Vorstellungsgespräche bestens gewappnet zu sein, musste Kati sich vorab informieren.

Ben nickte, machte sich eine kurze Notiz und wandte sich Frieda zu. Er lächelte charmant. »Kommen wir zu dir! Wer bist du und was hat dich heute hergeführt?«

Frieda hatte nicht vor, preiszugeben, dass sie als erfolglose Autorin nun versuchte, sich eine neue Existenz aufzubauen, die vielleicht ebenfalls mit Schreiben und Wörtern zu tun hatte. »Ich bin Frieda und möchte mich gern weiterbilden. Derzeit … ähm«, sie unterbrach sich kurz und überlegte. Pausen waren gut, dachte sie. Sie halfen, unnötiges Plappern zu vermeiden. »Derzeit bin ich auf der Suche nach einer neuen beruflichen Herausforderung, zum Beispiel im Bereich PR, und da schadet es nicht, sich mit digitalen Kanälen auszukennen«, schloss sie.

»Ah, sehr gut. Darf ich fragen, was du vorher gemacht hast? Wir können immer neue SEO-Säue gebrauchen.« Er sagte das ganz ohne Scham. Ohne jegliches Anzeichen eines zuckenden Mundwinkels.

Frieda fragte sich, wie er das anstellte. Und an den bebenden Schultern von Kati merkte sie, dass auch sie sich diese Frage stellte. Bens fragender Blick ruhte auf ihr und erinnerte Frieda daran, dass er auf eine Antwort wartete. »Ich war Redakteurin«, gab sie zurück und kreuzte innerlich die Finger. Genau genommen war sie »Kolumnistin eines wöchentlich erscheinenden Beitrags« gewesen. Aber der Begriff »Kolumnistin« rief bei den meisten Menschen ein erstauntes »Oh« hervor, weil es sich viel spannender anhörte als »Redakteurin«, und Frieda hatte gerade absolut keine Lust darauf, zu erklären, wie sie an diesen Job gekommen war und warum sie ihn nun nicht mehr ausübte.

»Wie gesagt, Frieda. Wir brauchen immer gute Leute. Lass uns nachher gern noch mal schnacken!« Er zwinkerte ihr zu, und Frieda schauderte es. Erstaunlich, was dieser junge Mensch für ein Selbstbewusstsein an den Tag legte. Aber, das musste sie sich eingestehen, vielleicht war es nur der Neid. Schließlich führte Ben bereits eine eigene, offenbar erfolgreiche Werbeagentur, während Frieda mit knapp 15 Jahren mehr auf dem Buckel heute hier war, um sich von ihm etwas beibringen zu lassen.

»Dann machen wir mit dir weiter.« Ben ließ seinen Blick zu einem Mann mittleren Alters wandern, der seine ergrauten Haare zu einem langen Zopf gebunden hatte. Hinter der dicken Brille schaute ein Augenpaar mürrisch hervor.

Die Stimme, die jetzt dazu erklang, war nicht weniger griesgrämig. »Moin, ich bin Tim. Mein Berater beim Jobcenter hat mich gezwungen, den Kurs mitzumachen.« Tim hielt die Arme verschränkt. Trotz des warmen Sommertages trug er ein langärmeliges Flanellhemd, das sicher schon bessere Tage gesehen hatte.

»Wir können auch aus Steinen, die uns in den Weg gelegt werden, etwas Schönes bauen, oder nicht?«, versuchte Ben, ihn aufzumuntern.

Tim machte auf Frieda nicht den Eindruck, als ob er von pseudo-fröhlichen Mutmachsprüchen besonders viel hielt. »Wenn du meinst«, brummte er zur Antwort.

»Gibt es etwas, was du heute hier lernen möchtest?«, ließ sich Ben nicht abwimmeln. Er lehnte lässig am Schreibtisch, der vor den U-förmig angeordneten Tischen der Teilnehmenden stand.

Tim holte tief Luft und sah erst den Seminarleiter und dann die anderen finster an. »Nein.«

»Gut, dann eben nicht«, murmelte Ben, drehte sich kurz um, um wieder etwas zu notieren, und strahlte dann den Mann an, der neben Tim saß. »Möchtest du dich vorstellen?«, fragte er und ließ sich gleich darauf davon ablenken, dass Tim demonstrativ aus dem Fenster schaute. So, als ob ihn das alles nichts anginge. Ben schien ein Seufzen zu unterdrücken, ehe er seine Aufmerksamkeit dem jungen Mann neben Tim zuwandte.

»Mein Name ist Frederik Kühn. Ich muss gestehen, ich finde es etwas befremdlich, so vertraulich geduzt zu werden.« Er nickte Ben knapp zu. »Aber wenn sonst niemand etwas dagegen hat, will ich mich der Allgemeinheit fügen.«

»Super, Freddy«, gab Ben zurück, und Frederiks Nase zuckte unkontrolliert. »Kleiner Scherz«, schob Ben hinterher und lachte laut. »Man sollte sich selbst nicht so ernst nehmen, was?«

Diese unangenehm plumpe Art, seine Mitmenschen

bloßzustellen, konnte Frieda nicht leiden. Wer war er, darüber zu urteilen, wie Frederik sich fühlte?

»Frederik«, begann Ben jetzt betont förmlich, »was führt dich heute her?«

Frederik richtete sich noch ein Stück weiter auf, strich seine Krawatte glatt und sagte: »Ich werde demnächst in das familiengeführte Unternehmen meiner Frau einsteigen. Es handelt sich um eine Reederei, und mein Schwiegervater möchte, dass ich in der Marketingabteilung anfange.«

»Schön.« Ben rieb sich die Hände. »Und was hast du vorher gemacht?«

»Ich habe Ingenieurwesen studiert.«

Frieda stutzte. Sie hätte Frederik auf Anfang 40 geschätzt. Auch Kati sah überrascht von ihren Kritzeleien auf. Sie zeichnete ein Cartoon von Ben. Sie hatte Talent, fand Frieda.

Frederik, der die allgemeine Irritation bemerkte, sagte rasch: »Ich habe ziemlich lange studiert und später pausiert, weil ich mich um unsere beiden Kinder gekümmert habe. Jetzt sind sie etwas größer, und ich werde in Teilzeit in der Firma meiner Frau anfangen.«

»Wieso möchtest du im Marketing arbeiten, wenn du studierter Ingenieur bist?«, wollte Ben stirnrunzelnd wissen.

»Ich habe mein Studium nicht beendet«, gab Frederik zu. »Und mein Schwiegervater hält nicht viel von mir. Er meint wohl, im Marketing sei ich gut aufgehoben und könne nicht viel Schaden anrichten. An die Konstruktion der Schiffe würde er mich nie im

Leben dranlassen. Es ist also mehr seine Entscheidung als meine.«

Neugierig sah Ben Frederik an, als handelte es sich bei ihm um ein besonders seltenes Insekt. Schließlich gab er sich einen Ruck. »Nun gut. Dann hoffen wir mal, dass dieser Kurs dir weiterhilft, Frederik. Sprich mich in der Pause aber gern noch mal an. Wir bieten auch Motivations- und Lifecoachings an, um den Selbstwert zu stärken und Potenziale zu entwickeln. Einer unserer Mitinhaber ist ein beliebter Speaker auf Coaching-Events. Wir promoten ihn und seine Vorträge. Er hat Bücher zu diversen Themen verfasst. Sicher ist da etwas für dich dabei.«

Frederik blinzelte. Ob interessiert oder verwirrt, konnte Frieda aus der Ferne nicht deuten.

Im Anschluss stellte sich eine schüchterne junge Frau vor, die so leise redete, dass Frieda sie kaum verstand. Sie hieß Uta, hatte langes blondes Haar, das ihr glänzend über den Rücken fiel, und ein schmales, spitzes Mausgesicht. »Ich mache gerade ein Praktikum«, erklärte sie, »in einer Werbeagentur«, fügte sie errötend hinzu und wich Bens Blick aus. »Die Kollegen sind alle sehr nett«, beeilte sie sich zu sagen, als fürchtete sie, Ben auf die Füße zu treten. »Nur leider komme ich nicht so gut mit wie die anderen Praktikant:innen, und da ich nicht immer so viele blöde Fragen stellen möchte, bin ich heute eben hier.«

»Es gibt keine blöden Fragen, nur blöde Antworten«, ließ Ben eine weitere Weisheit vom Stapel, und Frieda dachte, dass das leider nicht stimmte. Sie hatte im Laufe ihres Lebens schon sehr viele sehr blöde Fragen gehört.

Dann war da noch Greta, eine Rentnerin, die Lust auf etwas Neues hatte und unbedingt mitreden wollte, wenn sich ihre Enkel unterhielten. Sie trug einen hellgrauen Bob und eine Brille an einer bunten Kette. Luise, eine Mutter Mitte 30, schloss sich Greta an – sie wollte wissen, was ihre 13-jährige Tochter so bei Instagram und TikTok trieb, um deren Hobby, aus dem der Teenager später einen Beruf machen wollte, besser zu verstehen. Diese hatte bereits 13.000 Follower, und Luise beäugte die Onlinezurschaustellung mit Skepsis. Neben Luise saß Matthias, ein Mittfünfziger, der behauptete, ebenfalls eine eigene Werbeagentur gründen zu wollen. Er sei jahrelang in diversen Branchen selbstständig gewesen und könnte sich nun eigentlich mit ausreichendem finanziellem Polster als Frühpensionär zur Ruhe setzen, aber das sei ihm zu langweilig. Frieda hielt ihn für einen Aufschneider. Aber sie wusste auch, dass sie manchmal vorschnell urteilte. Ihr kam ein Zitat von Robin Williams in den Sinn, das besagte, nett zu anderen Menschen zu sein. Immer. Denn jeder kämpfte im Verborgenen seine eigene Schlacht. Mit frisch gewonnener Güte sah sie Matthias an, der ihren Blick fälschlicherweise als Flirtversuch missverstand und ihr zuzwinkerte. Sie wandte sich ab, ohne darauf zu reagieren.

Die Vorletzten in der Runde waren zwei Studentinnen, Denise und Emina, die gerade ihr Studium der Kulturwissenschaften abgeschlossen hatten und für ihren Lebenslauf noch etwas Praktisches brauchten. Sie bekundeten Interesse für die weiteren Kurse von Ben, was er mit einem freudigen »Aber klar doch« quittierte.

»Und nun kommen wir zu dir«, richtete er seine Aufmerksamkeit dann auf den letzten Teilnehmer der Klasse, der sich noch nicht vorgestellt hatte.

»Mein Name ist Justus. Und ich finde es immer wichtig, sich weiterzubilden.« Er war aufgestanden und hatte sich bei der Vorstellung kurz mit der rechten Hand ans Herz gefasst. Eine Geste, die hätte rührend sein können, wenn sie nicht so einstudiert gewirkt hätte.

»Das sehe ich ganz genauso, Justus!« Ben war begeistert. »Möchtest du uns noch anvertrauen, was du beruflich machst?«

»Ich mache eine Ausbildung zum Industriekaufmann«, erzählte Justus bereitwillig. »Soziale Medien gehören zu meinem privaten Alltag. Ich mache das alles intuitiv.« Er lachte. »Das läuft bei mir ganz gut. Ich habe 20k Follower«, sagte er stolz.

Ben schnaubte anerkennend.

»Heute möchte ich mehr über die Strategie erfahren. Von einem Fachmann. Einer SEO-Sau«, schloss er, deutete erneut eine Verbeugung an und setzte sich dann wieder.

Alle sahen ihn an. Kati hatte ihren Stift beiseitegelegt. Sogar Tim hatte seinen Blick vom Fenster abgewendet. Der Einzige, der nicht sprachlos war, war Ben. Er schien sich mit Schauspielern dieser Art entweder gut auszukennen oder er erwartete ohnehin, als Experte gelobt zu werden, sodass es ihm nicht auffiel, wenn jemand schamlos übertrieb.

Schwungvoll richtete er sich nun auf, ging einmal um den Tisch herum, klickte auf seinen Monitor und verkündete: »Ich beginne mit einer Präsentation zur Geschichte von Social Media, der heutigen Bedeutung für unser Privatleben, aber auch zur Rolle, die sie als längst etablierte, unverzichtbare Marketinginstrumente spielen. Ich zeige euch, wie ihr eure Posts in den Corporate-Farben erstellt, wie ihr die richtige Tonalität wählt und wie ihr mit eurer Community interagiert. Außerdem sprechen wir über vermeidbare Fehler und, was am wichtigsten ist, wie ihr eure Reichweite erhöht!«

Frederik hob die Hand. Ohne abzuwarten, ob Ben ihm das Wort erteilen würde, fragte er: »Werden wir auch in die Praxis gehen? Lernen wir, Inhalte zu organisieren und zu planen?«

»Ja, natürlich. Wir können darüber sprechen, wie ihr einen Redaktionsplan aufstellt, und mit dem Test-Account der SEO-Säue, den wir dafür eingerichtet und auf privat gestellt haben, könnt ihr munter ausprobieren.«

»Super, dann lernen wir heute ja richtig was«, freute sich Kati und schien es trotz ihrer anfänglichen Skepsis ernst zu meinen.

»Wann machen wir Pause?«, brummelte Tim.

»Alles, was wir heute nicht mehr schaffen, können wir in einem Aufbaukurs unserer Agentur vertiefen«, antwortete Ben und ignorierte Tims Frage. »Justus, würdest du einmal die Fenster abdunkeln? Dann starte ich mit meiner Präsi.«

Drei Stunden später, als sie zu Tims Verdruss die erste und einzige Pause des Tages einlegten, rauchte Frieda der Kopf. Allerdings musste sie zugeben, dass sie schon viele neue Dinge erfahren hatte, die ihr tatsächlich bei der Jobsuche helfen könnten.

Sie verließ den Seminarraum und folgte dem Flur, bis sie zu einer offen stehenden Tür kam – anhand der Rauchschwaden, die durch sie hindurchwaberten, unverkennbar der Ausgang zur Raucherecke. Sie wollte schon vorbeilaufen und einen anderen Ausgang suchen, um frische Luft zu schnappen, da vernahm sie Katis Stimme. »Frieda, hey, leiste mir doch Gesellschaft!«

Sie stand in einer winzigen Ecke, die von der Sonne angestrahlt wurde, und hielt ihr ohnehin schon tief gebräuntes Gesicht genießerisch dem Licht entgegen. »Magst du auch eine?« Mit geschlossenen Augen reichte sie Frieda die Schachtel Zigaretten an.

»Nein, danke«, sagte Frieda. »Es ist ewig her, dass ich geraucht habe. Besser nicht.«

»Gut.« Kati ließ die Packung wieder in ihrer Hosentasche verschwinden. »Wie gefällt dir der Kurs?«, wollte sie dann wissen.

»Überraschend gut«, gab Frieda fast widerstrebend zu. Sie tat es Kati gleich und ließ ihr Gesicht von der warmen Sommersonne anstrahlen. »Er scheint ein aufgeblasener Idiot zu sein, aber er versteht etwas von seinem Fach.«

»Du sprichst mir aus der Seele«, stimmte Kati zu. »Ich dachte erst, ich falle vor Lachen vom Stuhl. SEO-Säue! Wer hat sich das bloß ausgedacht?« Wieder musste sie kichern, und Frieda fiel mit ein.

»Ich nehme an, das war er selbst«, sagte sie dann. »Scheint es ja noch immer für einen großartigen Namen zu halten.«

»Die Rampensäue der SEO-Bühne! Meine Güte, darauf muss man erst mal kommen.« Kati schnaubte. »Als Unternehmensberaterin hätte ich meinen Hintern darauf verwettet, dass sich so ein dämlicher Name nicht durchsetzt, aber wir wissen eben auch nicht alles.« Sie grinste schief. »Verrate das nicht weiter. Unsere Kunden setzen schließlich darauf, dass wir genau das tun.«

Frieda schmunzelte. »Versprochen. Du, ich gehe noch mal eben ein paar Schritte. Ich brauche etwas Bewegung.«

Kati nickte, und Frieda verbrachte den Rest der kurzen Pause auf dem Bremer Marktplatz. Sie war natürlich schon unzählige Male über die gute Stube, wie der Platz im Volksmund genannt wurde, geschlendert. Schließlich war sie in Bremen aufgewachsen, kannte den Roland und das Rathaus, selbstverständlich auch die Bremer Stadtmusikanten. Aber wie das eben so war, wenn man nach langer Zeit wieder an einen Ort zurückkehrte: Man sah ihn plötzlich mit anderen Augen. Die hutzeligen Fassaden und Giebel, das Haus der Bürgerschaft, die vielen Bistros, die sich hier verteilten und von denen Frieda immer angenommen hatte, nur Touristen würden sich hier niederlassen. Jetzt bekam sie auf einmal selbst Lust, in der Sonne einen Kaffee zu trinken, das Treiben zu beobachten und sich wie eine Besucherin zu fühlen. Sie nahm sich das für die nächsten Tage vor. Ein Blick auf die große Domuhr erinnerte sie daran, dass es Zeit war, in den Seminarraum zurückzugehen. Sie seufzte und nahm die breiten Treppenstufen des majestätischen Gebäudes, genannt Schütting, das Sitz der Handelskammer war und in dem der Bildungsanbieter für heute einen Raum gemietet hatte.

Im zweiten Teil des Seminars ging es darum, ihr Wissen auf dem Test-Account der Agentur anzuwenden. Sie hatten viel Spaß dabei, erstellten Posts, gaben sich gegenseitig Hinweise und lachten, wenn etwas nicht auf Anhieb funktionierte. Sogar Tim ließ sich mitreißen und erstellte ein Reel, ein kurzes Video auf Instagram, in dem er den Seminartag zusammenfasste, das Ganze mit Musik unterlegte und Effekte einbaute.

Um 17 Uhr klatschte Ben wie ein Lehrer in der Schule in die Hände. »So, Leute, das war es erst mal für heute. Ich habe hier eure Teilnahmebestätigungen liegen. Die könnt ihr euch beim Herausgehen mitnehmen. Ihr findet darauf auch meinen Namen, den Namen meiner Agentur …«

»Als ob ich den je wieder vergessen würde«, unkte Kati gedämpft, aber laut genug, dass jeder im Raum sie gehört hatte.

»… außerdem Termine für weitere Kurse«, ließ sich Ben nicht von Katis Zwischenruf aus der Ruhe bringen. »Frieda, Frederik, habt ihr noch einen Moment? Dann können wir uns noch ein wenig unterhalten.« Er sah herüber zu Denise und Emina. »Und ihr zwei könnt euch auch gern noch anschließen!« Dann schien ihm aufzufallen, dass es unprofessionell war, andere Teilnehmer auszuschließen, und er ergänzte, dass natürlich alle eingeladen waren, sich in die Runde zu begeben.

Frederik nickte zögernd, Justus rief, dass er auch noch Zeit für einen Austausch hätte, Denise und Emina setzten sich bereits in Bewegung, und Frieda schüttelte bedauernd den Kopf. »Nein, ich muss los.« Sie wollte aus Höflichkeit noch ein »Ich melde mich bald mal bei dir« hinterherschieben, aber das wäre gelogen. Sie hatte nicht vor, in der Agentur SEO-Sau anzufangen.

Kapitel 6

Nach dem Kurs schlenderte Frieda über die Fußgängerbrücke nach Hause. Sie genoss den kleinen Spaziergang nach einem überraschend produktiven Tag. Die Bewegung und die frische Luft taten ihr gut. Sie ließ die vergangenen Stunden Revue passieren, musste hin und wieder kichern, wenn sie an eine von Bens überheblichen Bemerkungen dachte, und überlegte auch schon, auf welche Stellen sie sich mit dem neu erlernten Wissen bewerben könnte. Bald erreichte sie ihr neues altes Zuhause. Die Straße lag an diesem frühen Abend verschlafen da. Ein alter Mann führte seinen Dackel spazieren und grüßte Frieda mit einem Nicken. Frieda kannte ihn noch von früher. Der Dackel war neu. Vor der Haustür angekommen, ließ eine Stimme sie zusammenzucken.

»Frieda, bist du das? Ich glaube es ja nicht!«

Frieda, die gerade in ihrer Tasche nach dem Hausschlüssel wühlte, blickte erschrocken auf. Und direkt in das Gesicht von Tom Bernhaupt, ihrem einstigen besten Freund und Nachbarsjungen. Der Freund, der ihr das Klettern beigebracht hatte, mit dem sie im Garten gezeltet und bis spät in die Nacht Micky-Maus-Comics mit der Taschenlampe gelesen hatte. Ihre Begleitung bei allen großen und kleinen Kindheitsabenteuern: Sie waren gemeinsam mit ihren Familien in den Urlaub gefahren, hatten sich nach Rollschuh- und Skateboard-Stürzen getröstet und sich beim Bremer Sunnersklauslaufen um die Süßigkeiten gezankt. Als Teenager hatten sie sich ihre erste Zigarette und das erste Bier geteilt, Partys besucht und einander ihre Lieblingsmusiker gezeigt. Den ersten Kuss jedoch gaben sie anderen. Trotzdem wurde Tom zu Friedas erster großer Liebe. Auch wenn er nie davon erfahren hatte. Ihrer Freundschaft hatte das damals zu Friedas Erleichterung nicht geschadet.

»Tom«, rief sie jetzt überrascht, ließ ihre Tasche fallen und sprang ihm vor Freude direkt in die Arme. Er stolperte, hielt sie dabei aber trotzdem ganz fest im Arm. Eine Passantin warf ihnen belustigte Blicke zu. Schließlich kamen sie, umschlungen in ihrer Umarmung, zum Stehen, und Frieda fragte atemlos: »Was tust du denn hier? Meine Eltern haben mir gar nicht erzählt, dass du zu Besuch bist. Sind etwa schon Ferien?«

Sie lösten sich voneinander, und Frieda ließ ihren Blick einen Moment auf Tom ruhen. Er war immer noch unverschämt attraktiv: ziemlich groß, größer als sie selbst, die blonden Haare voll und jungenhaft verwuschelt, mit einem spitzbübischen Ausdruck auf dem Gesicht, der nie so ganz verschwinden wollte. Tom war ein sportlicher Typ. Er war Mitglied im Ruderverein gewesen, hatte gern gejoggt und jegliche Art von Sport geliebt; das sah man seiner Figur an.

»Fertig mit der Musterung?«, neckte er sie mit hochgezogener Augenbraue.

»Ja«, gab Frieda unbekümmert zurück. »Nach der langen Zeit muss ich dich natürlich erst mal begutachten.« Sie grinste. »Du hast dich gut gehalten. Ach, ist das schön, dass wir uns über den Weg laufen!«

»Ich habe gehört, du wohnst jetzt wieder hier?« Er deutete mit dem Kinn auf die Fassade des Altbremer Hauses. »Oben im Dachgeschoss?«

Frieda zog eine Grimasse. »So ist es wohl. Hey, hast du Zeit für ein Feierabendbier?«, fragte sie dann. »Wir müssen unser Wiedersehen feiern!«

»Na klar, für dich habe ich doch immer Zeit.« Er zwinkerte ihr zu. »In einer halben Stunde? Hier vor der Tür?«

Frieda nickte. »Bis gleich.«

*

Gemütlich schlenderten Frieda und Tom bald darauf zu ihrer früheren Stammkneipe, die nicht weit von ihren Wohnhäusern entfernt lag, und suchten sich einen Platz im Biergarten. Nachdem sie bestellt und zwei kühle Gezapfte vor sich stehen hatten, sagte Frieda: »Nun aber los. Was machst du hier mitten im Schuljahr? Bist du etwa auch wieder bei deinen Eltern eingezogen?«

Tom lachte schallend. »Gott bewahre. So schlimm ist es nicht.«

»Hey!« Frieda sah ihn empört an. »Kein Grund, sich überlegen zu fühlen!«

Grinsend antwortete Tom: »Meine Eltern würden mich rasend machen. Ra-send! ›Wo gehst du hin? Wann bist du zurück? Warum bringst du nicht mal eine Freundin mit nach Hause? Wann werden wir endlich Großeltern?‹«

Frieda kicherte. »Ganz so schlimm sind Henni und Franz nun auch nicht.«

»Ich lasse es lieber nicht darauf ankommen.« Genüsslich nahm Tom einen Schluck Bier. »Aber ich wohne tatsächlich wieder in Bremen. Allerdings habe ich mir eine eigene Wohnung gesucht. In Findorff. Sie ist richtig gemütlich, vier Zimmer, Balkon, kleines Mietshaus«, fasste er zusammen. »Ich fühle mich sehr wohl dort. Und es ist nicht weit bis zu meiner Schule.«

Das klang gut, dachte Frieda beinahe neidisch. »Und«, sie zögerte kurz, »warum bist du überhaupt zurück? Wo ist Lisa?« Lisa war Toms Ehefrau. Er hatte sie vor über 15 Jahren während seines Lehramtsstudiums in Freiburg kennengelernt, und seither waren die beiden ein Paar. Wie füreinander bestimmt, hatte es geheißen. Jedenfalls hatte Frieda das gehört. Sie war eine bildschöne Frau, wie Frieda von Fotos wusste: klein und zierlich, mit langen, glänzenden Haaren und einem bezaubernden Lächeln.

»Scheidung«, antwortete er knapp, wie es manchmal seine Art war. Das hatte Frieda schon früher wahnsinnig gemacht.

»Aha, Scheidung. Nun, damit ist ja alles gesagt.« Sie verdrehte die Augen und trank ebenfalls von ihrem Bier.

Tom feixte. »Sei doch nicht gleich so zickig. Damit ist doch auch alles gesagt. Wir haben uns auseinandergelebt, Lisa hat einen Neuen und ich bin eben wieder hier. Freiburg hat mir nie so richtig gut gefallen. Zu viele Hügel. Im Sommer zu warm.«

»Ja, die vielen Sonnenstunden waren sicher ätzend.«

»Fürchterlich«, bestätigte er trocken. »Was ist mit dir? Keine Lust mehr auf Stockholm?«

Frieda runzelte die Stirn. »Haben deine Eltern dir nichts erzählt? Oder meine?«

Er schüttelte den Kopf. »Nein, über die Hintergründe weiß ich bisher nichts.«

»Scheidung.« Frieda zuckte mit den Schultern.

»Ah, okay. Ja, dann weiß ich ja Bescheid. Mehr gibt es dazu sicher nicht zu sagen.« Er grinste verschmitzt. »Ich kenne dich, du hast üblicherweise mehr Redebedarf als ich, also darfst du mir gern ausführlicher davon erzählen, ich werde zuhören und an geeigneter Stelle über Jens schimpfen.«

»Jonathan.«

»Von mir aus auch das.«

Aber Frieda senkte den Kopf. »Nein, lass mal. Mir ist gerade nicht danach.«

Sie erzählte Tom lieber von ihrem Social-Media-Workshop und brachte ihn mit ihren übertriebenen Beschreibungen der anderen Teilnehmer zum Lachen. Sie beobachtete ihn verstohlen: Sein Haar glänzte in der tief stehenden Sonne, seine Augen blitzten, wenn er sie ansah und laut und herzlich über etwas lachte, was sie gesagt hatte. Wie er sie immer wieder neckte und es genoss, wenn sie darauf einging, und sie stellte dabei fest, dass sie ihn in den letzten Jahren ganz schön vermisst hatte. Er war damals nicht zu ihrer Hochzeit gekommen. Und auch sie hatte die Einladung zu seiner Vermählung absagen müssen. Nicht aus terminlichen Gründen. Vielmehr, weil sie den Gedanken, dass er einer anderen Frau in die Augen sah und Ja sagte, damals nicht ertragen konnte.

*

»Raus aus den Federn, Friedalein!«, rief Bernd Papendiek gut gelaunt durch die geschlossene Tür. Er klopfte energisch und wartete darauf, dass Frieda ihn hereinbitten würde.

Doch Frieda stöhnte nur und war versucht, sich das Kissen auf den Kopf zu drücken. Würde das hier jetzt doch zur Gewohnheit werden? Wie spät war es?

»Frieda?«, erklang es etwas leiser.

»Ja, Papa, komm rein!« Sie setzte sich auf, strich sich die Haare glatt und machte ein freundliches Gesicht.

Bernd öffnete die Tür und trat ein. In der Hand hielt er eine Tasse Kaffee. »Wir wollten doch heute fotografieren gehen!«, sagte er bei ihrem schläfrigen Anblick vorwurfsvoll.

»Ja, aber wir haben vormittags gesagt.«

»Ist es doch«, verteidigte er sich.

»Es ist 9 Uhr«, gab Frieda zurück, nachdem sie einen raschen Blick auf ihr Handy geworfen hatte. Es war lange her, dass sie mehrere Nächte am Stück durchgeschlafen hatte, ohne aufzustehen, um zu lesen oder durch die Wohnung zu streifen, in der Hoffnung, wieder in den Schlaf zu finden.

»Wie ich sage: vormittags.« In der Disziplin »das letzte Wort haben« war Friedas Vater ungeschlagen. »Hier, trink mal einen Kaffee. Dann hast du auch nicht mehr so schlechte Laune.« Er reichte ihr den Becher. »Ich warte dann unten auf dich. Bis gleich!«

»Danke«, murmelte Frieda, als sie nach dem Kaffee griff, und sah ihrem Vater nach, wie er aus dem Schlafzimmer verschwand.

Bernd Papendiek hatte in seinem Rentnerdasein das Fotografieren für sich entdeckt. Er war Professor an der Bremer Universität gewesen, Fachbereich Erziehungs- und Bildungswissenschaften, und hatte sich vor zwei Jahren aus dem Beruf zurückgezogen. Einfach nur in den Tag hineinzuleben, kam für ihn nicht infrage. Wenn es nach ihm gegangen wäre, hätte er ewig weiterarbeiten können, aber auf Drängen von Friedas Mutter, die nach Jahrzehnten in ihrem Beruf als Erzieherin schließlich in Rente gegangen war, hatte er sich ebenfalls dazu entschieden, sein Berufsleben zu beenden. Seither nahmen die beiden, neben den regelmäßigen Ausflügen in die Umgebung, auch immer wieder an Kursen an der hiesigen Volkshochschule teil. Hier schlossen sie Freundschaften und hatten jeder für sich ein neues Hobby und neue Talente entdeckt: Ingrid hat sich einem Projekt angeschlossen, das Urban Gardening und Guerilla Gardening, also das unerlaubte Bepflanzen öffentlicher Räume, betrieb, und Bernd hatte eben seine Liebe zur Fotografie gefunden.

Frieda hatte die erwachte Unternehmungslust ihrer früher eher häuslichen Eltern schon aus der Ferne mitbekommen, doch sie hautnah zu erleben, überraschte sie doch. Es war, als hätte sie mit ihnen die Rollen getauscht: Während sie gerne zu Hause blieb und ausschlief, waren

Bernd und Ingrid ständig auf Achse, trafen Freunde, sprachen über ihre neu entdeckten Leidenschaften und bewegten sich sogar hin und wieder ganz nonchalant an der Grenze zur Kriminalität – Ingrid mit dem wilden Aussäen von Saatgut und Bernd, der bereits von der Polizei verwarnt worden war, als er sich illegalerweise auf einem sogenannten »Lost Place«, einer verlassenen Industrieanlage, herumgetrieben hatte, um Fotos zu schießen. Das »Betreten verboten«-Schild hatte er in seiner Begeisterung gekonnt ignoriert.

Heute wollte Bernd mit seiner Tochter einen Fotoausflug unternehmen und ihr seine neue Welt zeigen. Frieda hatte ihren Kaffee inzwischen ausgetrunken, schwang die Beine aus dem Bett und machte sich rasch fertig. Ihr Vater wartete bereits unten im Flur.

»Da bist du ja endlich. Los geht's!«, sagte er freudig. »Ist dein Handy geladen? Ich habe ja nur die eine Kamera.« Er zeigte auf die Spiegelreflexkamera, die locker über seiner Schulter hing.

Frieda nickte und hielt ihm als Bestätigung ihr Display unter die Nase. »100 Prozent!«

»Gut, dann können wir ja aufbrechen«, bestimmte er. Sie traten hinaus ins Freie.

»Mama will nicht mit?«, fragte Frieda noch und warf einen Blick zurück. »Ich habe ihr gar nicht guten Morgen gesagt.«

»Sie ist nicht da«, informierte ihr Vater. »Sie ist mit ›Omas for Plants‹ unterwegs.«

Frieda schmunzelte. »Soso. Na gut.« Dann zog sie die schwere Holztür hinter sich zu und lief die paar

Treppenstufen hinab zu ihrem Vater, der bereits auf der Straße stand und gerade einen Nachbarn auf der gegenüberliegenden Straßenseite grüßte.

»Warum habt ihr Henni und Franz eigentlich nicht erzählt, warum ich wieder eingezogen bin?«, wollte Frieda wissen, während sie ihre Räder aus dem Keller wuchteten.

»Ach, die alte Tratschtante!«, gab ihr Vater schnaubend zurück. Ob vor Empörung oder vor Anstrengung, vermochte Frieda nicht zu sagen. Aber da Henni eine liebe Freundin ihrer Eltern war, meinte ihr Vater es bestimmt nicht so böse, wie es sich im ersten Moment angehört hatte. »Wir hielten es für besser, wenn du selbst entscheidest, was du erzählen möchtest.« Er senkte seine Stimme. »Du weißt doch, wie das ist: Wenn Henni was erfährt, weiß es innerhalb kürzester Zeit die gesamte Straße.«

Frieda grinste. »Stimmt auch wieder.«

»Wie kommst du denn jetzt darauf?«

»Ich habe gestern zufällig Tom auf der Straße getroffen«, berichtete sie.

»Ach ja, der ist auch wieder zurück«, entgegnete der Vater leichthin, während er auf sein Fahrrad stieg. »Ich habe dein altes Rad übrigens wieder fit gemacht«, meinte er und wies auf das rote Damenrad, vor dem Frieda stand. »Sonst könntest du jetzt gar nicht damit fahren.« Er warf ihr einen langen Blick zu, der vermutlich so etwas bedeuten sollte wie »Du solltest dich in deinem Alter eigentlich selbst um solche Dinge kümmern«.

»Danke schön!«, antwortete Frieda grinsend und in dem Bewusstsein, dass ihr Vater nur so streng tat. Er liebte es, für seine Töchter zu sorgen, ihre Räder zu reparieren, sie nach einer Reise vom Bahnhof oder Flughafen abzuholen oder für sie am Grill zu stehen. Sie betrachtete das Rad, mit dem sie früher so viel unterwegs gewesen war. Sie war damit zur Schule gefahren, an den See, zu Partys in weiter entfernte Stadtviertel. »Danke, Papa, das war sehr lieb.« Sie hatte gar nicht darüber nachgedacht, dass ihr Fahrrad nach Jahren des Herumstehens etwas Pflege nötig hatte, ehe sie es benutzen konnte. »Aber jetzt lenk nicht ab!«, meinte sie und sah ihren Vater streng an. »Warum habt ihr mir nichts von Tom erzählt?«

»Aus dem gleichen Grund, aus dem wir Henni nichts von dir erzählt haben. Ich tratsche nicht gern. Du würdest es schon früh genug erfahren.«

Frieda rollte mit den Augen. Aber ihr Vater hatte ja recht. Die Straße, in der sie aufgewachsen war, glich einem Dorf: Jeder kannte jeden, jeder wusste immer über alle anderen bestens Bescheid oder meinte es zumindest zu wissen, und nicht selten kamen Gerüchte oder einfach nur riesengroßer Murks dabei herum. »Ich bin eure Tochter«, sagte sie. »Was ihr mir erzählt, ist kein Tratschen.«

Doch ihr Vater hörte sie nicht mehr. Er war bereits aufgestiegen und rollte auf die Straßenkreuzung zu.

*

Frieda genoss die Fahrt an der Weser entlang. Es war ein schöner, sonniger Tag mit blassblauem Himmel, leichtem Wind und nur wenigen Wolken. In Schweden war sie viel Fahrrad gefahren. Es hatte zu ihrem Alltag dazugehört, mit dem Rad Einkäufe und andere Besorgungen zu erledigen. Das Auto hatte sie nur selten gebraucht. Nun war sie froh, dass ihr Vater daran gedacht hatte, ihr altes Fahrrad für sie wieder flottzumachen.

»So, wir sind gleich da«, verkündete Bernd.

»Das ›Kellogg's‹-Gelände?«, rief Frieda erstaunt. »Papa, du weißt, was beim letzten Mal passiert ist!«

»Ach, sei doch nicht so spießig.«

»Papa!«

Er lachte fröhlich. »Das ist doch längst geöffnet, Frieda-Kind. Hier soll ein ganz neuer Stadtteil mit Wohnungen und Gastronomie entstehen. Du wirst es gleich sehen. Ich war selbst eine Weile nicht dort. Ich bin gespannt, was sich inzwischen getan hat.«

Sie fuhren ein Stück über den holprigen Weg, der dringend erneuert werden musste, und kamen dann zu einem am Wasser gelegenen Biergarten, der durch hohe Hopfenpflanzen und mehrere Hochbeete, in denen Obst und Gemüse wuchsen, mehr als Garten denn als Gastronomie erkennbar war. Das Gelände wirkte durch eine ausrangierte Straßenbahn und die rauchenden Schornsteine und Hochhäuser im Hintergrund rau und industriell.

»Wow!«, entfuhr es Frieda. »Das kenne ich ja noch gar nicht.« Sie drehte sich einmal um die eigene Achse.

»Es gibt ihn erst seit ein paar Jahren«, erklärte Bernd. »Ein echter Biergarten! Deine Mutter kommt gern her.«

»Ja, das kann ich mir denken«, gab Frieda lächelnd zurück. Ihr Blick fiel auf einen alten Kaugummiautomaten, der an dem rustikalen Bauzaun hing. Er war statt mit Kaugummis mit Saatgut gefüllt. »Ist das ihr Werk?«, fragte sie und zeigte darauf. »Eine Idee von ›Omas for Plants‹?«

Doch ihr Vater schüttelte den Kopf. »Nein, das ist das Projekt eines Jugendlichen. Er hat schon als Kind damit angefangen, diese Automaten umzubauen. Mittlerweile gibt es sie bundesweit, und er hat schon mehrere Preise und Auszeichnungen dafür erhalten.«

Frieda, die unwillkürlich daran denken musste, was sie als Kind und Jugendliche so getrieben hatte, schwieg beeindruckt. Sie griff nach ihrem Portemonnaie, warf eine Münze ein und zog ein Päckchen namens »Blühwiese«. »Das werde ich bald mit Mama irgendwo verstreuen«, sagte sie zufrieden.

»Das wird sie sicher freuen«, meinte Bernd.

»Ist denn schon geöffnet?«, wollte Frieda nun mit einem Blick auf den Biergarten wissen. Es war niemand zu sehen, und das Tor war noch verschlossen.

»Für uns schon!« Friedas Vater zog mit einem stolzen Schmunzeln einen Schlüssel aus seiner Fahrradtasche. »Ich habe die Erlaubnis, hier heute zu fotografieren, ehe sie öffnen. Deine Mutter hat mir den Kontakt verschafft. Die Betreiber wollen die Bilder später für ihre Website nutzen.«

»Sie können sie auch für Social Media verwenden«, gab Frieda grinsend ihr jüngst erworbenes Wissen preis und folgte ihrem Vater zum Tor.

»Oh, stimmt. Du hattest ja gestern deinen Kurs. Wie

war es denn?«, fragte ihr Vater und schloss gewissenhaft hinter ihnen ab. Während sie über das Gelände schlenderten, die Pflanzen begutachteten und Bernd die Lichtverhältnisse prüfte und nach ansprechenden Motiven Ausschau hielt, erzählte Frieda von ihrem Kurs und dem gestrigen Abend, den sie mit Tom in der Kneipe verbracht hatte.

»Klingt doch gut«, meinte Bernd etwas abwesend, und Frieda war nicht sicher, ob er richtig zugehört hatte. Er war eingetaucht in sein Hobby, hatte sich hingehockt, sogar mit den Händen hin und wieder einen Rahmen geformt, um den perfekten Ausschnitt zu finden, hatte liegen gebliebene Gartengeräte aus dem Bild geräumt und Einstellungen an der Kamera ausprobiert. Wie man so in einer Sache versinken konnte! Früher hatte Frieda diesen »Flow«-Zustand beim Schreiben erlebt. Stundenlang hatte sie an ihrem Laptop gesessen, Zeile um Zeile geschrieben, während sich die Geschichten in ihrem Kopf wie von selbst zu lebhaften Bildern geformt hatten, sodass sie mit dem Tippen gar nicht hinterhergekommen war. »So«, sagte sie jetzt. »Genug von mir! Zeit, mir etwas über Fotografie beibringen zu lassen, du Profi.« Sie schenkte ihrem Vater ein liebevolles Lächeln, das er erwiderte. Dann weihte er Frieda in die Geheimnisse eines gelungenen Fotos ein.

*

»Hast du noch Lust, ein wenig durch Walle zu streifen und Straßenzüge zu fotografieren?«, fragte Bernd

Papendiek später, als sie den Biergarten wieder verließen und zu ihren Rädern gingen.

Frieda war erst abends mit ihren Freundinnen verabredet, also stimmte sie zu. Sie genoss die Zeit mit ihrem Vater. Früher hatte es davon immer viel zu wenig gegeben.

Sie radelten gemütlich durch das einstige Arbeiterviertel, und Friedas Vater blieb immer wieder stehen, um besonders elegante Altbremer Häuser und ihre aufwendig hergerichteten Vorgärten zu fotografieren.

»Man denkt ja immer, die schönen Häuser gibt es nur im Viertel und in der Neustadt«, murmelte Frieda, nachdem sie erneut angehalten hatten, um Fotos zu schießen. Ihr Vater lachte. »Da merkt man wieder, wie lange du weg warst! Walle ist mittlerweile angesagt. Die Mieten und Preise steigen hier inzwischen auch.« Er saß auf und wollte schon weiterfahren, als Frieda ihn zurückhielt.

»Hey, warte mal«, sagte sie und zeigte auf einen verlassen wirkenden Laden. Das Schaufenster war trüb und hätte dringend eine Reinigung nötig gehabt. »Was ist denn das?«

»Sieht aus wie ein Geschäft«, entgegnete ihr Vater trocken.

»Das sehe ich selbst«, murmelte Frieda, schob ihr Rad an die Seite und trat näher. »Ein Buchladen!«, rief sie, als sie erkannte, was es war, und strahlte.

»Ja nun.« Bernd musterte seine Tochter etwas zweifelnd. »Die gibt es doch in jedem Stadtteil. Allerdings mussten in letzter Zeit immer wieder welche schließen.« Er liebte es, sein lokales Wissen kundzutun. »Es gab einen Bericht darüber im Weser-Kurier. Die Leute kaufen zu viel online.« Er beobachtete, wie sie durch die Scheibe starrte, und verstand anscheinend nicht ganz, was sie derart faszinierte.

Sie wusste es selbst auch nicht so recht. Doch etwas an diesem hutzeligen, schiefen Häuschen mit hellrosa Fassade, in dessen Erdgeschoss sich das verschlafene Ladengeschäft befand, zog sie wie magisch an. »Claras Bücherwelt«, stand über dem Eingang. Die hellblaue Schrift auf dem Schild war verblichen. Frieda hielt mit ihren Händen die einfallende Sonne ab und versuchte, durch das große Erkerfenster etwas zu erkennen.

»Es ist noch voll eingerichtet!«, rief sie erstaunt aus. Sie entdeckte einen alten Tresen mit altmodischer Registrierkasse, einen tiefen Präsentiertisch, auf dem Bände lagen, die wohl vor vielen Monaten oder sogar Jahren auf den Bestsellerlisten gestanden hatten, und dunkle Holzregale, in denen Bücher sorgfältig einsortiert waren. Verschnörkelte Schildchen an den Regalen zeigten die Kategorien an. »Warum er wohl geschlossen hat?«, murmelte sie.

Bernd war neugierig näher gekommen. »Hast du schon versucht, die Tür zu öffnen?«, wollte er wissen.

Frieda ging zum Eingang und griff beherzt nach der Klinke – die sich keinen Millimeter rührte. »Abgeschlossen«, gab sie enttäuscht Auskunft, obwohl sie nichts anderes erwartet hatte.

»Oben drüber wohnt eine Clara Müller. Vielleicht ist das ihre Bücherwelt. Wir können doch mal bei ihr klingeln«, schlug ihr Vater vor, der seiner Tochter zum

Eingang gefolgt war und das Klingelschild der darüberliegenden Wohneinheit studiert hatte.

Frieda schüttelte entsetzt den Kopf. »Wir können doch nicht einfach so die Anwohner belästigen«, sagte sie, doch da hatte ihr Vater, der offenbar Gefallen an ihrem kleinen Abenteuer gefunden hatte, schon den Klingelknopf gedrückt.

»Wer nicht wagt, der nicht gewinnt.« Er strahlte sie an.

»Was willst du denn sagen? ›Wir finden Ihren Laden toll und fragen uns, warum er geschlossen hat‹?«

Bernd zuckte mit den Schultern. »Zum Beispiel!«

Schon hörten sie Schritte, die die Treppe hinunterkamen. Klack, klack, klack – das klang nach hohen Schuhen.

Hinter der verschnörkelten Glasscheibe öffnete eine Frau erst den Windfang und dann die Haustür. »Guten Tag?«, fragte sie. Sie war sehr klein, mit grauem Pagenkopf, trug ein elegantes Kostüm in Dunkelblau, eine auffällige Perlenkette und rosa Pumps mit ziemlich hohem Absatz. Sie hielt sich sehr aufrecht und wirkte beinahe einschüchternd, wie sie da in der Tür stand, doch sie blickte ihre Besucher freundlich an.

Was für eine Erscheinung, dachte Frieda. Sie konnte das Alter der Frau schlecht einschätzen. Durch die schlanke, geschmeidige Statur und die wachen, hellen Augen wirkte sie mädchenhaft. Frieda räusperte sich umständlich und wusste nicht recht, was sie sagen sollte, da schaltete sich schon ihr Vater ein.

»Guten Tag, Frau Müller!« Er drängelte sich an Frieda vorbei und reichte der Frau die Hand. »Ich bin

Bernd Papendiek, und das hier ist meine Tochter Frieda. Wir sind gerade zufällig an Ihrem Haus vorbeigekommen und haben Ihren wunderschönen Laden entdeckt. Um ehrlich zu sein: Wir haben uns gefragt, wieso er geschlossen hat.«

Auf Clara Müllers Gesicht breitete sich ein Lächeln aus. »Sie sind nicht der Erste, der danach fragt«, sagte sie amüsiert. »Aber er ist nicht zu vermieten«, fügte sie mit fester Stimme hinzu.

»Oh, es war gar nicht unsere Absicht, das zu fragen«, erwiderte Frieda schnell. Sie fühlte sich unwohl und verfluchte ihren Vater im Stillen, dass er sie überhaupt in diese Situation gebracht hatte. Sie war nicht so ein Plaudermensch wie er. Bernd Papendiek kam schnell mit den Leuten ins Gespräch. Über das Wetter, Politik oder was auch immer. Oder eben über einen leer stehenden Buchladen. Frieda konnte Smalltalk nicht viel abgewinnen. Wahrscheinlich deshalb, weil sie darin nie besonders gut war.

»Zumindest nicht für ein Friseurgeschäft oder ein Nagelstudio, nur als Buchhandlung«, schob Clara Müller hinterher. Sie musterte die beiden Fremden, die bei ihr geklingelt hatten, und schien zu einem positiven Ergebnis zu kommen, denn sie sagte: »Möchten Sie sich den Laden mal ansehen? Wenn Sie schon mal da sind? Aber wie gesagt: kein Firlefanz-Geschäft! Nur Bücher! Also, falls Sie jemanden kennen, der jemanden kennt … Ich würde mich sehr freuen, wenn endlich wieder Leben im Erdgeschoss einzöge. Es ist schon schade, dass das Geschäft leer steht«, fand sie.

»Nein, ich denke, wir kennen da niemanden. Es ist nicht nötig, dass Sie uns … Bitte entschuldigen Sie die Störung …«, stotterte Frieda beschämt, doch ihr Vater rief: »Aber gern!« Er machte ein wenig Platz, um Clara Müller vorbeizulassen, nachdem sie im Inneren einen Schlüssel vom Haken genommen hatte.

»Das Geschäft hat geschlossen, weil ich keine große Lust mehr hatte, es allein zu betreiben«, erklärte Clara Müller, während sie die Tür aufschloss und den Buchladen betrat. »Ich könnte die Fläche inzwischen problemlos vermieten, der Stadtteil wird immer beliebter«, schob sie ein, und Friedas Vater nickte wissend, »doch wie Sie sehen, wohne ich im gleichen Haus und habe nicht nur deshalb gewisse Ansprüche an meine künftigen Mieter.« Sie hob die schmalen Schultern. »Doch die Zeiten für Buchhändler sind schwer. Es gibt keine Interessenten. Oder sagen wir: Es gäbe schon welche, doch die, die sich näher mit ihrem Businessplan, wie man es heute nennt, beschäftigen, merken schnell, dass sich der Betrieb kaum lohnt. Im Internet sind alle Bücher mit einem Klick verfügbar. Wer macht sich da schon auf den Weg in den stationären Handel, bestellt dort, wenn etwas nicht vorrätig ist, und kommt ein paar Tage später zurück, um das Bestellte abzuholen?«

»Aber das Stöbern ist doch das Schönste«, hielt Bernd inbrünstig dagegen.

Clara Müller drehte sich zu ihrem Gast um und lächelte. »Ja, das finde ich auch.«

Frieda und Bernd waren der Buchhändlerin neugierig gefolgt und standen nun in dem kleinen Geschäft, in dem der Staub in dem schwach einfallenden Sonnenlicht vor sich hin tanzte. Leicht abgestandene Luft war ihnen beim Eintreten entgegengekrochen, doch insgesamt schien alles gepflegt und wurde offenbar zumindest hin und wieder sauber gemacht. Im Laden gab es einen zweiten, winzigen Raum, kaum mehr als eine Nische, in dem zwei gemütliche Sessel zum Verweilen und Schmökern einluden. Hinter dem Tresen befand sich eine Tür, die wohl zu einem Lager oder dem Büro führte. Frieda schlenderte langsam durch das Geschäft und sah sich alles an. Bei dem niedrigen Tisch im Eingangsbereich blieb sie stehen und hob eines der Bücher hoch. »›Der Gesang der Flusskrebse‹«, stellte sie überrascht fest. »Das ist ja schon mindestens fünf Jahre alt.«

»Das kommt gut hin«, bestätigte die Buchhändlerin und schluckte schwer. Ihr Mund verzog sich zu einem traurigen Lächeln. »Ich musste während Corona schließen und habe nicht wieder geöffnet.« Bedrückt sah sie sich im Laden um. »Es wurde mir zu viel. Alles.«

Frieda ahnte, dass mehr dahintersteckte als nur die Schließung ihres Geschäfts, doch sie wagte nicht, nachzufragen, und hoffte inständig, dass auch ihr Vater sein Feingefühl walten lassen würde.

»Die Bücher hier sind doch sicher ein kleines Vermögen wert«, tönte es da aus dem hinteren Teil des Ladens. Er hatte von der schweren Stimmung, die kurzzeitig aufgekommen war, offenbar nichts mitbekommen. Zu tief hatte er seine Nase in die Hobbyecke und die Fotografiebücher gesteckt. »Wollen Sie die denn gar nicht verkaufen?«, wollte er wissen und kam wieder zurück.

»Oder an den Handel zurückgeben? So läuft es doch im Buchgeschäft, oder? Sie kaufen die Ware mit Remissionsrecht an?«

»Ach, was ist schon Geld«, gab Frau Müller unbestimmt zurück und ließ die Fragen unbeantwortet. »Was möchten Sie denn für ein Geschäft eröffnen?«, wandte sie sich an Frieda. »Ich kann mich gern im Viertel für Sie umhören. Wie gesagt, mein Laden soll eine Bücherwelt bleiben, aber Sie sind mir sympathisch.« Sie lächelte. »Ich helfe Ihnen gern, wenn ich kann.«

»Das ist nett von Ihnen«, gab Frieda zurück. »Und ich verstehe gut, dass Sie hier weiterhin einen Buchladen sehen möchten. Die Räume sind wie geschaffen dafür. Es ist nur so, dass ich …«

»Nein, sagen Sie es nicht«, fiel Clara Müller ihr ins Wort. »Lassen Sie mich raten.« Ihre Augen blitzten vergnügt. Sie legte nachdenklich den Zeigefinger an die Nase. »Sie sind ein hübsches Mädel«, meinte sie unverblümt. »Bestimmt haben Sie mit Mode zu tun. Oder Kosmetik. Nein, warten Sie. Dafür sehen Sie mir zu bodenständig aus.« Sie warf einen Blick auf Friedas Outfit, das aus Jeans und einer schlichten Baumwollbluse bestand. »Oder doch eine Boutique?«, überlegte sie. »Nicht nur für Mode. Für alle schönen Dinge des Lebens. Schmuck, Feinkost, Accessoires! Tüddelkram, wie man hier so schön sagt.«

Frieda, der es unangenehm war, so begutachtet zu werden, unterbrach die Hausherrin. »Nichts von alledem. Oder besser: Ich möchte gar keinen Laden eröffnen«, stellte sie klar. »Mein Vater und ich sind zufällig hier vorbeigekommen. Wir waren im Stadtteil, um zu fotografieren«, erklärte sie. »Dann habe ich Ihr Haus und das Geschäft bemerkt. Wir sind stehen geblieben und haben uns gefragt, warum es nicht mehr geöffnet ist. Vielleicht war es die wunderschöne Bonbonfarbe, die mein Interesse geweckt hat.« Sie lächelte entschuldigend. »Ich wollte mal Schriftstellerin werden. Bestimmt mag ich Buchläden deshalb so gern.«

Ein Strahlen huschte über das Gesicht von Frau Müller. »Schriftstellerin!« Sie klatschte erfreut. »Das ist ja toll. Und? Haben Sie etwas veröffentlicht?«

»Ja«, gab Frieda zögernd zurück. »Ich schrieb unter dem Pseudonym Freya Pape. Das Buch heißt ›Diese schwedischen Sommer‹.«

»Oh, natürlich. Ich kenne es! Ein zauberhafter Roman.« Sie runzelte die Stirn. »Ich kann mich nicht daran erinnern, später wieder etwas von Ihnen gelesen zu haben.«

»Es war mein einziger Roman. In Schweden ist noch ein weiteres Buch erschienen«, sagte Frieda dann, als sie in das überraschte Gesicht sah. »Aber es war kein Hit«, fügte sie mit schiefem Grinsen hinzu. »In Deutschland ist es gar nicht erst auf den Markt gekommen. Es wurde nur ins Schwedische übersetzt, weil ich bereits einen Vertrag mit dem schwedischen Verlag hatte«, sagte sie. »Ich hatte ein Stipendium, müssen Sie wissen.«

»Ja, jetzt erinnere ich mich«, fiel es Frau Müller ein. »Im Austausch für Sie war doch diese Krimi-Autorin hier, richtig?«

Frieda nickte.

»Wie schade, dass Sie aufgehört haben zu schreiben«, fand Clara Müller. Sie schien zu merken, dass Frieda sich unwohl zu fühlen begann, und ging langsam zurück zur Tür. »Ich danke Ihnen auf jeden Fall für Ihren Besuch. Sie haben mich an etwas erinnert.« Dabei lächelte sie versonnen und sah gar nicht mehr so traurig aus wie zu Beginn, als sie das Geschäft gemeinsam betreten hatten.

»Wir haben zu danken«, antwortete Bernd, der den letzten Teil der Unterhaltung schweigend verfolgt hatte. »Ich hoffe, Sie finden bald einen passenden Nachfolger.« Sie winkten der Buchhändlerin zu und verließen »Claras Bücherwelt«.

»Oder eine Nachfolgerin«, sagte Clara Müller leise, doch da waren Frieda und Bernd schon verschwunden.

Kapitel 7

Als Frieda damals in Stockholm ankam, ging für sie ein Traum in Erfüllung. Sie hatte ein internationales Stipendium erhalten und durfte sich fortan tagein, tagaus nur dem Schreiben widmen. Ihr wurde eine kleine Wohnung in Södermalm zur Verfügung gestellt. Der alternative Stadtteil gefiel ihr. Sie streifte durch die Straßen, ließ sich treiben, trank Kaffee und saß abends in Bars, um das Stockholm-Flair aufzusaugen. Sie fand überraschend schnell Anschluss und hatte bald einen großen Bekanntenkreis aus Studierenden und weiteren Expats.

Aus den neuen Erfahrungen schöpfte sie so viele Ideen, dass es ihr leichtfiel, ihre Kurzgeschichte zu einem Roman auszubauen. Sie arbeitete eng mit ihrer Lektorin zusammen, die für sie auch die Übersetzung ins Schwedische übernahm.

Jonathan Lundgren traf sie bei ihrer Buchpremiere. Die Firma seines Vaters unterhielt eine Stiftung, die die hiesige Kultur förderte. Galant, wie Jonathan war, hatte er seine Bewunderung für das Buch kundgetan, als sich der allgemeine Trubel bereits etwas gelegt hatte, und sich bei Frieda vorgestellt. Mit charmantem Lächeln hielt er ihr eine von zwei Champagnerflöten entgegen und bat darum, mit dem Star des Abends anzustoßen. Da Frieda wusste, welche Rolle die Lundgren-Stiftung bei ihrem Stipendium spielte, hatte sie es nicht gewagt, abzulehnen. Doch beim Anblick des hübschen Schweden hätte sie auch nicht Nein gesagt, wenn er sich als Türsteher der Location entpuppt hätte. Jonathan stellte kluge Fragen. Zunächst zum Roman und zu ihrer Arbeit, bald zu ihr als Person, ihrer Herkunft, und schließlich lud er sie schelmisch auf einen Hotdog ein, nachdem Friedas Magenknurren nicht mehr zu überhören gewesen war. Sie hatten gelacht, sich darüber amüsiert, wie winzig das Fingerfood ausgefallen war, und Frieda hatte zugegeben, dass sie aufgrund der Aufregung den ganzen Tag über noch gar nichts zu sich genommen hatte. So hatten sie sich davongeschlichen, nachdem Friedas Agentin sie ohnehin für den Abend entlassen hatte. Der offizielle Teil der Premiere war längst vorüber gewesen, als sie sich ihre Mäntel von der Garderobe holten und Jonathan seinen Chauffeur anwies, sie beide zu einem Imbiss zu bringen. Frieda hatte ein schlechtes Gewissen, weil sie sich von ihrer eigenen Party davonstahl, doch Jonathans Aufmerksamkeit ließ sie das schnell vergessen. Sie fühlte sich wie Carrie Bradshaw, als sie in der Limousine durch das nächtliche Stockholm glitt und dieser wahnsinnig attraktive Mann neben ihr saß und sie fasziniert anblickte. Ein Gefühl, das Frieda bis heute nicht vergessen konnte. Jonathan hatte sie damals und auch später noch häufig so angesehen, als gäbe es nur sie auf dieser Welt.

Seit einigen Wochen fragte sie sich häufig, wann dieser Blick erloschen war. Dass er sie nur noch beiläufig bemerkte, nicht mehr nach ihrem Roman fragte und sie während der Mahlzeiten beide abwesend ihr Smartphone in den Händen hielten und der restlichen Welt mehr Aufmerksamkeit schenkten als dem Gegenüber. Denn eines war Frieda klar: Den Ehebruch hatte Jonathan begangen. Doch manchmal kam es ihr so vor, als hätten sie einander zuvor längst verloren. Irgendwann auf dieser verlockenden Reise durch ihre glamouröse Bilderbuch-Ehe, die manchmal anmutete wie die Beziehung von Carrie und Mr. Big. Ganz kurz war ihr einmal der Gedanke gekommen, dass sie inzwischen zu viel Jonathan und zu wenig Frieda geworden war. Doch ehe sie das weiter erörtern und das Problem hätte lösen können, war es auch schon zu spät. Die Affäre mit Astrid war aufgeflogen und Frieda musste sich entscheiden: gehen oder bleiben. Kämpfen oder Kopf einziehen. Da ihr nicht einfallen wollte, wofür sich das Kämpfen gelohnt hätte, lag die Antwort auf der Hand.

*

Später an diesem Tag saß Frieda mit ihren Freundinnen an der Schlachte, Bremens Uferpromenade an der Weser. Es war früher Abend und viele Menschen ließen wie Frieda und ihre Freundinnen den Tag hier ausklingen. An der Schlachte reihte sich ein Gastrobetrieb an den nächsten, und im Sommer war es schon früher für die Freundinnen ein ideales Fleckchen gewesen, um Leute zu beobachten, erst Jungs, später Männer kennenzulernen und laue Sommerabende im Freien zu genießen. Frieda hatte gerade von ihrem Tag erzählt. Auf dem Rückweg von dem leer stehenden Buchladen nach Hause hatten ihr Vater und sie lange über Clara Müller gesprochen und darüber, wie schade es war, dass es der Einzelhandel in den Stadtteilen, aber auch in der Innenstadt mittlerweile so schwer hatte.

»Ein Laden wie aus einer anderen Zeit«, schwärmte Frieda nun und sah träumerisch in die Ferne. »Die Inhaberin Frau Müller ist eine bemerkenswerte Frau«, fuhr sie mit leuchtenden Augen fort. »Sie hatte diese warme Ausstrahlung, ich fühlte mich direkt wohl bei ihr. Und sie scheint wirklich für die Bücher zu brennen. Ihr Alter ist schwer zu schätzen, sie wirkt jünger, als sie vermutlich ist. Vielleicht Mitte 70?« Sie überlegte und spielte mit ihrem Glas. »Also eigentlich ein Alter, in dem sie nicht mehr daran denken müsste, weiterzuarbeiten.«

»Wenn ich dich richtig verstanden habe, war es auch weniger das Alter, das sie zum Aufhören gezwungen hat«, warf Kira ein. »Da scheint etwas anderes dahinterzustecken.«

Frieda nickte nachdenklich. »Das ist richtig. Sie wirkte bedrückt, als müsste sie etwas verarbeiten. Vielleicht einen Verlust.«

»Hey, das klingt doch super«, sagte Hanna, die offenbar nicht richtig zugehört hatte, begeistert. »Übernimm den Laden! Hört sich an wie aus einem dieser Bücher, die du so gerne liest. Junge Frau, frisch verlassen, auf der Suche nach einer neuen Existenz, eröffnet Buchladen.«

»So ein Buch habe ich noch nie gelesen.«

Kira schnaubte angesichts Hannas Vorschlag. »Du mit deinen romantischen Ideen!«, neckte sie. Eine Augenbraue hatte sie leicht spöttisch angehoben. »Nur weil sie mal ein Buch geschrieben hat, heißt das doch nicht automatisch, dass sie eine gute Buchhändlerin wäre. Ich werde ja auch nicht Metzgereifachverkäuferin, nur weil ich gern Schnitzel esse.«

»Du bist blöd«, schmollte Hanna, und es fehlte nur noch, dass sie ihre Zunge herausstreckte. »Chancen muss man ergreifen. Auch wenn sie auf den ersten Blick unrealistisch erscheinen.«

»Was ist das denn für eine krude Weisheit?«

»Ich habe euch eigentlich nicht von Clara Müller und ihrer Bücherwelt erzählt, damit ihr mich mit Ratschlägen bombardiert. Es war einfach eine schöne Begegnung«, murmelte Frieda, doch die Freundinnen hörten ihr kaum zu. Sie waren zu sehr damit beschäftigt, über die Zukunft des Ladens zu fantasieren.

Wenn Clara Müller das Geschäft wirklich abgeben wollte, war Frieda die perfekte Wahl, davon war Hanna überzeugt. Das Schicksal hatte sie schließlich auf wundersame Weise zusammengeführt. Kira sah Hanna eine Weile stumm an, dann begann sie, über das Sterben des Einzelhandels zu referieren und Friedas mangelnde Referenzen für den Job hervorzuheben. Marike beobachtete Frieda aufmerksam. Sie war die Einzige von ihnen, die ein eigenes Geschäft führte und wusste, worauf Frieda sich einlassen würde.

»Ich habe wirklich nicht vor, die ›Bücherwelt‹ zu übernehmen«, versuchte Frieda es erneut, doch wieder blieb ihr Einwand ungehört. »… oder dort mit einzusteigen.«

»Warum eigentlich nicht?«, wollte Marike von ihr wissen. »Was spricht denn dagegen?«

»Weil …« begann Frieda und suchte nach einer passenden Antwort. »Weil … darum eben«, sagte sie, als ihr nichts einfiel, was die Freundinnen gelten lassen würden. Dass sie keine Buchhändlerin war, würde nicht als Argument zählen. Man wuchs schließlich an den Herausforderungen, die das Leben einem stellte. Dass sie nicht wusste, ob sie Bücher verkaufen könnte, auch nicht. Probieren ging bekanntlich über Studieren. Da sie auch keinen anderen Beruf, geschweige denn eine konkrete Stelle, in Aussicht hatte, wäre eine Art Praktikum in der Unternehmerinnenwelt eigentlich die ideale Gelegenheit, dazuzulernen. Sie wusste genau, was ihre Freundinnen ihr antworten würden.

»›Weil darum eben‹ ist eine ziemlich beknackte Ausrede«, fand nun auch Hanna und lächelte Frieda herausfordernd an.

»Es ist ja auch keine Ausrede«, hielt Frieda dagegen, fest entschlossen, bei ihrer Meinung zu bleiben, »sondern mein Leben.«

»Soso.«

Die anderen spürten, dass es Zeit war für einen Themenwechsel. Frieda ließ sich ungern drängen. Sie war nicht der Typ, der über einem Drink mal eben spontan beschloss, den Beruf zu wechseln. Ideen, egal wie groß oder klein, ließ sie immer erst mal sacken und reifen, ehe sie eine Entscheidung traf.

Frieda ließ ihren Blick über die von der Sonne beschienene Weser wandern und hörte den anderen, die jetzt über Hannas anstehenden Familienurlaub sprachen, nur noch mit halbem Ohr zu. Seit sie mit ihrem Vater vor ein paar Stunden bei Clara Müller aufgebrochen waren, ließ sie der Gedanke nicht los, dass dort ein so wunderschöner kleiner Laden vergessen vor sich hinschlummerte. Sie hatte nie daran gedacht, Einzelhändlerin zu werden. Und tat es auch jetzt nicht wirklich. Aber um den Laden war es schade. Auch Clara Müller beschäftigte sie. Die Frau hatte Frieda beeindruckt. Sie wirkte stark, mit einer einnehmenden Aura. Doch hinter der robusten Fassade war eine humorvolle und warmherzige Persönlichkeit zu erkennen gewesen. Frieda hatte einen Menschen gesehen, der es bisher immer geschafft hatte, die Hindernisse, die das Leben eben so schuf, damit es nicht langweilig wurde, zu überwinden. Bis heute. Irgendetwas war geschehen, das Clara Müller ein Stückchen Lebensmut geraubt hatte.

Frieda gab sich ihren Gedanken hin. Das Gespräch unter ihren Freundinnen, das inzwischen von Kiras vergangenem Aufenthalt in Madrid handelte, plätscherte an ihr vorbei. Clara Müller. Sie war wie dafür geschaffen, die Protagonistin in einem Roman zu spielen. Vielleicht sogar einer historischen Trilogie, wie Frieda sie selbst gern las. Einer Geschichte über mehrere Jahrzehnte, die von den Ereignissen der Nachkriegszeit über die Frauenbewegung bis hin zur Wiedervereinigung Deutschlands handelte. Immer mittendrin: die erhabene Clara Müller, die von ihren klugen Lebensentscheidungen erzählte und sich vom Schicksal nicht unterkriegen ließ. Frieda lächelte, als sie merkte, wie ihre Kreativität erwachte. Ob sie es doch mal wieder mit dem Schreiben probieren sollte? Der letzte Versuch war schon lange her und schlummerte in einem Ordner auf ihrem Computer, den sie ewig nicht mehr geöffnet hatte. Die schlechten Verkäufe ihres letzten Buchs hatten sie nicht gerade motiviert, etwas Neues anzufangen. Die Kritiken und Rezensionen auf den Verkaufsportalen hatte sie irgendwann gar nicht mehr gelesen, weil sie sich zu schämen begann.

»Woran denkst du?«, riss Marike sie nun aus ihren Träumereien und stupste sie zaghaft an.

»Doch wohl hoffentlich nicht daran, wie du den Buchladen renovierst, dort ein kleines Café einrichtest und jeden Tag mit einem fröhlichen Liedchen auf den Lippen dorthin radelst«, sagte Kira spöttisch und nahm den letzten Schluck Aperol aus ihrem Glas. Die geschrumpften Eiswürfel klirrten.

»Also ehrlich, Kira, seit wann bist du bloß so bissig?«, erkundigte sich Marike kopfschüttelnd.

»Schon immer«, warf Hanna ein und leerte ihr Glas ebenfalls mit einem geräuschvollen Schlürfen.

»Ich bin nicht bissig«, verteidigte sich Kira daraufhin. »Ich bin realistisch.« Sie sah trotzig in die Gesichter ihrer Freundinnen. »Na gut, vielleicht hat mich die Politik härter gemacht, als ich wollte.«

Die anderen nickten.

»Auf jeden Fall«, fand Hanna.

»Ein bisschen vielleicht«, meinte Marike sanft.

»Wer sich da nicht behaupten kann, hat ganz schlechte Karten«, fügte Kira als Erklärung hinzu. »Aber ich entschuldige mich in aller Form«, sagte sie dann grinsend. »Und damit ihr merkt, wie ernst es mir ist, hole ich uns noch eine Runde Aperol. Einverstanden?«

»Einverstanden!«, riefen die anderen wie aus einem Mund und kicherten. Wie damals, als sie noch Teenager waren.

Kapitel 8

Wer schon mal einen Job verloren hatte, der wusste, wie schwer es fiel, sich über die freie Zeit zu freuen. Einfach nur auszuschlafen und in den Tag hineinzuleben, war nur dann schön, wenn ein Ende in Sicht war oder das tägliche Tun trotzdem Sinn ergab. Seit ihrer Ankunft in Bremen bemühte sich Frieda deshalb, Routinen zu schaffen. Einen Tagesablauf, an dem sie sich auch ohne festen Job und geregelte Arbeitszeiten orientieren konnte, wenn ihr wieder einmal der Halt fehlte. Sie stand zeitig auf, machte etwas Sport und setzte sich dann meist an den Laptop, um über mögliche Berufsfelder zu recherchieren und sich Video-Weiterbildungen rund um Presse- und Öffentlichkeitsarbeit, BWL-Grundlagen und Website-Design anzusehen. Bis auf die betriebswirtschaftlichen Inhalte hatten die Kurse sie noch nicht so richtig gepackt, doch sie blieb dran. Denn das war das Einzige, was sie derzeit von sich selbst erwartete: offen bleiben für alle Möglichkeiten, die das Schicksal bot, und nicht vorschnell aufgeben. Außerdem hatte sie ein paar Bewerbungen verschickt, doch wie sie sich selbst eingestehen musste, waren die meisten so lieblos formuliert, dass sie nicht mit einer Antwort rechnete. Sie wusste eben nicht, was sie wollte. Wie sollte sie es also in einem Anschreiben vernünftig zum Ausdruck bringen? Und weil sie selbst fand, dass sie für solche Zweifel mit 39 Jahren viel zu alt war, blieb sie mit ihren Gedanken meist allein. Selbst ihren Freundinnen wollte sie nicht alles anvertrauen. Nicht, weil sie fürchtete, auf taube Ohren zu stoßen, sondern weil sie sich selbst mit ihrem Gejammer auf die Nerven ging. Um die Tage zu füllen und in Ruhe nachdenken zu können, unternahm sie manchmal ausgiebige Spaziergänge am Werdersee oder im Park Links der Weser. Hin und wieder begleitete sie ihre Eltern zum Einkaufen oder besuchte ihre Nichten in Bremen-Nord.

Gerade streifte Frieda mit ihrer Mutter über den Findorff-Markt, einen der größten Wochenmärkte in Bremen, und gönnte sich eine Auszeit von der Jobsuche und den ewigen Fragen danach, wie ihr Leben weitergehen sollte. Es war ein schöner, warmer Tag, leicht bewölkt, ein laues Lüftchen wehte. Perfekt für einen Marktbesuch. Sie waren mit dem Rad gekommen und schlenderten nun gemächlich zwischen den Ständen, blieben mal hier und mal dort stehen, probierten, stöberten und kauften ein. Frieda sog die Gerüche ein, die über die Köpfe der Besucher waberten: Käse, Blumen, Kaffee – all das konnte Frieda erschnuppern. Sie genoss es, sich über den Markt treiben zu lassen. Das war tatsächlich einer der Vorteile, wenn man arbeitslos war, gestand sie sich im Stillen ein.

»Hast du Lust auf einen Kaffee?«, fragte Friedas Mutter. Sie deutete auf ein Fahrrad mit Anhänger, das zu einem mobilen Café umfunktioniert worden war. »Die machen sehr guten Cappuccino. Wie man sieht!«

Tatsächlich gab es einen ziemlichen Andrang vor dem »Coffee Bike«. Doch der Inhaber ließ sich nicht aus der Ruhe bringen. Gemütlich bereitete er die Bestellungen zu und plauderte mit den Kunden. Fröhliches Stimmengewirr schallte zu ihnen herüber. Man schien sich zu kennen.

»Gern!« Sie liefen zu dem Fahrradanhänger, reihten sich in die Schlange ein und bestellten Cappuccino und Gebäck. Dann stellten sie sich an den Stehtisch.

»Schön hier«, fand Frieda und sah sich durch ihre Sonnenbrille hindurch um. Vorsichtig nippte sie an ihrem Cappuccino.

»Ich komme oft her«, erwiderte ihre Mutter zustimmend. »Ich kaufe ein bisschen was ein, treffe Leute, trinke Kaffee. Das macht immer Spaß.« Sie biss in ihr Croissant, kaute und betrachtete ihre Tochter. »Frieda«, sagte sie zögernd, als sie heruntergeschluckt hatte.

»Ja, Mutter?«, antwortete Frieda in ähnlich ernster Grabesstimme, doch ihre Mundwinkel zuckten.

»Ach, du! Ich merke es schon noch, wenn du mich auf den Arm nimmst!«

Frieda lachte laut auf.

»Schon früher habe ich euch immer schnell durchschaut!«, setzte ihre Mutter jetzt entrüstet fort. »Aber Annemarie und du, ihr dachtet immer, ihr wärt schlauer und ich würde es nicht mitbekommen, wenn ihr etwas vor mir verheimlicht. Aber lass dir eines gesagt sein: Mütter merken …«

»Alles!«, fiel Frieda ihr immer noch lachend ins Wort. »Das wissen wir doch, Mamilein! Ist es das, was du mir eben sagen wolltest?« Sie legte einen Arm um die Schulter ihrer Mutter und drückte sie kurz.

»Nein, natürlich nicht«, antwortete Ingrid Papendiek unwirsch. »Ich wollte wissen, wie es dir geht. Mal in Ruhe mit dir reden. Dir vielleicht einen Ratschlag geben, wenn du denn einen hören willst.«

Überrascht sah Frieda sie an. »Es geht mir gut. Das musst du doch wissen, schließlich wohne ich bei euch«, konnte sie es nicht lassen, ihre Mutter aufzuziehen.

Doch die ging nicht länger auf den spaßigen Ton ihrer Tochter ein, sondern sagte: »Ja, und deshalb mache ich mir ja so langsam auch meine Gedanken.« Sie betrachtete Frieda aufmerksam, beinahe forschend. »Du bist jetzt bald seit drei Monaten von Jonathan getrennt. Und seit zwei Wochen wieder hier. Bald musst du dir doch mal überlegen, was du mit deinem Leben anstellen willst. Also, nicht, dass du denkst, ich will dir Druck machen, ich glaube daran, dass du deinen Weg finden wirst, aber vielleicht brauchst du ein wenig Anschwung? Einen Schubs in die richtige Richtung?«

Frieda runzelte die Stirn. Früher hatte ihre Mutter ihren Töchtern – eher Frieda als Annemarie – sehr wohl Druck gemacht, wie sie sich jetzt ausdrückte. Sie wollte, dass ihre Kinder etwas Anständiges lernten und sich im Leben gut zurechtfanden. So, wie es sich wohl alle Mütter für ihre Kinder wünschten.

»Du musst dir keine Sorgen um mich machen, Mama. Es ist alles in Ordnung«, sagte Frieda ein wenig zu schnell.

»Wirklich?«

Frieda lag ein »Ja, natürlich« auf der Zunge, doch sie zögerte plötzlich. Vielleicht war die Zeit tatsächlich reif, sich einen klugen Rat von ihrer Mutter zu holen. »Klar. Es ist nur …« Sie gab sich einen Ruck. »Manchmal denke ich, die ganze Welt steht mir wieder offen, wie damals nach dem Abi, aber die Auswahl erschlägt mich irgendwie. Das ist albern, ich weiß. Ich sollte froh sein, dass es mir gut geht, dass ich gesund bin und ein Dach über dem Kopf habe. Alles andere sind doch Luxussorgen.« Sie versuchte zu grinsen, doch das misslang ihr gründlich. Sie ärgerte sich darüber, dass sie mit Ende 30 plötzlich so unsicher war. Wo war die Selbstsicherheit geblieben, mit der sie schnurstracks nach Schweden gezogen war?

»Ich habe neulich ein Buch gelesen«, erzählte Ingrid Papendiek nun. »Darin ging es darum, sein Leben zu vereinfachen.«

»Aha.«

»Meist ist es gar nicht nötig, Hunderte von Optionen abzuwägen«, fuhr Friedas Mutter fort. »Man kann auch den einfachsten Weg wählen. Sich für das entscheiden, was vor einem liegt.«

»Was meinst du damit? Ich kann nicht sehen, was vor mir liegt.«

»Nimm es mir nicht übel, wie gesagt, ich möchte mich gar nicht einmischen, aber du redest seit Tagen von dem Buchladen und von Clara Müller.«

»Ja, und?«

»Warum probierst du es nicht aus? Wenn du glaubst, dass du nicht wieder als Redakteurin arbeiten möchtest, ist es vielleicht Zeit dafür, etwas ganz Neues zu wagen!«

»Du meinst, einen Buchladen zu übernehmen?« Frieda blinzelte.

»Du musst ihn ja nicht gleich übernehmen! Hat Frau Müller nicht gesagt, sie hat keine Lust mehr, ihn allein zu führen? Was spricht dagegen, die Selbstständigkeit mit ihr auszuprobieren? Du wolltest doch gern in den Einzelhandel!«

Frieda blieb stumm.

Ihre Mutter fuhr fort: »Ihr könntet dort einen Buchklub gründen, Leseabende mit Wein veranstalten und so vieles mehr! Dann kämen dir auch deine bisherigen Berufserfahrungen als Autorin zugute. Und dir fallen sicher noch weitere Ideen ein.« Friedas Mutter grinste verschmitzt. »Was hast du zu verlieren?«

Nicht mehr viel, dachte Frieda. Das war das Gute daran, wenn man bald geschieden, arbeitslos und wieder bei den Eltern wohnhaft war. Viel tiefer konnte sie kaum fallen. Trotzdem erschien es ihr wie eine fixe Idee. Sie konnte doch nicht einfach so einen Laden eröffnen! Wiedereröffnen, korrigierte sie sich. Sie müsste das Rad nicht mal neu erfinden. Nur einsteigen und die Fahrt genießen.

*

Frieda ließ den Vorschlag noch zwei weitere Tage reifen. Sie als Buchhändlerin? Als freie Autorin war sie es gewöhnt, selbstständig zu arbeiten. Das machte ihr keine Angst. Aber einen Laden zu führen, war eine ganz andere Nummer. Hatte sie genug Rücklagen für harte Zeiten? War sie diszipliniert genug, um regelmäßig die Buchhaltung zu erledigen und einen Überblick über die Zahlen zu behalten?

Nach einer weiteren schlaflosen Nacht, in der sie versucht hatte, Herr über die Vor- und Nachteile zu werden, beschloss sie, Nägel mit Köpfen zu machen und Clara Müller anzurufen. Ihre Mutter hatte recht! Sie sollte Anschwung nehmen und dem Leben eine neue Richtung geben. Was sollte schon passieren?

Frieda war aufgeregt, als sie sich bei Clara Müller meldete. Vielleicht hatte die Buchhändlerin ihr Angebot, den Laden weiterzuvermieten oder mit jemandem an ihrer Seite wiederzueröffnen, gar nicht ernst gemeint. Und wenn doch: Frieda hatte keinerlei Erfahrung, mit der sie bei der Eigentümerin punkten könnte. Nervös tigerte sie durch ihr Wohnzimmer, während sie die Telefonnummer online heraussuchte, wählte und dem Freizeichen lauschte.

»Müller!«

Frieda räusperte sich. »Moin, Frau Müller. Frieda Papendiek hier. Ich hoffe, Sie erinnern sich an mich.«

»Moin, Frau Papendiek, ja, natürlich«, antwortete Clara Müller erfreut. Fast schien es, als hätte sie ihren Anruf erwartet. »Was kann ich für Sie tun?«

Frieda war erleichtert. Die erste Hürde war genommen. »Als mein Vater und ich neulich Ihren Laden besuchten, erwähnten Sie, dass Sie Ihre ›Bücherwelt‹ gern wiedereröffnen würden.«

»Ja, das ist richtig. Kennen Sie doch einen passenden Nachfolger für mich?«

»Vielleicht«, sagte Frieda zögerlich. »Es ist so«, setzte sie an, hielt dann jedoch inne und wählte einen anderen Einstieg: »Als wir uns begegneten, nahmen Sie an, ich wäre auf der Suche nach einer Ladenfläche.«

»Ja. Stimmt.« Clara Müller lachte. »Weil Sie sich so für das Geschäft interessiert haben. Das haben Sie ja dann verneint.«

»Genau. Möglicherweise hat sich das geändert.«

»So?«

»Ich bin zurzeit arbeitssuchend, müssen Sie wissen.« Wie das klang, schalt sie sich. Nach »Ich bin arbeitslos und würde jetzt jeden Quatsch machen«. Frieda blieb stehen und fasste sich ein Herz: »Ich habe überlegt, ob Sie Interesse daran haben, dass wir die ›Bücherwelt‹ zusammen wiedereröffnen. Als freie Autorin kann ich mich gut selbst organisieren, und natürlich habe ich von Berufs wegen ein Faible für gute Bücher. Auf jeden Fall bin ich engagiert und habe Lust auf eine neue Herausforderung«, ratterte sie herunter. »Es wäre mir außerdem eine große Ehre, in diesem wunderschönen Laden zu arbeiten.«

Clara Müller kicherte leise, brach dann aber rasch wieder ab. »Entschuldigen Sie, ich wollte nicht unhöflich sein oder Sie auslachen. Es war nur so erfrischend, wie Sie sich gerade präsentiert haben. Wie in einem Vorstellungsgespräch!«

»Ist mir auch aufgefallen«, gab Frieda belustigt zurück. Das Eis war gebrochen.

»Was halten Sie davon, wenn wir uns auf einen Kaffee treffen und in Ruhe über alles sprechen?«

*

Nach dem Treffen stand fest: Clara Müller und Frieda waren auf einer Wellenlänge. Schnell wurden sie sich einig und vereinbarten, dass sie es als Geschäftspartnerinnen miteinander versuchen würden.

»Warum warten?«, hatte Clara Müller gesagt und Frieda gebeten, ihr so bald wie möglich ein paar Ideen für die Zukunft der »Bücherwelt« zu präsentieren. Frieda schwebte vor, das Konzept des Buchladens etwas zu modernisieren. Eifrig machte sie sich daran, Strategien zu entwerfen und online nach passenden Maßnahmen zu recherchieren. Sie schaute sich nach erfolgreicher Konkurrenz um und machte sich Notizen, wenn ihr etwas besonders gut gefiel. Mit einer ansprechenden Website mit Onlineshop, Social-Media-Kanälen und regelmäßigen Events könnten sie das Geschäft wiederbeleben. In Friedas Wunschvorstellung wäre die »Bücherwelt« bald ein Treffpunkt im Viertel, um zu stöbern und zu schmökern und andere Leseratten zu treffen. Aber auch, um Abende in geselliger Runde zu verbringen.

Als sie ihren Freundinnen davon erzählte, verdrehte Kira erwartungsgemäß liebevoll die Augen und meinte, sie hätte ja gewusst, dass Frieda, genau wie Hanna, insgeheim von einem romantischen Buch-Café geträumt hatte. Hanna war richtig aufgekratzt und Marike freute sich, dass Frieda diese Chance ergriff. Außerdem fand sie es großartig, bald nicht mehr die einzige Selbstständige im Freundeskreis zu sein. Frieda hätte zu gern auch Tom von den aufregenden Entwicklungen der letzten Tage berichtet, doch sie war ihm nicht wieder zufällig über den Weg gelaufen, und um ihm spontan zu schreiben, waren sie nicht eng genug befreundet, fand sie.

Frieda und Clara Müller beschlossen, das Ladengeschäft zunächst zu entrümpeln und alte Ausgaben an den Großbuchhandel zurückzuschicken, sofern die Rückgabefrist noch nicht überschritten war. Dann würden sie entscheiden, wie viel sie renovieren wollten und welcher Teil der Einrichtung erneuert werden müsste. Auf Instagram hatte Frieda bereits einen Kanal erstellt, ein paar Infos geteilt und die wenigen Follower mit dem Satz »Stay tuned« neugierig gemacht. Um sich zunächst nicht mit dem bürokratischen Kram einer Selbstständigkeit herumschlagen zu müssen, stellte Clara Müller Frieda kurzerhand als Buchhändlerin ein. Das sei einfacher so, meinte sie. Vor allem, falls es schiefging. Doch daran wollte Frieda erst mal gar nicht denken. Sie war voller Wagemut und Vorfreude.

Gerade war sie auf dem Weg zu ihrer neuen Arbeitsstätte. Sie trug einen Blaumann, falls es staubig werden sollte, und hatte diverse Reinigungsmittel sowie große Versandkartons im Wagen, den sie sich von ihren Eltern geliehen hatte. Um ihrer künftigen Chefin zu zeigen, dass sie sich auf Frieda verlassen konnte, hatte sie alles besorgt, was sie für diesen Tag benötigen würden. Außerdem noch ein wenig Gebäck für die Pause.

Letzteres war gar nicht nötig gewesen, wie sich herausstellte, denn auch Clara Müller hatte es sich nicht nehmen lassen, Kaffee zu kochen und Kuchen zu kaufen.

»Dann haben wir ja alles!«, rief Frieda voller Tatendrang, als sie sich im Geschäft gegenüberstanden. Sie hatte die Kartons und das Putzmittel bereits ins Innere getragen und sah sich nun nachdenklich um. »Ich schlage vor, wir räumen die Bücher in die Kisten, sortieren dabei, welche wir zurückschicken und welche wir im Sortiment behalten wollen, dann rücken wir die Möbel zur Seite und putzen. Was halten Sie davon?«

Clara Müller nickte. Sie trug eine Jeans und ein simples T-Shirt, ein Outfit, das sie jung und mädchenhaft wirken ließ. Dennoch hatte sie wenig von ihrer Grazie verloren. Vielleicht lag es an dem Band, das ihre Haare zurückhielt, und den Ballerinas an den Füßen. Beides erinnerte Frieda an die elegante Audrey Hepburn.

»Das hört sich vernünftig an. Ich schlage außerdem vor, dass wir uns duzen.« Clara streckte Frieda die Hand entgegen. »Ich bin Clara.«

*

Die beiden Frauen kamen schneller voran als erwartet, und gemeinsam ging ihnen das Aussortieren leicht von der Hand. Tatsächlich konnten sie einen Großteil der Bücher an den Handel zurückgeben. Der Holzfußboden glänzte, die Regale hatten sie mit Hilfe eines Nachbarn nach draußen geschafft, damit Frieda sie fotografieren und in den Kleinanzeigen verkaufen konnte.

Sie waren zu dunkel und zu wuchtig für das neue, frische Interieur, das Frieda vorschwebte. Während sie nun einen Kaffee trank und abwesend in ein Brötchen biss, durchforstete sie das Kleinanzeigen-Portal nach Möbeln, die zur Bonbon-Fassade des Hauses passten und dem neuen Geschäft mehr Wohlfühlambiente verleihen sollten: bunt, gemütlich, fröhlich – alles, was zum Verweilen einlud.

»Frieda, leg das Ding mal weg und mach eine richtige Pause«, tadelte Clara jetzt mit missbilligendem Blick auf Frieda und ihr Smartphone. »So schmeckst du doch weder den Kaffee noch das Brötchen!«

Schuldbewusst klickte Frieda noch schnell auf »Suche speichern« und markierte zwei Favoriten: schlichte, unbehandelte Holzregale in filigraner Machart, die sie leicht mintfarben und rosa streichen könnte, sowie einen pastellfarbenen Teppich, der sich gut in der angedachten Leseecke machen würde – dann legte sie das Handy beiseite, strahlte Clara an und nahm einen weiteren Schluck Kaffee. »Ich kann mir schon richtig vorstellen, wie es aussieht, wenn alles fertig ist.«

Clara nickte. »Wir sollten uns gleich noch im Keller umsehen. Da hat sich im Laufe der Zeit ohnehin viel angesammelt. Das Geschäft gibt es schon seit den 50er-Jahren. Aber ich glaube, seit der Pandemie war ich nicht mehr dort unten.«

Wieder nahmen ihre Augen diesen traurigen Glanz an, der Frieda schon bei ihrem ersten Besuch aufgefallen war.

»Sicher ist alles vollgestellt mit altem Gerümpel.« Clara seufzte.

»Ist alles in Ordnung?«, fragte Frieda vorsichtig.

»Jaja, alles gut«, entgegnete Clara, doch ihre Stimme klang, als wäre sie mit ihren Gedanken gerade ganz woanders.

Frieda beschloss, sie nicht weiter zu bedrängen. Wenn der Zeitpunkt gekommen war, würde Clara ihr sicher anvertrauen, was sie so traurig stimmte. Oder eben nicht. Es war schließlich ihr gutes Recht, Dinge für sich zu behalten. Auch wenn sie jetzt Geschäftspartnerinnen waren.

In aller Stille aß Frieda ihr Brötchen auf, nahm das Handy bewusst nicht wieder in die Hand, sondern ließ den leer geräumten Laden und die nachdenkliche Frau an ihrer Seite auf sich wirken. Verrückt, wie das Leben manchmal so spielte. Wer hätte gedacht, dass sie einmal Buchhändlerin in Bremen werden würde? In Walle, einem Stadtteil, den sie bisher kaum kannte? Gemeinsam mit einer eleganten alten Dame, die sie schon beim ersten Besuch einschüchternd und auf eine stille, bedächtige Art und Weise atemberaubend gefunden hatte?

Nach der Mittagspause stiegen sie hinab in den Keller. Clara wirkte noch immer in sich gekehrt. Vielleicht graute ihr ein wenig davor, was sich noch alles in der unteren Etage befand, überlegte Frieda. Hieß es nicht, der Keller stünde für die Vergangenheit? Altes Gerümpel stellte dabei Hindernisse dar, die das Vorankommen behinderten, weil man sich nicht davon lösen konnte. Man musste es aussortieren, fortschaffen und sich damit auseinandersetzen, um unbeschwert in Richtung Zukunft gehen zu können. Frieda glaubte, ihr Keller wäre auch ziemlich voll. Wenn sie denn einen hätte.

Die unterirdische Etage wies den typischen muffigen Geruch auf, war aber auf den ersten Blick ziemlich ordentlich. Es gab einen langen Flur und zwei Kellerräume. Die Deckenlampen in den beiden abgeschlossenen Räumen brannten grell und ermöglichten es Frieda, sich rasch einen groben Überblick zu verschaffen. Im ersten Abteil fand Frieda etliche Metallregale vor, in denen Kisten und Ordner verstaut waren. Sie waren größtenteils sorgsam beschriftet und enthielten alte Rechnungen und Steuerunterlagen, saisonale Dekorationsartikel sowie Büromaterialien wie Stifte, Quittungsblöcke und Büroklammern. Außerdem fand Frieda eine Werkzeugkiste, einen alten Drucker und eine offenbar aussortierte Kaffeemaschine. In einer Ecke standen ein Eimer, Putzmittel sowie ein Wischer und zwei Besen.

»Die Ordner können wir mal durchsehen, wenn wir Zeit haben«, bemerkte sie. »Das ist aber nichts, was wir sofort angehen müssen. Oder was denkst du?«

Clara nickte. Sie stand noch in der Tür. »Der Drucker und die Kaffeemaschine können zum Schrott. Die sind uralt, und den Platz können wir besser nutzen. Wir werden ihn sicher bald brauchen. Für Werbematerialien, vielleicht zusätzliche Möbel für unsere Veranstaltungen; Gläser und Geschirr, wenn wir diese Weinabende machen wollen.« Ihre Stimme hatte wieder einen etwas festeren Klang angenommen. Sie schien sich trotz allem Kummer auch ein bisschen auf das zu freuen, was vor ihnen lag.

Im zweiten Abteil herrschte deutlich mehr Chaos als im ersten Raum. Frieda bemerkte halb geöffnete Kisten. Eine große Reklametafel lehnte an der Wand, und verschiedene Stühle ruhten ineinander verkeilt in einer Ecke.

»Puh«, machte sie und fuhr sich durch das Haar. »Hier sollten wir uns wohl mal durchwühlen.« Sie wies auf die Stühle. Einige waren aus Holz, andere aus Metall geschmiedet. »Die wären doch prima für unsere Veranstaltungen!« Ihre Augen leuchteten. »Sie müssten nur ein wenig hergerichtet werden. Das ist genau der Stil, den ich mir wünsche. Aber bis wir da rankommen, müssen wir den anderen Kram zur Seite schaffen.«

Clara verzog das Gesicht. »Die alten Dinger?«, fragte sie und schaute skeptisch auf die Stühle. »Die sind sicher feucht und gammlig. Wer weiß, wie lange die schon hier im Keller stehen.«

»Die lassen sich bestimmt wieder aufhübschen!«, war Frieda überzeugt. Als sich an Claras Miene nichts änderte, fügte sie hinzu: »Aber das können wir ja später besprechen. Eins nach dem anderen. Zunächst sollten wir hier Ordnung schaffen.« Wieder ließ sie ihren Blick schweifen und atmete tief durch. Das würde dauern!

Sie machte einen Schritt auf die Kisten zu und lugte in die oberen hinein. Sie waren bis zum Rand gefüllt mit Büchern und Zeitschriften. Ächzend schob sie einen Karton zur Seite, um auch die dahinterstehende Kiste zu öffnen. »Auch Bücher«, sagte Frieda. »Soll ich die Kisten mal durchsehen? Es scheinen alte Ausgaben zu sein. Ich glaube fast nicht, dass wir die noch an den Handel zurückgeben können. Aber was hältst du von einer antiquarischen Ecke?«, kam es ihr in den Sinn. »Für so etwas gibt es bestimmt viele Interessenten!« Sie erinnerte sich an die Stöberläden in Schweden, in denen sie selbst gern gewesen war.

Clara nickte lächelnd. »Ja, das ist eine schöne Idee.« Sie machte eine Pause und sagte dann: »Ach, ich bin froh, dass du da bist, Frieda. Endlich kommt wieder Leben in das Haus. Und mir tut es auch gut, mich zu beschäftigen.« Sie trat näher und legte kurz einen Arm um Frieda. »Kümmerst du dich darum? Ich bin nicht gern hier unten«, gab sie zu und blickte sich leicht unbehaglich um.

Frieda nickte. Das hatte sie schon bemerkt. »Natürlich. Ich fange gleich damit an.« Im Verkaufsraum waren sie für heute so gut wie fertig. Putzen konnte Clara auch allein. In den kommenden Tagen würden sie damit beginnen, die Wände zu streichen. Nachdem die Regale verschoben worden waren, war deutlich zutage gekommen, dass sie einen frischen Anstrich nötig hatten.

»Ruf einfach, wenn du etwas brauchst«, verabschiedete sich Clara und verschwand nach oben. »Ich bin im Verkaufsraum und seife den Tresen und die Fußleisten ab. Und die anderen Möbel am besten auch«, ergänzte sie, und Frieda stimmte ihr zu. Egal, ob sie die Tische und die Sessel behalten oder verkaufen wollten, es konnte nicht schaden, sie zu reinigen.

Die Arbeit im Keller war anstrengend und staubig. Zum Glück fürchtete sich Frieda nicht vor den unzähligen Spinnweben und ihren dicken Bewohnerinnen, die hin und wieder ihren Weg kreuzten. Zunächst war es kühl und Frieda hatte leicht gefröstelt, als sie nach unten gekommen war. Doch schon bald kam sie ins Schwitzen. Sicher würde sie ihre Armmuskeln morgen spüren. Sie hatte damit begonnen, sich eine freie Ecke zu schaffen, in der sie die sortierten Kisten mit Inhalten, die sie behalten würde, stapeln wollte. In einer weiteren Ecke stellte sie einen Karton für den Sperrmüll auf. Dort warf sie angeschimmelte und feuchte Papiere, Zeitschriften und Bücher hinein, die nicht mehr zu retten waren. Die Kartons mit den gut erhaltenen Büchern waren zum Glück besser gefüllt als der Müllkarton. Ihr Herz schmerzte bei jedem Buch, das sie wegwerfen musste. Hin und wieder klappte sie einen Buchdeckel auf, um die ersten Sätze zu lesen, oder überflog den Klappentext, wenn sie ein Cover besonders ansprechend fand. Sicher ließe sich eine antiquarische Stöberecke auch gut bei Instagram vermarkten, überlegte sie. Alte Bücherschätze finden, nach denen man eigentlich gar nicht gesucht hatte. #bücherschatzkiste.

Gerade überlegte sie, ob sie noch eine Pause einlegen oder für heute Schluss machen sollte, da fiel ihr Blick auf den letzten Stapel, der noch im Karton lag. In einer der Kisten, die jahrelang unbemerkt ganz hinten gestanden hatten. Der Karton war vollgepackt gewesen mit alten Büchern, die fast alle noch in einem guten Zustand waren und die Frieda in die antiquarische Kiste befördert hatte. Bei dem Stapel, der jetzt noch am Boden der Kiste lag, handelte es sich um mit Schreibmaschine getippte Seiten, die von einer dicken Kordel zusammengehalten wurden. Neugierig griff sie zu und hielt das Bündel ins Licht. »Von der kleinen Liebe, die ganz groß werden wollte«, stand auf der ersten Seite.

Was für ein zauberhafter Titel! Frieda schnappte unwillkürlich nach Luft. Als Schriftstellerin liebte sie es sehr, wenn Worte sofort Bilder im Kopf erzeugten. Das Papier wirkte alt. Es war wellig und leicht vergilbt. Es handelte sich nicht um ein gebundenes Buch. War das etwa ein Manuskript? Ein Kribbeln stieg in ihr auf. Ehe sie die Kordel löste, um die ersten Seiten zu lesen, hielt sie kurz inne und fragte sich, ob Clara wohl etwas dagegen hätte, wenn sie hineinschaute. Wer weiß, vielleicht stammte der Text von ihr und sie sähe es nicht gern, wenn Frieda an ihren innersten Gedanken teilhätte. Ein Manuskript war schließlich etwas ziemlich Intimes. Vor allem das erste. Das wusste Frieda nur zu gut.

»Besser, ich frage sie«, wisperte Frieda und ging nach oben.

»Clara!«, rief Frieda, als sie ihre Partnerin erblickte, die auf dem Boden hockte und die Fußleisten unter einer dicken Schaumschicht verschwinden ließ. »Schau mal, was ich gefunden habe!« Sie hielt ihr den Papierstapel entgegen. Der ausdruckslosen Miene von Clara nach zu urteilen, hatte sie das Manuskript noch nie gesehen. »Ich glaube, es ist ein Buch«, erklärte Frieda deshalb.

»Ja. Da unten sind eine Menge Bücher.«

»Dieses hier ist anders! Es scheint ein Manuskript zu sein. Vielleicht ein unveröffentlichtes!«

»Zeig mal her.« Clara stand auf, wischte sich rasch

die Hände an der Jeans ab und nahm das Buch entgegen. Als sie den Titel las, lächelte sie. »Schön«, sagte sie. Dann hob sie den Kopf. »Aber ich kenne es nicht. Um ehrlich zu sein: Im Laufe der Jahre habe ich einige Manuskripte erhalten. Manche Leute glaubten offenbar, durch meine Arbeit als Buchhändlerin könnte ich ihre Werke beurteilen und sie im besten Falle einem Verlag empfehlen. Meist habe ich sie gelesen, ein paar aufmunternde Worte gefunden und sie dann zurückgegeben. Dieses hier scheint untergegangen zu sein.« Sie gab die Seiten an Frieda zurück.

»Es steht kein Name drauf. Vielleicht wusstest du später nicht mehr, wem es gehört«, mutmaßte Frieda.

»Das kann gut sein.«

»Darf ich es lesen? Der Titel klingt wunderbar.«

Clara lächelte. »Natürlich darfst du das. Was sollte ich dagegen haben?« Dann wechselte sie das Thema. »Wie weit bist du unten gekommen? Ist etwas dabei, was wir im neuen Laden anbieten können?«

»Oh ja, eine ganze Menge. Ich denke, eine Flohmarkt- und Stöberecke ist eine gute Idee«, griff sie ihren Vorschlag wieder auf. »Das stelle ich mir gemütlich vor!«

»Dann machen wir das«, stimmte Clara zu. »Und für heute ist Feierabend. Wir haben schließlich schon eine Menge geschafft!« Zufrieden sah sie sich in dem aufgeräumten und blank geputzten Laden um. »Die Kasse funktioniert übrigens noch«, berichtete sie mit Blick auf das alte Ungetüm.

Frieda schoss noch rasch die Fotos von den Regalen für den Kleinanzeigenmarkt, dann trugen sie die

Möbel wieder ins Innere. Dieses Mal ohne die Hilfe des Nachbarn. Anschließend nahm sie das Manuskript wie einen Schatz an sich, dankte Clara dafür, dass sie es lesen durfte, und stieg schließlich ins Auto, um nach Hause zu fahren. Während der Fahrt freute sie sich schon auf die ersten Seiten.

*

Kapitel 1

Es war einer dieser Tage, die nicht richtig hell wurden. Ein grauer Dienstag im Mai, einem Monat, von dem man eigentlich mehr erwarten durfte.

Doch wenn ich an diesen Dienstag zurückdenke, dann sehe ich bei Weitem keinen regenverhangenen Tag ohne Sonnenschein – was er eigentlich war. Keinen gewöhnlichen Arbeitstag, der mit der üblichen Tasse schwarzem Kaffee begann. Keinen Tag, an dem ich nur meinen Routinen daheim und im Laden nachging: frühstücken und nebenbei Brote für die Arbeit schmieren, mittags einen Spaziergang, Buchhaltung, wenn kein Kunde da war. In meiner Erinnerung lag ein Leuchten über diesen Stunden, so als hätte ich schon bei Tagesanbruch gewusst, dass etwas Außergewöhnliches geschehen würde – was natürlich Humbug ist. Die feinen Regentropfen werden zu glitzerndem Konfetti, das den bedeutsamsten Moment meines Lebens zu dekorieren versuchte. Du liebe Güte, ja, ich weiß, wie kitschig das klingt. Doch wenn ein Mann nicht die berührendsten Zeilen seines

Lebens schreiben darf, um die große Liebe zu beschreiben – wann dann?

Als ich regennass meinen Laden betrat, ahnte ich noch nichts von dem Glück, das mir bald zuteilwerden sollte. Ich schüttelte den Regenschirm vor der Tür sorgfältig aus, um den Holzboden im Geschäft zu schonen und rutschigen Pfützen vorzubeugen. Meinen Mantel, der so feucht geworden war, als hätte ich keinen Schirm dabeigehabt, ließ ich im Keller abtropfen. Ich war spät dran. Zu Hause hatte ich noch abgewartet, ob der Regen nachlassen würde, ehe ich mich notgedrungen auf den Weg machen musste. Bevor die ersten Kunden kamen, hatte ich noch einige Lieferungen auszupacken. Ich sollte mich also sputen.

Bis zur Mittagspause hatten sich die Regenwolken verzogen, und ich nutzte die Gelegenheit für einen Spaziergang. Ich flanierte gern auf der schmalen Grünanlage im Stadtteil, um mich mit Bewegung und frischer Luft zu versorgen. Mir gefiel das bunte Stimmengewirr aus Sprachen, von denen ich die wenigsten verstand. Fremdländische Gerüche von Imbissen verlockten mich manchmal dazu, mein Brot zu verschmähen und mir eine warme Mahlzeit zu gönnen. An jenem Tag jedoch ließ ich mir mein Käsebrot auf einer Parkbank schmecken, auf die ich zum Schutz vor der Feuchtigkeit eine alte Zeitung gelegt hatte. Als ich nach einiger Zeit wieder aufstand und die Seiten zusammenklappen wollte, da fiel mir auf, dass ich auf den Todesanzeigen gesessen hatte, was mir aus einem unerfindlichen Grund sehr unangenehm war. Doch im Nachhinein stellte sich das als kleines Wunder heraus. Denn sonst wären wir uns vielleicht nie begegnet!

Rolf Jestermann. Den Namen meines alten Freundes unter den Anzeigen zu lesen, erschütterte mich tief. Im vergangenen Jahr hatten wir uns aus den Augen verloren, er wollte nach Berlin gehen, ein Studium beginnen, sich politisch engagieren und ganz in die aktivistischen Bewegungen eintauchen, die die Hauptstadt immer wieder in Atem hielten. Rolf war mir immer ein guter Freund gewesen. Etwas unzuverlässig in seiner kunstversessenen Art, manchmal etwas verträumt, aber er hatte ein Herz aus Gold. Die Anzeige war schlicht gehalten. Ich erfuhr nicht, was ihn das Leben gekostet hatte. Vielleicht war das aber auch nicht mehr wichtig. Wichtig war nur, dass ich mich verabschieden wollte. Ich packte mein halb aufgegessenes Brot wieder ein, faltete die Zeitungsseite sorgsam zusammen, um sie in meine Jackentasche zu stecken, und machte mich auf den Weg zum Waller Friedhof, auf dem Rolf an diesem Vormittag beigesetzt worden war. Unterwegs erstand ich eine einzelne weiße Rose. Es war unüblich für einen Mann, eine Blume zum Grab zu bringen, doch da ich bei der eigentlichen Beerdigung nicht zugegen gewesen war, um eine Schaufel Erde und meine Erinnerungen herabrieseln zu lassen, hielt ich einen Blumengruß für die beste Wahl. Mir war flau im Magen, als ich den Friedhof betrat. Ich fragte einen Mann – offenbar ein Gärtner, der an der Kapelle aufräumte – nach Rolf Jestermanns Grab und folgte seiner Wegbeschreibung. Als ich näher kam, entdeckte ich eine junge Frau, ganz in Schwarz geklei-

det, mit dezentem Hut, einem spitzenverzierten Regenschirm und hohen Schuhen. Ich wollte mich zurückhalten, doch da hatte sie mich schon erblickt und nickte mir einladend zu.

»Mein tief empfundenes Beileid«, grüßte ich mit heiserer Stimme, auch wenn ich nicht wusste, in welchem Verhältnis sie zu Rolf gestanden hatte. War sie seine Frau oder Freundin gewesen? Sein Geschmack war früher ein anderer gewesen, dachte ich unwillkürlich, weniger schick, doch auch das konnte sich natürlich in den letzten Jahren verändert haben. Ihr Anblick versetzte mich mehr in Aufregung, als es für diese Situation angemessen war. Sie war bildschön. Die großen, dunklen Augen schauten wach und warm in die Welt. Ihre Haut war blass, doch kleine Sommersprossen auf der Nase verrieten, dass sie sich gern im Freien aufhielt. Sie war zierlich, doch sie wirkte stark. Aufrecht und gefasst stand sie am Grab meines Freundes und sah mich neugierig an. Ich kannte sie nicht. Hatte sie noch nie gesehen. Dessen war ich mir sicher. Denn ich hätte sie nie wieder vergessen. Und das habe ich auch nicht.

Sie reichte mir huldvoll die Hand und stellte sich als Rolfs Cousine vor. Sie war gerade aus Berlin angereist. Rolf war bei einem Verkehrsunfall ums Leben gekommen, erklärte sie mir.

»Hat Rolf also tatsächlich in Berlin gelebt?«, habe ich sie gefragt. Sie nickte und erzählte mir davon, dass er seinen Traum in der Hauptstadt verwirklicht hatte. In einer WG, in der man sich jeden Abend zu Rotwein traf, um das politische Geschehen und den Wert von

Kunst und Freiheit zu diskutieren. Rolf habe sich zu einem leidenschaftlichen Kommunisten entwickelt. Ich nahm am Grab Abschied von ihm und ging gemeinsam mit Rolfs Cousine Richtung Ausgang. Ich lud sie zum Tee ein, doch zu meiner Enttäuschung lehnte sie ab, weil ihr Verlobter bereits im Hotel auf sie wartete. Ich verbot mir die Frage, warum er sie nicht zu der Beisetzung eines Familienmitglieds begleitet hatte, denn es stand mir nicht zu, darüber zu urteilen. In meinem Inneren tobten bereits damals, als ich sie nur wenige Momente kannte, die größten Gefühle. Niemals würde ich sie allein lassen, dachte ich empört. Niemals! Schon gar nicht bei einem Ereignis, bei dem jeder Mensch eine emotionale Stütze brauchte.

Coco. So nannte ich sie heimlich wegen ihrer unbeschreiblichen Grazie. An jenem Dienstag behielt ich meine Empfindungen für mich. Musste ich ja. Alles andere wäre sehr albern gewesen. Die Liebe auf den ersten Blick? Daran hatte ich bis zu diesem Tag nicht geglaubt, obwohl ich berufsbedingt eigentlich daran hätte glauben müssen. Und auch wenn Coco mich damals stehen ließ und zu ihrem Verlobten eilte, war dies der glücklichste Tag in meinem Leben. In meiner Brust wuchs die Gewissheit, dass wir füreinander bestimmt waren. Doch die Geschichte hatte anderes mit uns vor.

Kapitel 9

Frieda schaffte es an diesem Abend nicht über das erste Kapitel hinaus, auch wenn die Geschichte sie von Anfang an in ihren Bann zog. Bald fielen ihr von der ungewohnten körperlichen Anstrengung des Tages die Augen zu, und um dem Buch die nötige Anerkennung und Aufmerksamkeit zu zollen, beschloss sie, es zur Seite zu legen. Fast augenblicklich fiel sie in einen tiefen Schlaf.

Am Vormittag des darauffolgenden Tages war Frieda mit Hanna und Kira zum Sport verabredet. Sie trank oben in ihrer Küche noch schnell einen Kaffee und sah dabei am offenen Fenster in die Gärten der Reihenhäuser hinaus. Sie erblickte Henni, Toms Mutter, die bereits zu dieser frühen Stunde Wäsche aufhängte, und unwillkürlich kam ihr Tom in den Sinn. Nun hatte das Schicksal sie beide zurück in die Heimat geführt. Ihr Herz klopfte schneller, wenn sie an ihn dachte. Würde das je aufhören? Sie seufzte. Zwischen ihnen war da diese Verbundenheit, die über all die Jahre nie ganz verschwunden war. Ob das daran lag, dass sie zusammen groß geworden waren? Eine gemeinsame Herkunft prägte. Die Zeit des Heranwachsens sowieso.

Sie trank ihren Kaffee aus, lief nach unten und warf einen Blick in die Küche ihrer Eltern. Doch niemand war da. Das wunderte sie. Schon am Abend zuvor waren sie nicht zu Hause gewesen, als Frieda aus Walle zurückgekommen war. Sie hätte zu gern von den Aufräumarbeiten in der »Bücherwelt« und dem Manuskript erzählt. Sie griff kurz entschlossen nach ihrem Handy.

»Ja, hallo?«, meldete sich ihr Vater nach kurzem Klingeln.

»Papa, hallo, wo seid ihr denn?«, fragte Frieda leicht vorwurfsvoll.

»Wir sind auf dem Weg zu Annemarie und den Kindern. Sie muss arbeiten, und Mia und Leonie sind krank.«

»Ach so«, murmelte Frieda. »Und gestern Abend?«, wollte sie dann wissen.

Ihr Vater lachte. Frieda hörte, wie er zu ihrer Mutter sagte: »Frieda kontrolliert uns.«

»Ich kontrolliere euch überhaupt nicht!«, rief Frieda entrüstet und zog die Stirn kraus. »Ich will doch nur wissen, wo ihr seid. Ihr könnt ruhig mal Bescheid sagen! Sonst mache ich mir Sorgen.«

»Ja, so ist das eben«, kicherte ihr Vater.

»Schön, wenn ich zu eurer Erheiterung beitragen kann«, grummelte sie.

»Ja, das konntest du. Vielen Dank«, gab ihr Vater belustigt zurück. »So, wir müssen nun aussteigen. Wir sind da. Bis heute Abend, mein Spatz. Wir werden dir Bescheid geben, falls wir noch mal weggehen.« Wieder hörte sie ihn lachen, auch ihre Mutter giggelte, dann legte er auf.

Erneut war sie nicht dazu gekommen, von ihrem ersten Tag in der »Bücherwelt« zu berichten. Dann musste das eben bis zum Abend warten. Sie lief hinab in den Keller, griff ihr Fahrrad und fuhr zum Bürgerpark. Auf dem Weg dorthin dachte sie über das Gespräch mit ihrem Vater nach und musste nun selbst grinsen. Ihre Empörung war verflogen. Schließlich war sie diejenige gewesen, die befürchtet hatte, mit ihrem Einzug ins Dachgeschoss würden ihre Eltern sie immerzu kontrollieren und wissen wollen, woher sie kam und wohin sie ging.

Sie erreichte den Park und entdeckte ihre Freundinnen, die bereits auf sie warteten. Sie entschuldigte sich für die Verspätung, dann liefen sie los. Frieda hatte sich inzwischen an ihr regelmäßiges Workout gewöhnt, sodass es ihr leichtfiel, sich beim Laufen zu unterhalten. Endlich hatte sie jemanden gefunden, dem sie von dem rätselhaften Manuskript erzählen konnte.

»Hast du denn schon gegoogelt, ob es doch bereits veröffentlicht wurde?«, fragte Kira. »Dass Frau Müller das Manuskript zur Prüfung bekommen hat, heißt ja nicht, dass es das einzige Exemplar ist. Vielleicht hatte der Autor an anderer Stelle mehr Glück.«

»Ja, natürlich. So weit war ich schon. Aber ich habe nichts herausgefunden. Ich habe heute Morgen sogar die ersten Sätze in der Google-Büchersuche eingegeben. Kein Ergebnis!«

»Vielleicht ist es zu alt für das Internet.«

»Du spinnst! Das kann nicht sein«, widersprach Hanna. »Heutzutage lässt sich doch alles online finden.«

»Dieses Buch nicht.« Frieda seufzte. »Ich würde so gern wissen, wer es geschrieben hat. Es ist so … eindringlich! Und so gefühlvoll. Es liest sich wie ein Tagebuch. Das kann nicht ausgedacht sein. Wenn ich mir vorstelle, dass es diese beiden Menschen wirklich gegeben hat, bekomme ich eine Gänsehaut!«, sagte sie und machte übermütig einen großen Sprung über eine Pfütze.

»Wieso denkst du, dass es mehr ist als eine Geschichte?«, wollte Hanna erstaunt wissen.

»Wenn ich den Anfang zitieren darf: ›Doch wenn ein Mann nicht die berührendsten Zeilen seines Lebens schreiben darf, um die große Liebe zu beschreiben – wann dann?‹«

»Mh. Du hast recht. Das hört sich irgendwie echt an«, fand nun auch Hanna.

»So ein Blödsinn«, widersprach Kira vehement, die den beiden folgte und kaum aus der Puste war. Sie trainierte seit Jahren nach einem strengen Sportprogramm aus Ausdauer, Yoga und Krafttraining. »Autorinnen und Autoren wissen doch, wie sie es anstellen müssen. Mit leidenschaftlichen Worten und großen Gefühlen! Ihr als Leserinnen sollt doch genau das denken: dass es eine echte Story ist! Gerade du müsstest das doch erkennen!«, wandte sie sich an Frieda, die daraufhin nur mit den Schultern zuckte.

Ihre beiden Bücher hatte sie geschrieben, ohne sich zu überlegen, welche Gefühle sie bei den Rezipienten auslösen wollte. Doch sie glaubte nicht, dass Kira das verstehen würde, also schwieg sie. Darum ging es gerade nicht.

Sie machten eine Pause an einer Sitzgruppe. Während Frieda und Hanna sich streckten und dehnten, entschied sich Kira für ein paar Liegestütze an der Rückenlehne der Bank.

»Ich wüsste zu gern, ob ich recht habe oder du«, sagte Frieda nachdenklich und beobachtete, wie ihre Freundin von Liegestützen zu Ausfallschritten überging.

»Das lässt sich doch recht einfach herausfinden: Du recherchierst nach diesem Cousin und schaust nach, ob du sein Grab auf dem Friedhof findest«, meinte Kira und erntete beeindruckte Blicke. »Wenn das Grab echt ist, ist es die Geschichte möglicherweise auch.«

»Oh, darauf bin ich noch gar nicht gekommen. Gute Idee! Das mache ich.«

»Und Frau Müller hat keine Ahnung, wer das Manuskript geschrieben haben könnte? Ob es echt oder reine Fiktion ist?«, hakte Hanna nach.

»Nein«, entgegnete Frieda. »Sie wirkte, als hätte sie es noch nie zuvor gesehen. Vielleicht sollte ich sie noch einmal darauf ansprechen.«

*

Den Nachmittag verbrachte Frieda wieder bei Clara. Die Regale hatte bereits ein Käufer abgeholt. Sie veranlassten den Rückversand der Bücher an den Großhandel, suchten gemeinsam neue Möbel aus und beauftragten den Sperrmüll für den Schrott aus dem Keller. Dann besprachen sie die Farbe für die Wände. Frieda würde das Material fürs Streichen später im Baumarkt besorgen. Sie entschieden sich für Weiß und für einen hellen Grünton für die Nische mit den Sesseln.

»In den nächsten Tagen sollten wir uns zusammensetzen und die neuen Bücher ordern«, meinte Clara und sah sich zufrieden um. »Ich werde auch meine alten Kontakte zu den Vertretern reaktivieren.« Sie hatten es sich für eine Pause auf den beiden Ohrensesseln gemütlich gemacht und tranken eine Tasse sahnigen Ostfriesentees. »Oder vielleicht warten wir damit besser ab, bis wir uns eingerichtet haben und wissen, wie viel Platz wir haben«, meinte sie dann. »Die Flohmarkt-Ecke wird zunächst schließlich auch einen großen Teil einnehmen, oder?«

Frieda wiegte den Kopf. »Schon«, meinte sie. »Aber neue Bücher brauchen wir natürlich auch. Was hältst du davon, wenn wir im Vorgarten bei gutem Wetter ein Regal oder einen Tisch für die antiquarischen Ausgaben aufstellen? Zum Stöbern?«

Clara nickte. »Sehr gut. Das lockt die Leute an. Was brauchen wir dafür?«

Sie besprachen, wie sie die Bücher draußen präsentieren könnten, und tranken dabei ihren Tee. Frieda machte sich Notizen in ihrem Handy.

»Dann kümmere ich mich mal um die restlichen Kisten im Keller«, kündigte sie schließlich an und erhob sich. »Übrigens«, begann sie zögernd, »ich habe das Manuskript angefangen. Ich finde es toll!«

Clara sah auf und lächelte. »Das ist schön.«

»Du hast wirklich gar keine Ahnung, von wem es stammen könnte?«

»Nein. Gar nicht.« Clara schüttelte bedauernd den Kopf. »Wie schon gesagt, es kamen immer mal wieder Stammkunden zu mir, die mich gebeten haben, ihr Buch zu lesen. Unter uns: Es war nie etwas dabei, was ich einem Verlag empfohlen hätte. Aber ich kann mich an kein Manuskript erinnern, das nicht wieder abgeholt wurde oder das, wie du jetzt sagst, *toll* war. Um welches Genre handelt es sich?«

»Es ist ein Liebesroman. Er scheint schon etwas älter zu sein«, sagte Frieda, das schloss sie aus den Beschreibungen und der Wortwahl. »Es war außerdem die Rede von ›den Bewegungen in der Hauptstadt‹. Das hörte sich für mich nach den 60er- oder 70er-Jahren an.«

Clara hob entschuldigend die Schultern. »Wie gesagt, ich erinnere mich nicht. Aber ich werde es gern mal lesen, wenn du fertig bist. Vielleicht kommt die Erinnerung dann zurück.«

Da fiel Frieda etwas ein. »Kennst du einen Rolf Jestermann?«, fragte sie und sah Clara gespannt an.

Doch zu ihrer Enttäuschung verneinte ihre Freundin. »Den Namen habe ich noch nie gehört.« Sie überlegte. »Nein. Wirklich nicht. Warum? Könnte er der Autor sein?«

»Der Autor eher nicht, nein. Im Buch ist das eine Figur, die zu Beginn der Geschichte schon nicht mehr am Leben ist«, antwortete Frieda.

»Ich werde darüber nachdenken und dir Bescheid sagen, falls mir doch noch etwas einfällt«, versprach Clara.

*

Als Frieda später nach Hause kam, war sie genauso erschöpft wie am Vortag. Sie hatte alle übrigen Kisten gesichtet, die Bücher sortiert und neu gestapelt. Der Keller war entrümpelt und die Bestände für die Wiedereröffnung vorbereitet. Ihre Arme schmerzten von der auch am zweiten Tag noch ungewohnten Belastung, und ihr Rücken machte sich wieder mit einem Ziepen bemerkbar. Sie wollte nur noch unter die Dusche, dann ein Glas Wein mit ihren Eltern trinken und einen Happen essen. Vielleicht würde sie es noch schaffen, ein paar Seiten des Manuskripts zu lesen, ehe sie schlafen ging. Morgen war der Besuch im Baumarkt und der Beginn der Malerarbeiten geplant. Dafür brauchte sie Energie und wollte ausgeschlafen sein. Doch es kam anders als geplant. Als sie staubig und müde das Haus betrat, hörte sie vom Balkon ihrer Eltern Stimmen. Sie schienen zu mehr als zwei Personen zu gehören. Ihre Eltern hatten offenbar Besuch. Sicher von Nachbarn oder Freunden, nahm Frieda an. Ingrid und Bernd waren nicht erst seit Eintritt ins Rentenleben gern Gastgeber. Sie genossen es, ihre Freunde um sich zu haben und sie spontan mit Wein und einem schnellen, einfachen Abendbrot zu bewirten. Frieda konnte sich an viele lebhafte Abende erinnern. Doch da sie sich jetzt nur noch nach einer heißen Dusche sehnte, um den Staub des Tages abzuspülen, beschloss sie, sich unbemerkt in ihre eigene Wohnung zu schleichen. Sie wollte schon nach oben gehen, als ihre Mutter sie durch die offene Küchentür bemerkte und rief: »Friedalein, komm doch mal her. Wir haben Besuch!« Frieda unterdrückte ein Seufzen. Sie betrat die Küche und schließlich den Balkon, da erkannte sie den blonden Haarschopf und den breiten Rücken, der ihr zugewandt war.

»Tom!«, sagte sie überrascht.

Er stand auf und nahm sie in den Arm. »Hey, Frieda«, grüßte er. »Moin.«

»Tom hat Papa geholfen, den tropfenden Wasserhahn im Gästebad zu reparieren. Franz hatte noch die Zange, die er sich vor ein paar Wochen geliehen hat. Da hat Tom angeboten, uns gleich zur Hand zu gehen.« Sie strahlte. Frieda wusste, dass ihre Mutter und Henni es immer gern gesehen hätten, wenn aus Tom und Frieda ein Paar geworden wäre. Friedas Eltern mochten ihn. Und die Bernhaupts mochten sie. Eine Zeitlang hatte Frieda sich ja selbst gewünscht, dass aus ihnen mehr wurde als eine enge Freundschaft. Doch dann war Tom weggezogen und hatte Lisa kennengelernt. Als Frieda ihm schließlich in den ersten Semesterferien, die er zu Hause verbrachte, gestehen wollte, wie sehr sie ihn vermisst hatte und welche Gefühle sie für ihn hegte, war es schon zu spät gewesen.

Jetzt strahlte er sie aus seinen kornblumenblauen Augen an. »Und dann haben die zwei mich, ganz wie es ihre Art ist, direkt auf den Balkon verfrachtet, mir ein Glas Wein eingeschenkt und mich umsorgt!« Er zwinkerte. »Alles wie immer also!«

Frieda lachte. Sie merkte, dass die Spontanität ihrer Eltern ihr gefehlt hatte.

»Setz dich zu uns, Frieda«, sagte ihr Vater jetzt. »Ich hole dir ein Glas.«

Frieda schüttelte den Kopf. »Ich muss wenigstens ganz kurz unter die Dusche. Ich bin völlig verstaubt und sicher auch mit Spinnweben übersät. Aber der Keller ist jetzt wenigstens entrümpelt«, erzählte sie.

Neugierig sah Tom sie an. »Welcher Keller?«, wollte er wissen. »Wo warst du?«

»Gleich«, vertröstete sie ihn. »Ich bin sofort zurück. Sauber und gesprächsbereit.«

Als sie kurz darauf frisch geduscht, die Haare zu einem feuchten Zopf gezwirbelt, wieder herunterkam und auf dem Balkon neben Tom Platz nahm, hatten ihre Eltern ihm schon von dem Laden und ihrem neuen Job erzählt.

»Ein Buchladen also«, schmunzelte er und sah sie spöttisch, aber liebevoll an. »Du bist auch immer für eine Überraschung gut! Besorgst du dir jetzt eine große Brille, damit du schlau und belesen aussiehst?«

Sie gab ihm einen Klaps auf den Oberarm. »Hör auf, mich aufzuziehen! Warum kein Buchladen? Ich habe doch gerade nichts anderes«, sagte sie. Als sie merkte, dass sich das bemitleidenswerter anhörte, als sie beabsichtigt hatte, fuhr sie schnell fort: »Also versuche ich es. Erst mal, um Clara zu unterstützen und dazuzulernen. Das kann ja nicht schaden. Buchhalterische Kenntnisse und Unternehmergeist kann ich auch für andere Berufe gebrauchen«, erklärte sie. »Und für den Fall, dass es sich als die falsche Entscheidung herausstellen sollte, kann ich ihr dabei helfen, einen passenderen Nachfolger zu finden«, fügte sie hinzu. Sie griff nach dem Glas Wein, das ihr Vater vor ihr abgestellt hatte, und nippte daran.

»Finde ich gut!«, meinte Tom und lächelte sie aufmunternd an. »Du hast dich noch nie unterkriegen lassen.«

Sie erwiderte sein Lächeln dankbar und erzählte von den Plänen für das Sortiment, von den Möbeln, die sie ausgesucht hatten, und berichtete außerdem, dass sie vorhabe, einen Buchklub einzurichten, wenn der Laden wieder geöffnet hätte. »Natürlich wird es Lesungen geben. In geselliger Runde. Mit Käse, Wein und Häppchen«, schwärmte sie. »Wir könnten versuchen, Bremer Autorinnen und Autoren, die vielleicht noch nicht so bekannt sind, eine Bühne zu geben«, fiel ihr plötzlich ein. Weil sie ihr Handy oben in ihrer Wohnung gelassen hatte, stand sie schnell auf, suchte im Altpapier nach einem leeren Umschlag, auf den sie ihre Idee kritzeln könnte, und kehrte zu den anderen zurück. »Das musste ich rasch notieren.« Sie lachte. »Mir kommen ständig solche Einfälle!«

»Klingt, als wäre das gerade genau das Richtige für dich!«, kommentierte Tom grinsend. »Auf dich und Clara!« Er hielt ihr sein Rotweinglas entgegen, um anzustoßen. Dabei begegneten sich ihre Blicke, und Frieda wurde mit einem Mal ganz warm ums Herz. So wie früher mit 17, als sie festgestellt hatte, dass sie sich Hals über Kopf in den Nachbarsjungen verliebt hatte. In sein freches Grinsen. In die strubbeligen blonden Haare, die immer nach langen Sommertagen am See aussahen. In seine tiefblauen Augen, von denen sie damals dachte, sie könnte sich in ihnen verlieren. Schnell wandte sie sich ab. »Prost«, wiederholte er fordernd, weil Frieda keine

Anstalten gemacht hatte, ihr Glas zu erheben. »Auf eure ›Bücherwelt‹!« Sie stießen an. »Hey, wie soll der Laden eigentlich heißen? Bleibt es bei ›Claras Bücherwelt‹?«

Frieda, die noch nicht ganz wieder im Hier und Jetzt angekommen war, stutzte. »Darüber haben wir noch gar nicht nachgedacht. Vermutlich schon. Zumindest fürs Erste. Vielleicht ändern wir ihn, wenn ich meine Feuerprobe bestanden habe und klar ist, dass wir gemeinsam weitermachen.« Sie lächelte. Ihr fiel etwas ein. »Ich wollte euch noch von meinem Manuskript erzählen!«, sagte sie mit aufgeregter Stimme. Sie stellte ihr Glas ab. »Ich habe ein Buch gefunden!«

»Du hast im Keller eines Buchladens ein Buch gefunden? Wie ungewöhnlich.«

»Es ist noch unveröffentlicht, du Dussel!« Frieda sah Tom einen Moment lang an. »Ein Manuskript! Eine rohe, unbearbeitete Fassung!«

»Und woher kommt das?«, wollte Ingrid wissen. Sie liebte solche Geschichten. »Hat Frau Müller es etwa geschrieben?«

»Nein. Sie hat es auch noch nie gesehen, meint sie. Es gab wohl immer mal wieder Leute, die ihr Manuskripte zum Lesen gegeben haben. Der Text, den ich gefunden habe, scheint für sie nur einer von vielen zu sein.«

»Und was ist nun das Besondere an dem, das du entdeckt hast?«, fragte Friedas Vater interessiert.

»Es ist eine Liebesgeschichte. Ganz wundervoll geschrieben. Sie … geht richtig unter die Haut. Ich fühle mich, als sei ich mittendrin.« Sie spürte, wie Tom sie musterte, und vermied es, ihn anzusehen. Warum guckte der denn jetzt so? Das machte sie ganz nervös. Sie dachte wieder daran, dass sie ihm nie erzählt hatte, dass sie mal etwas für ihn empfunden hatte. Oder hatte er damals doch etwas geahnt?

In dem Sommer, als Tom als junger Student nach seinem ersten Jahr in Freiburg in die Hansestadt zurückgekehrt war, hatte Frieda es gar nicht abwarten können, bis sie endlich die vertrauten Geräusche aus dem Garten der Nachbarn vernommen hatte. Das Geklapper, wenn abends der Tisch auf der Terrasse gedeckt wurde. Das Ploppen, wenn sich die beiden Männer eine Flasche Flens öffneten. Toms tiefe Stimme, die vom WG-Leben im Süden erzählte, und sein ausgelassenes Gelächter über die Geschichten, die seine Eltern ihm aus der Nachbarschaft berichteten. Sie hatte es nicht ausgehalten zu warten, bis die Bernhaupts mit ihrem Abendessen fertig waren, und sich deshalb über das Balkongeländer gelehnt, um Hallo zu rufen. Henni hatte sie sofort auf eine Bratwurst eingeladen, die Frieda später unendlich schwer im Magen gelegen hatte. Denn der Abend war bei Weitem nicht so verlaufen, wie sie es sich erhofft hatte. Sie hatte sich vorgenommen, Tom zu sagen, was sie seit jenem romantischen Augenblick, als sie gemeinsam von einer Party am Werdersee heimgekehrt waren, für ihn fühlte. Zumindest war sie sich ihrer Gefühle damals bewusst geworden. Vielleicht hatten sie auch schon länger in ihr geschwelt. Sie hatten vor der Tür gestanden und wollten sich mit einer üblichen Umarmung voneinander verabschieden. Doch plötzlich war es Frieda, als stünde ein anderer Tom vor ihr.

Und doch genau der gleiche, den sie seit Kindertagen kannte. Er kam ihr auf einmal männlicher vor. Hatte er schon immer so gut gerochen? Es fühlte sich plötzlich tausendmal besser an, ihn zu umarmen, als zuvor. Sie hatte sich nicht getraut, ihm davon zu erzählen. Zu unsicher war sie, was er empfand. Dann hatte er sein Abi in der Tasche und zog fort, um zu studieren und eine andere Welt kennenzulernen. Frieda, die erst dachte, ihre Schwärmerei würde vorübergehen, stellte in dem Jahr fest, dass es nicht so war. Viel mehr noch: Ihre Gefühle für Tom wurden immer stärker. Sie vermisste ihn furchtbar. Und dann beschloss sie, es ihm zu sagen. Sobald er für die Ferien in der Heimat war. Doch dummerweise verkündete er ausgerechnet in dem Moment, in dem sie auf der Terrasse der Bernhaupts Platz nahm, die Neuigkeit. Er hatte jemanden kennengelernt. Lisa hieß sie. Er schwärmte in den höchsten Tönen von ihr und schien schrecklich verliebt. Für Frieda war das nur der Beweis dafür gewesen, dass sie sich ihre Gefühle eingebildet haben musste.

*

Als Ingrid und Bernd zu Bett gegangen waren, saßen Frieda und Tom noch einen Moment auf der Terrasse, leerten den Rotwein und blickten in die Dämmerung.

»Und nun möchtest du herausfinden, wer das Buch geschrieben hat und ihm oder ihr mit deinen Kontakten helfen, die Geschichte zu veröffentlichen?«, fragte Tom plötzlich in die Stille hinein.

»Ich würde es wirklich gern herausfinden. Aber dass ich ihm helfen kann, einen Verlag zu finden, glaube ich nicht«, entgegnete sie. »Wie du vielleicht mitbekommen hast, schaue ich nicht unbedingt auf eine erfolgreiche Verlagszusammenarbeit zurück«, ergänzte sie sarkastisch.

Tom lachte in sich hinein. »Den Tipp von Kira, auf dem Friedhof nachzusehen, finde ich gut. Über das Standesamt ginge es aber sicher leichter!«

»Erhalte ich denn da eine Auskunft?« Frieda war nicht überzeugt.

»Ich schätze, du brauchst ein sogenanntes berechtigtes Interesse. Ob die Rückgabe eines Manuskripts da ausreicht, weiß ich nicht. Aber Versuch macht klug, oder nicht? Vielleicht hilft es aber auch zunächst, das Jahr einzugrenzen, in dem die Geschichte beginnt«, überlegte er. »Wurden schon irgendwelche Ereignisse erwähnt, die sich datieren lassen?«

Frieda schüttelte den Kopf. »Nein. Ich glaube nicht.«

»Notiere, wenn dir was auffällt.«

»Und dann?«

»Dann melde dich bei mir«, sagte Tom. »Du hast mich angesteckt. Ich möchte nun auch wissen, wer dieser romantische Schreiberling ist, der dir so den Kopf verdreht hat!«

Frieda musste lächeln. Ja, der Autor hatte ihr den Kopf verdreht. Da hatte Tom schon recht. Die Geschichte hatte 50 Jahre auf dem Buckel und nichts an Gefühlen eingebüßt. »Möchtest du es sehen?«, fragte sie nach einem Moment des Schweigens.

Tom nickte.

Sie räumten rasch das übrig gebliebene Geschirr zusammen und schlossen die Balkontür, dann stiegen sie gemeinsam die Treppe hinauf. Frieda wies mit den Worten »Du kennst dich ja aus« ins Wohnzimmer, holte anschließend das Manuskript vom Nachtschränkchen neben ihrem Bett und machte noch einen Umweg in die Küche, um den Rest Rotwein zu holen, den ihre Freundinnen übrig gelassen hatten.

»Möchtest du?« Fragend hielt sie die Flasche hoch, als sie in die Stube kam. Tom hatte es sich bequem gemacht. Er nickte. Mit einem Blick durch den Raum bemerkte er: »Schön hast du es hier. Wieder. Bei mir sieht es noch sehr nach Rumpelbude und Umzug aus. Ich hatte noch gar keine Zeit, mich richtig einzurichten.«

»Um ehrlich zu sein: Das meiste hat Mama schon erledigt, ehe ich wieder in Bremen war. Sie hat sich Mühe gegeben, mich willkommen zu heißen.« Sie deutete auf die Möbelstücke und das Bild an der Wand.

»Siehst du«, zwinkerte Tom. »Ist eben doch nicht alles schlecht daran, wieder zu Hause einzuziehen.«

»Das habe ich nie behauptet.« Frieda grinste und ließ sich neben Tom fallen, nachdem sie den Rest Wein auf zwei Gläser verteilt hatte. »Aber Vorsicht mit dem Manuskript. Nicht beides auf einmal in die Hand nehmen!«

»Ich bin Lehrer«, erinnerte er sie tadelnd. »Ich bin es gewohnt, mit Schriftstücken zu hantieren, an die kein …«

»Kein Wein gelangen darf?«, warf Frieda lachend ein.

»Keine Flecken, wollte ich natürlich sagen«, ergänzte Tom. Brav griff er zunächst nur das Glas, prostete Frieda zu und stellte es dann in sicherer Entfernung auf dem Couchtisch ab, ehe er das Manuskript an sich nahm. Auf seinem Gesicht erschien ein beinahe ehrfürchtiger Ausdruck. Vorsichtig strich er über die erste Seite. So wie Frieda es getan hatte, als sie das Manuskript entdeckt hatte. Er lächelte, als er den Titel las. Dann schlug er es auf und vertiefte sich in den Anfang. Frieda beobachtete, wie seine Stirn sich beim Lesen runzelte und wieder entspannte, wie seine Mundwinkel zuckten, wenn ihm eine Formulierung gefiel, und wie sich seine Augen weiteten, wenn ihn etwas überraschte.

Nach ein paar Seiten klappte er den Band vorsichtig wieder zu. »Es ist schön«, meinte er schlicht. »Ich verstehe, was dir daran gefällt.«

»Wenn du möchtest, gebe ich es dir, wenn ich damit fertig bin«, schlug Frieda vor.

Tom nahm sein Glas wieder an sich und nippte daran. »Das würde mich freuen«, erwiderte er. »Und Frau Müller weiß wirklich nicht, von wem die Geschichte stammen könnte?«, fragte er. »Sie hat überhaupt keine Ahnung? Das kann ich mir kaum vorstellen.«

Frieda zuckte mit den Schultern. »Das hat sie gesagt. Ich habe keinen Grund, an ihren Worten zu zweifeln.«

»Aber es befand sich doch in ihrem Keller«, hielt Tom dagegen. »Man weiß doch in etwa, was man aufbewahrt.«

Frieda wies durch die offene Wohnzimmertür auf den Flur. »In der Kiste dort sind Erinnerungsstücke, die meine Zeit in Schweden hier bei meinen Eltern überdauert haben. Ich habe nur kurz hineingesehen, aber ich wette mit dir, dass dort auch einige Überraschungen drinliegen. Ich kann mich mit Sicherheit nicht an alles erinnern.«

Tom sprang auf. »Das werden wir gleich herausfinden!«, rief er übermütig und steuerte mit schnellen Schritten auf den Karton zu. »Dieser hier?« Er zeigte auf die vordere der beiden Kisten.

Frieda nickte zögernd. Ihr war nicht wohl bei dem Gedanken, gleich einem Berg aus Erinnerungen gegenüberzustehen. Guten wie schlechten. Sie fühlte sich ohnehin schon seltsam genug. Ihr Leben war ein Chaos. Und in schlechtem Licht betrachtet sogar ein ziemlicher Misserfolg. Sie hatte keine Karriere vorzuweisen. Keine Familie. Und wohnte wieder im Dachgeschoss ihrer Eltern. Wie würde es ihr dabei gehen, sich jetzt Bilder aus der Schul- und Studienzeit anzusehen, wenn die Gefühle, die Erwartungen und die Hoffnungen wieder aufleben würden? Ganz zu schweigen davon, in die Gesichter ihrer Mitschüler und Kommilitonen zu blicken und zu wissen, dass sicher ein Großteil von ihnen im Leben mehr erreicht hatte als sie. Und in das Gesicht ihres jüngeren Ichs, das mit dem Leben andere Pläne gehabt hatte?

Sie nahm einen Schluck Wein und beobachtete Tom, der ungeachtet ihrer zögerlichen Reaktion einen Karton ins Wohnzimmer trug. »Das scheint der richtige zu sein«, meinte er. »In dem anderen lagen Mützen, Schals und Handschuhe.« Er stellte den Karton ab und ließ sich im Schneidersitz davor auf den Boden sinken. »Wie kann man einen ganzen Karton voller Mützen und Schals besitzen?«

»Und Handschuhe«, fügte Frieda mechanisch hinzu und begab sich zu Tom und der Erinnerungskiste. Sie verzog das Gesicht. »Ich weiß wirklich nicht, ob ich dafür gerade in der Stimmung bin.«

Tom, der schon die Klappe geöffnet und neugierig ein Fotoalbum herausgenommen hatte, hielt inne. »Entschuldige. Ich wollte dich nicht überrumpeln.« Aufmerksam betrachtete er seine alte Freundin. »Warum? Hast du etwa Angst davor, dich deiner Vergangenheit zu stellen?«

Frieda lachte auf. »Mich meiner Vergangenheit stellen! Wie das klingt! Als wäre ich eine Verbrecherin, die ein lange gehütetes Geheimnis lüftet.«

»Nun, irgendetwas muss ja in diesem Karton sein, das dich ängstigt«, stellte Tom nüchtern fest. Manchmal mangelte es ihm ein wenig an Feingefühl.

Frieda überlegte. »Alles«, meinte sie.

»Ich bin ja da«, meinte Tom und schenkte ihr ein beruhigendes Lächeln.

»Mmhm.«

»Soll ich dich lieber allein lassen?«

»Nein«, erwiderte sie langsam. Wenn die Gefühle sie gleich überwältigen würden, wäre es schön, dabei wenigstens einen guten Freund an ihrer Seite zu wissen. Jemanden, der sie entweder trösten oder ablenken könnte, falls sie sich dazu entschied, den Karton gleich wieder zu schließen und für die nächste Zeit in die Ecke zu schieben.

Sie müsste ihn ja nicht alle Bilder und Briefe sehen lassen, nahm sie sich still vor, als ihr in den Sinn kam, dass alberne Modelfotos darunter sein könnten, die sie mit ihren Freundinnen geschossen hatte. Und Liebesbriefe, die ihn nichts angingen. Sie beugte sich vor und nahm einen dicken Umschlag mit Fotos hervor. Wieder aus jener Drogerie, die es seit Jahren nicht mehr gab. Frieda erinnerte sich gut daran, wie sie nach Urlauben und Partys den Film zum Entwickeln gegeben hatte und fieberhaft darauf wartete, die fertigen Fotos abholen zu können. Eine Vorfreude, der sie ein wenig nachtrauerte, schließlich gab es sie heute so nicht mehr.

Sie öffnete den Umschlag so, dass Tom den Inhalt nicht sehen konnte. Ein erleichterter Lacher entfuhr ihr. Sie grinste über das ganze Gesicht und rückte näher zu Tom. »Schau mal. Da waren wir mit unseren Eltern am Gardasee.« Sie zeigte ihm die Fotos.

»Wie alt waren wir da? 15?« Begeistert sah er sich die Bilder an.

»Kommt hin«, meinte Frieda und betrachtete das Foto, das Tom und sie beim Eisessen zeigte. Braun gebrannt, voller Sommersprossen, strahlten sie in die Kamera. Zufällig war die Bildkomposition hervorragend gelungen: Beide trugen ein hellblaues T-Shirt, das ihre Haut und die Augen strahlen ließ. Frieda hielt ihre Eiswaffel rechts und Tom seine links, sodass sie einen Rahmen bildeten, in dessen Mitte sie beide standen. Im Hintergrund hoben sich die Berge vor einem azurblauen Himmel ab.

»Ein schönes Bild«, murmelte Tom. »Wir waren ganz schön jung.«

»Aber eigentlich zu alt, um mit den Eltern in den Urlaub zu fahren«, fand Frieda.

»Ich wollte mitfahren, weil ich wusste, dass du dabei wärst«, gab Tom unverblümt zu und sah sie an.

Frieda zuckte zusammen. »Wie bitte?« Sie spürte eine Gänsehaut auf ihrem Unterarm. Ihre und Toms Arme berührten sich leicht. Sie waren dicht aneinandergerückt, um die Bilder besser betrachten zu können. Sie hob den Blick und sah die dunklen Sprenkel in seinen Augen, die man wirklich nur dann sehen konnte, wenn die Nasenspitzen schon fast aneinanderstießen. Er war nur ihretwegen mitgekommen? Was wollte er damit sagen? War er damals in sie verliebt gewesen, und sie hatte davon nichts mitbekommen? Innerlich rollte sie mit den Augen. Wenn das stimmte, war das Timing zwischen ihnen einfach miserabel! Schnell rechnete sie nach: mit 15 am Gardasee – und erst knapp zwei Jahre später hatte sie ihre Gefühle für Tom bemerkt. Zwei Jahre! Hätte es etwas geändert, wenn er früher etwas gesagt hätte? Sie spürte, wie Ärger über verpasste Chancen in ihr hochstieg. Sie öffnete den Mund, um zu fragen, was er damit meinte. Jetzt wollte sie es auch wissen! Sie waren beide Single. Jetzt oder nie.

Da hörte sie Tom sagen: »Ja, klar. Mit dir konnte man schließlich Pferde stehlen! Ich wusste immer: Wenn Frieda dabei ist, ist Spaß vorprogrammiert. Das war fast so cool wie der Zelturlaub mit meinen Jungs danach.« Er drückte ihr einen Schmatzer auf die Wange. »Gibt es noch Wein?«, erkundigte er sich und streckte den Arm aus, um nach der Weinflasche zu greifen. »Schade«, meinte er, »die ist leer.«

Frieda sagte nichts. Beinahe hätte sie sich bis auf die Knochen blamiert. Gut, dass sie gezögert hatte! Eine Abfuhr von ihm hätte sie in diesem Jahr nicht auch noch vertragen. Sie spürte der Stelle an ihrem Arm nach, die gerade noch mit Tom verbunden gewesen war und die nun erkaltete.

»Du bist wohl müde, Friedalein«, sagte Tom, als er bemerkte, dass Frieda abwesend in die Luft starrte.

»Ja, etwas«, murmelte sie.

»Soll ich gehen?«, fragte er, als Frieda noch immer keine Reaktion zeigte. »Ähm, Frieda?« Ratlos stand er vor ihr und kratzte sich am Kopf.

Frieda erwachte aus ihrer Trance. »Was?«

»Ob ich gehen soll? Möchtest du schlafen?«

»Ja, das wäre wohl das Beste.«

Irritiert sah er sie an. Er schien sich zu fragen, was den Stimmungsumschwung ausgelöst hatte.

»War ein langer Tag«, schob sie schnell nach und zwang ein Lächeln auf ihr Gesicht.

»Alles in Ordnung?«

»Jaja. Du hast recht: Ich bin einfach nur sehr müde.«

Oben an der Tür verabschiedete sie ihn. Kaum hatte sie sie geschlossen, ließ sie sich mit dem Rücken an die Wand gelehnt zu Boden gleiten. Dann musste sie plötzlich lachen. »Ach, Tom. Du bist immer für eine Überraschung gut.«

Kapitel 10

Wir sahen uns »Bernard und Bianca« im Kino an. Ein unterhaltsamer Film, in dem ich mich in der Rolle des schüchternen Bernard und Coco in der Gestalt der abenteuerlustigen Bianca sah. Wir verbrachten einen wunderbaren Abend, und ich glaube, Coco hat nur zugestimmt, sich den Film mit mir anzusehen, weil es sich ja eigentlich um einen Zeichentrickfilm für Kinder handelte. Hans, ihr Verlobter, konnte kaum etwas dagegen haben. Wenn er überhaupt davon wüsste. Wieder hatte er Coco allein nach Bremen kommen lassen.

Als wir nach dem Kinobesuch noch auf ein Glas Wein ins Gastfeld in der Neustadt gingen, eröffnete Coco mir, dass nicht nur Rolf seine Liebe zum Kommunismus entdeckt hatte. Auch Hans und ihr Vater, der noch in Bremen lebte, fanden Gefallen an der kommunistischen Bewegung. Hans spielte sogar mit dem Gedanken, nach Ostberlin zu ziehen, um seine politische Ideologie im passenden Umfeld konsequenter leben zu können. Ich war entsetzt. Dieser Hans wurde mir immer unsympathischer. Doch welches Recht hatte ich, das auszusprechen? Ich kannte diesen Menschen schließlich gar nicht.

»Und was ist mit dir?«

Sie ließ sich Zeit mit einer Antwort. »Hast du etwa kein Mitgefühl mit den Männern in den Werften?«, ant-

wortete sie schließlich mit einer Gegenfrage. »Sie schuften bis zum Umfallen, und die Einzigen, die davon profitieren, sind die Investoren. Bist du damit einverstanden? Findest du es richtig, nach all den Jahren des Grauens die Wehrpflicht wieder einzuführen? Mehr noch: Dass Alt-Nazis in unseren Behörden weiterhin schalten und walten, wie sie wollen?«

Ich wusste inzwischen, dass Coco Lehrerin war. Sie setzte sich leidenschaftlich dafür ein, soziale und wirtschaftliche Ungerechtigkeiten zu bekämpfen, und genoss es, mit ihren Schülern darüber zu diskutieren. Dass sie einen Staat nach sozialistischem Vorbild für eine mögliche Option hielt, war mir ebenfalls bekannt. Doch so kämpferisch wie an diesem Abend hatte ich sie bisher noch nicht erlebt. Auf meine behutsame Frage, ob etwas vorgefallen war, antwortete sie vage, dass schon viel zu viel vorgefallen sei. Ich weiß noch, dass ich in ihre großen, schönen Augen blickte und darin unzählige Widersprüche erkannte. Und ich meinte auch, darin wachsende Zuneigung für mich zu sehen. Wir ließen das schwere Thema für diesen Abend hinter uns, sprachen über den Film, den wir gesehen hatten, auch sie neckte mich mit den Ähnlichkeiten, die sie zwischen mir und der zurückhaltenden Maus-Figur entdeckt hatte, und als sie nach ihrem Weinglas griff und dabei wie zufällig meine Finger berührte, setzte mein Herz für einen Moment aus, und ich glaubte fest daran, dass es ihr ebenso erging.

Es war das erste Mal, dass ich in unseren Gesprächen Hinweise darauf fand, dass Coco ein Leben in der DDR in Betracht zog. Als sie mir schließlich eines Tages verkündete, tatsächlich nach Ostberlin zu gehen, weil Hans dem Kapitalismus endgültig den Rücken kehren wollte und ihr Vater beschlossen hatte, sie zu begleiten, war ich trotzdem wie vor den Kopf gestoßen.

Während Frieda die Zeilen las, kämpften in ihrer Brust zwei Herzen: Da war die Bewunderung für den Verfasser und der unbedingte Wunsch, die ganze Geschichte zu kennen. Ob sie ein gutes Ende fand? War Coco nach Ostdeutschland gezogen und hatte ihren Bernard zurückgelassen? Oder war er mitgegangen, um bei seiner Freundin sein zu können? Durch die Annahme, das Geschriebene beruhe auf wahren Begebenheiten, fieberte Frieda mit den Protagonisten mit. Und das war die andere Seite der Medaille, die sie manchmal überkam, wenn sie ein Buch las: Sie fühlte sich wie eine Hochstaplerin, dass sie es überhaupt versucht hatte, in der Welt der Schriftstellerei mitzuspielen. Sie, Frieda Papendiek, die mehr durch Glück als durch Können einen Literaturwettbewerb gewonnen hatte, es dann aber versäumt hatte, aus dieser Chance etwas zu machen.

Die Suche nach dem Verfasser des Romans musste jedoch noch eine Weile ruhen. Frieda und Clara hatten alle Hände voll zu tun, um das Geschäft herzurichten und Verwaltungsangelegenheiten wie Friedas Anstellung zu regeln.

*

So vergingen ein paar Tage, in denen Frieda abends kaum die Augen offenhalten konnte, um weiterzulesen, geschweige denn sich tagsüber Zeit dafür zu nehmen, beim Standesamt oder auf dem Friedhof nachzuforschen. An einem sonnigen Nachmittag hatte Clara einen Termin bei der Kosmetikerin und Frieda Bescheid gegeben, sich ebenfalls freizunehmen. Spontan traf sie sich mit Hanna auf dem Spielplatz. Vielleicht würde sie später noch über den Waller Friedhof spazieren.

»Ich kann kaum glauben, dass ihr schon in zwei Wochen eröffnet! Ihr seid ja wirklich schnell!« Hanna war beeindruckt. »Du kannst schon allein rutschen, mein Schatz«, sagte sie dann zu ihrem Sohn Max, der seine Mutter zu einem Ausflug auf die Rutsche zu überreden versuchte. »Ich unterhalte mich lieber noch ein bisschen mit Frieda.«

Frieda schmunzelte, denn Max zog ein ziemlich skeptisches Gesicht.

»Schau, Marie ist auch schon da«, lockte Hanna und zeigte auf ein blondes kleines Mädchen in Max' Alter, das gerade zum Klettergerüst lief. Das schien ihn nun doch zu überzeugen, und mit einem fröhlichen Juchzen rannte er zu seiner Freundin. »Marie«, krähte er dabei. »Moin!«

Jetzt musste Frieda schallend lachen. »Moin!«, prustete sie. »Ach Gott, wie süß.«

Hanna stimmte mit ein. »Kinder schnappen eben alles auf, was die Erwachsenen sagen«, kicherte sie. »Also«, kam sie dann auf das Ursprungsthema zurück. »Mitte Juli geht es also los?«

Frieda nickte. »Wenn alles gut geht, ja. Wir haben die neuen Möbel heute Vormittag aufgestellt. Auf die Bücherlieferungen warten wir noch. Aber die Ecke mit den alten Büchern aus dem Keller und den Restbeständen haben wir vorhin schon sortiert und dekoriert.« Die Bücher ansprechend zu präsentieren, hatte Frieda besonders Spaß gemacht. Dadurch war ihr die Tatsache, dass sie bald eine Buchhandlung wiedereröffnen würde, plötzlich noch realer erschienen. Sie sah bereits vor sich, wie die Kunden in den Regalen stöbern würden.

»Super, Max!«, rief Hanna, und Frieda war kurz irritiert. »Aber schön aufpassen, ja?« Der kleine Max half seiner Freundin beim Schaukeln, und Frieda hätte Angst gehabt, dass Marie ihn beim Rückschwung umwerfen würde, aber Hanna schien das ganz gelassen zu nehmen. »Wo waren wir?«, wandte sie sich nun wieder ihrer Freundin zu.

»Bei unserer Eröffnung«, sagte Frieda.

»Gibt es schon Ideen für den Eröffnungsabend?«

Frieda lachte. »Ideen gibt es viele. Es mangelt derzeit noch an der konkreten Planung. Wir würden gern eine kleine Lesung veranstalten, es soll Wein und Käse aus einem Feinkostladen aus dem Viertel geben, und wir brauchen noch ein paar Partner, die uns über Social Media bewerben«, zählte sie auf.

»Na, das klingt doch alles machbar!«, fand Hanna.

»Wir wissen noch nicht, wer die Lesung übernehmen könnte. Zwei der Bremer Autorinnen, die wir angefragt haben und die auch eigentlich große Lust gehabt hätten, sind im Urlaub.«

»Warum machst du es nicht selbst?«

»Ich?«

»Ja, du. Freya Pape. Du bist doch Autorin!«

Abwehrend hob Frieda die Hände. »Auf gar keinen Fall. Der Laden soll ein neues Kapitel in meinem Leben werden. Ich möchte nicht, dass es heißt, die Pape versucht mit allen Mitteln, sich wieder ins Gespräch zu bringen.«

Hanna lachte herzhaft. »Du bist ja paranoid. Wer sollte das denken?«

»Was weiß ich? Leute eben. Dass ich lese, kommt jedenfalls nicht in die Tüte. Basta!«

»Okay.« Hanna kannte ihre Freundin gut genug, um zu wissen, dass ihre Meinung feststand. »Und was wollt ihr machen, wenn ihr niemanden findet?«

»Wenn ich das wüsste! Wir könnten natürlich auch eine schlichte Eröffnung planen, aber eine kurze Lesung wäre schon spitze! Ein paar Namen stehen noch auf unserer Liste. Drück uns die Daumen, dass sich noch jemand findet.«

»Das mache ich.« Hanna lächelte. »Dann brauchen wir noch Werbung und Catering, richtig?«

Frieda nickte.

»Habt ihr ein Budget?«

»Clara meinte, Geld spielt keine große Rolle. Sie möchte, dass es ein besonderer und feierlicher Abend wird.«

»Klingt, als hättet ihr alles im Griff! Also, fast alles«, schob sie nach. »Und wie Instagram funktioniert, weißt du inzwischen auch!«, spielte sie auf Friedas Kurs an.

»Ein bisschen die Werbetrommel zu rühren, ist doch für dich jetzt ein Klacks. Aber wenn ihr Hilfe braucht, sagt bitte Bescheid! Das gilt bestimmt auch für Kira und Marike.«

»Das weiß ich doch! Danke.« Sie warf ihrer Freundin einen Luftkuss zu.

»Und was ist mit Tom?«, wollte Hanna dann wissen und tat ganz unbeteiligt, indem sie ihre Aufmerksamkeit auf ihr Kind richtete. Aber Frieda entging ihr schelmisches Grinsen nicht.

»Der kommt auch zur Eröffnung«, sagte Frieda gespielt beiläufig, als wüsste sie nicht, worauf Hanna mit ihrer Frage hinauswollte.

Dafür erhielt sie jetzt einen Knuff gegen ihren Oberarm. »Nun sag schon«, forderte Hanna. »Wie ist es inzwischen mit ihm?«

»Ganz normal. Wie immer. Max isst Sand.«

»Das macht er manchmal. Den spuckt er gleich wieder aus.«

Frieda runzelte die Stirn. »Ehrlich? Und das stört dich nicht?«

»Ich ermuntere ihn natürlich nicht dazu. Aber wenn er mal eine Prise Sand verschluckt beim Spielen, ist das kein Drama. Er merkt, dass es nicht schmeckt, und spuckt ihn eben wieder aus. So wie jetzt. Siehst du?« Sie wies auf ihren Sohn, der gerade das Gesicht verzog und versuchte, mit dem Pulloverärmel seine Zunge zu reinigen.

»Robustes Kerlchen.«

»So wie seine Mutter. Und jetzt versuch nicht länger,

mich abzulenken. Ich will doch nur wissen, wie es sich nach all den Jahren mit ihm anfühlt. Ist da noch etwas zwischen euch?«

Frieda seufzte. »Ach, Hanna, wir sind doch keine 20 mehr.«

»Na und? Aber deshalb kann man sich doch trotzdem noch verlieben!«

»Verlieben schon. Aber diese einseitige Schwärmerei … Ach, nee, da bin ich inzwischen drüber weg«, behauptete Frieda.

»Na klar.« Hanna warf ihrer Freundin einen vielsagenden Blick zu. »Wie du meinst«, schob sie schnell hinterher, um Frieda nicht zu verärgern. »Er kommt also auch zur Eröffnung. Und will er dir bei der Recherche nach dem geheimnisvollen Autor immer noch helfen?«

Frieda nickte, froh darüber, das Gespräch in eine unverfänglichere Richtung lenken zu können. »Wir vermuten, die Geschichte beginnt im Jahr 1978. Die Protagonisten sehen sich nämlich ›Bernard und Bianca‹ im Kino an. Und der startete im Dezember 1977 in Deutschland. Zu Anfang schreibt der Autor aber, es sei Mai, also vermutlich Mai 1978.«

»Du Sherlock! Und was habt ihr über den Verstorbenen herausgefunden?«

»Noch gar nichts. Das Standesamt wird uns vermutlich keine Informationen geben dürfen. Ich versuche aber noch, einen Antrag zu stellen. Da ich aber nur einen Namen und den Monat habe, wird es schwierig sein, etwas herauszufinden. Ich weiß nicht mal, ob er in Bremen oder Berlin gestorben ist.«

»Wieso Berlin?«

»Da hat er wohl zuletzt gewohnt.«

»Dann wäre das Berliner Standesamt zuständig, oder?«

»Genau.«

»Und wie geht es jetzt weiter?«

Frieda warf einen Blick auf ihre Uhr. »Ich werde meinen freien Nachmittag jetzt gleich dafür nutzen, über den Friedhof zu spazieren«, sagte sie. »Du hast wohl keine Lust, mich zu begleiten?«

»Lust schon, aber wir müssen auch gleich los. Karstens Mutter kommt zu Besuch.« Sie zog eine Grimasse. Mit ihrer eleganten Schwiegermutter stand sie auch nach vielen Jahren noch immer auf Kriegsfuß.

»Du Ärmste!« Frieda wusste, dass ihre Freundin es mit der Mutter ihres Mannes nicht so leicht hatte. Sybille hätte es gern gesehen, wenn Hanna, statt in Teilzeit zu arbeiten, gar keiner Erwerbstätigkeit nachgegangen wäre. Außerdem wünschte sie sich einen zweiten Enkel. Am besten eine Enkelin. So, wie sich das ihrer Meinung nach gehörte. Karsten hatte es zu Hannas Leidwesen nie ganz geschafft, sich von seiner Mutter zu lösen, und ließ es immer wieder zu, dass sie sich in das Leben der beiden einmischte.

»Ich wünsche dir viel Erfolg bei der Suche«, sagte Hanna, als Frieda aufstand und sich verabschiedete. »Max«, rief sie nach ihrem Sohn, »Frieda macht sich wieder auf den Weg. Sagst du ihr Tschüss?«

»Tschühüss!«, rief er artig, machte aber keine Anstalten, zu den beiden Frauen zu kommen. Er war zu beschäftigt, mit Marie im Sand zu buddeln.

»Tschüss, Max«, rief auch Frieda. »Bis bald!« Sie umarmte ihre Freundin. »Wir sehen uns.« Dann seufzte sie plötzlich. »Und wenn Kira nun doch recht hat? Und die Geschichte nur erfunden ist?«, meinte sie ein wenig mutlos.

»Ach, Kira!« Hanna lachte. »Die soll bloß wegbleiben mit ihrem Realismus. Der kann nämlich Träume zerstören, weißt du?« Sie nickte in einer Art, von der sie wohl annahm, sie ließe sie besonders weise wirken.

Frieda musste grinsen. »Wir lassen uns doch von der Realität nicht unsere Sicht auf die Dinge verderben!«

Als Frieda sich schon ein paar Schritte entfernt hatte, rief Hanna ihr hinterher: »Hey, noch etwas!«

»Ja?«

»Ruf Tom an und frag ihn, ob er dich zum Friedhof begleitet!« Sie zwinkerte Frieda zu.

*

Frieda ließ Hannas Vorschlag Taten folgen. Tom war sofort Feuer und Flamme. Er unterrichtete an einer Schule in Findorff, hatte sowieso gerade Feierabend und würde vor dem Eingang des Friedhofs auf Frieda warten.

»Da bist du ja«, sagte er erfreut, als Frieda dort ankam.

Sie begrüßten sich mit einer kurzen Umarmung, und wieder bemerkte sie, dass es sich gut anfühlte, Tom zu umarmen. Es war, als passten ihre Körper perfekt zusammen. Es gab kein peinliches Strecken oder Beugen, keinen unangenehmen Moment, weil die Köpfe fast aneinanderstießen. Sie fügten sich zusammen wie zwei Puzzleteile, die darauf gewartet hatten, zusammengesteckt zu werden. Doch als das eine Teil endlich gefunden worden war, war das andere schon wieder verloren gegangen. Vielleicht hatte man sogar versucht, ein falsches, nicht ganz ideales Stück anzufügen. Erst nach etwas Drücken und Mogeln passte es. Für eine Weile würde es halten. Nur wer genau hinschaute, konnte es sehen. Und jetzt waren beide Puzzleteile wieder frei, und der Spieler, das Schicksal, erkannte sofort, dass sie zusammengehörten.

»Alles in Ordnung?«, wollte Tom angesichts Friedas leerem Blick wissen.

Sie errötete leicht. »Ja, natürlich, entschuldige. Ich musste gerade über etwas nachdenken. Wollen wir?«

Frieda ging voraus, und Tom folgte ihr. Sie liefen zur Kapelle und trafen dort eine Küsterin, die gerade dabei war, Gesangbücher auszulegen.

Frieda und Tom stellten sich vor und nannten ihr Anliegen. Erstaunt sah die Frau sie an. »1978? Das Grab ist sicher längst aufgelöst worden. Es gibt Ruhezeiten für Gräber«, erklärte sie, »danach werden die Grabstellen neu vergeben. Wussten Sie das nicht?«

Offenbar nicht, lag es Frieda auf der Zunge, sonst wären sie schließlich nicht hier. »Nein«, gab sie stattdessen freundlich zurück. »Daran haben wir nicht gedacht.«

»Wie lange sind denn solche Ruhezeiten?«

»Das ist unterschiedlich und hängt davon ab, ob es ein Urnengrab oder ein Erdgrab ist. Angehörige können nach Ablauf dieser Zeit das Nutzungsrecht verlängern.«

»Wissen Sie, ob auf diesem Friedhof ein Rolf Jestermann liegt?«, wagte Tom einen Schuss ins Blaue.

»Nein«, gab die Küsterin zurück. »Ich arbeite seit 15 Jahren hier. Dieser Name ist mir nicht untergekommen.«

Die beiden bedankten sich bei der Frau und verließen etwas bedröppelt die Kapelle. Auf dem gekiesten Parkplatz angekommen, blieben sie stehen und sahen einander ratlos an. »Und nun?«, fragte Tom. »Einfach über den Friedhof spazieren und suchen?«

»Würde die Küsterin nicht wissen, wenn es solch ein Grab gäbe?«

»Vermutlich. Wollen wir trotzdem?«

Frieda zuckte mit den Schultern. Dann aber nickte sie. »Warum eigentlich nicht? Schaden kann es schließlich nicht.«

Sie spazierten über den Friedhof, der mit dem angrenzenden Waller Park zu den größten Erholungsgebieten in Bremen gehörte. Nach etwa einer Stunde gaben sie auf.

»Vielleicht macht es am meisten Sinn, wenn ich weiterlese«, seufzte Frieda. »Sicher kommen im Verlauf der Geschichte noch weitere Hinweise.«

»Lies doch schon mal das Ende«, meinte Tom. »Vielleicht nennt er sie da bei ihrem richtigen Namen. Oder es gibt einen Epilog. Da werden schließlich oft Stränge zusammengeführt und aufgeklärt.«

»Bist du verrückt geworden?« Frieda sah Tom entsetzt an. »Ich lese ganz bestimmt nicht einfach so das Ende!«

»Wieso nicht? Du willst doch wissen, wer der Autor ist.«

»Ich weiß überhaupt nicht, was ich dazu sagen soll«, stammelte Frieda. »Man liest eben nicht das Ende zuerst. Man lebt und liebt mit den Protagonisten, verfolgt ihre Wege, hat Mitgefühl mit ihnen, ist manchmal überrascht von ihrem Handeln …«, erklärte sie leidenschaftlich.

Tom hob beschwichtigend die Hände. »Okay, okay. Ich habe verstanden. Die Story ist dir noch wichtiger als der Autor.«

»Ja, sicher«, entgegnete sie. »Und dieses Vergnügen werde ich mir nicht nehmen lassen.«

»Alles klar. Aber noch nicht jetzt!«, sagte er. »Der Abend ist viel zu schön. Wir sollten etwas unternehmen.«

»Ich kann ja auch im Garten lesen.«

»Ach, komm schon! Sei nicht so eine Streberin.«

»Soll mich das etwa überzeugen?«, fragte sie und zog spöttisch eine Augenbraue nach oben.

»Nein. Aber das hier vielleicht?« Er legte den Kopf schief und zeigte seinen schönsten Dackelblick.

Frieda musste lachen. »Also gut, du hast gewonnen«, willigte sie ein. Lesen konnte sie auch später noch. »Was schlägst du vor?«

Er grinste sie an. In seinen Augen funkelte es übermütig. »Schwimmen im Werdersee. Wie früher!«

*

Das Wasser im Werdersee war noch ziemlich frisch. Es war einer der ersten richtig warmen und sonnigen Junitage. Vorsichtig hielt Frieda einen Fuß ins Wasser und zog scharf die Luft ein.

»Kalt?«, fragte Tom frech, der plötzlich neben ihr aufgetaucht war. Er sah ohne T-Shirt fast besser aus als mit, dachte Frieda und betrachtete ihren Jugendfreund unauffällig. Und sogar noch besser als damals mit 19 Jahren.

»Nein, überhaupt nicht«, behauptete sie. »Wer als Erster im Wasser ist …«, zählte sie an und beobachtete amüsiert, wie sich Tom voller Eifer in den See stürzte, nur um ja nicht der Verlierer zu sein.

»Hey«, protestierte er empört, als er merkte, dass Frieda ihn reingelegt hatte. Dann überwältigte ihn die Kälte. »Mann, ist das kalt! Das wirst du mir büßen, du Biest!« Mit einem Aufschrei kam er auf sie zugelaufen und packte Frieda, die nicht schnell genug war, um sich ans Ufer zu retten. Er warf sie über die Schulter, als wäre sie nur ein leichtes Bündel, dabei war sie fast genauso groß wie er, und lief mit ihr zurück ins Wasser. Dort angekommen, ließ er sie ein Stück herunterrutschen, sodass sich ihre Gesichter direkt voreinander befanden und sich die Nasenspitzen fast berührten. Frieda schluckte. In seinen Wimpern hatten sich Wassertröpfchen verfangen, die im Sonnenlicht glitzerten. Sie konnte die Sommersprossen auf seiner Nase und auf seinen Wangen zählen. Um ihre Befangenheit zu überspielen, zappelte sie und versuchte, sich freizukämpfen. »Lass mich gefälligst los!«, forderte sie ihn auf und hörte selbst, wie belegt ihre Stimme klang.

»Auf gar keinen Fall«, gab er trocken zurück und umschlang sie noch ein bisschen fester. »Rache wird am besten kalt serviert, oder?« Dann holte er tief Luft und tauchte gemeinsam mit der strampelnden Frieda unter.

Hustend und prustend erreichte sie kurz darauf wieder die Wasseroberfläche. »Du Mistvieh!«, schimpfte sie.

»Das kann ich nur zurückgeben!« Tom lachte ausgelassen. »Du hast es ja nicht anders gewollt!«

Frieda kam in den Sinn, dass er damit richtiger lag, als er ahnte.

Sie schwammen ein paar Züge und legten sich anschließend zum Trocknen in die Sonne. Dann brachte Tom vom Kiosk zwei gekühlte Dosen Bier, und Frieda holte eine Tüte Chips hervor, die sie aus dem Küchenschrank ihrer Eltern geklaut hatte.

»Herrlich«, murmelte sie mit geschlossenen Augen, die Büchse neben sich umklammert, damit sie nicht umfiel.

Auch Tom legte sich wieder hin. Sein Arm berührte ihren. Sie roch sein Parfüm und den Duft seiner Haut, die zu viel Sonne abbekommen hatte. Sie spürte, wie er sich zu ihr drehte und sie ansah. Es knisterte, er griff in die Chipstüte und wollte dann mit vollem Mund wissen: »Was ist wirklich zwischen dir und Jonathan passiert?«

»Hey, Glückwunsch. Du hast dir seinen Namen gemerkt«, gab Frieda zurück. Ihre Augen hielt sie weiterhin geschlossen.

Tom erwiderte nichts, sondern wartete ab.

»Was willst du wissen?«, fragte sie schließlich seufzend.

»Warum er dich gehen ließ.«

Wenn Tom so etwas sagte, klang es nicht kitschig oder

einstudiert, sondern ehrlich. »Wenn ich meiner Mutter Glauben schenken darf, dann wart ihr so etwas wie ein Traumpaar«, fügte er hinzu. »Also, was ist vorgefallen?«

»Das hat deine Mutter dir also nicht erzählt? Sicher würdest du es auch online erfahren, wenn du nach Jonathan suchst.«

»Warum sollte ich hinter dir her schnüffeln, Frieda? Du bist meine Freundin, und ich frage dich direkt.«

Mit einem Mal wurde Frieda wieder klar, warum sie Tom nie von ihren Gefühlen erzählt hatte. Weil es Momente gegeben hatte, in denen ihr schmerzlich bewusst wurde, dass sie für ihn genau das war: eine Freundin. Nicht mehr und nicht weniger. Wie hatte er es neulich genannt: eine Freundin zum Pferdestehlen? Das zwischen ihnen würde nie mehr sein. Sie sollte sich damit abfinden. Schließlich hatte sie genug andere Sorgen. Da konnte sie sich nicht auch noch um ein gebrochenes Herz kümmern, weil sie ihrem Jugendfreund nach über 20 Jahren ihre Liebe gestand, während er sie nur für einen unterhaltsamen Zeitvertreib hielt. Sie richtete sich auf und trank einen großen Schluck Bier. »Er hat mich verlassen, weil er sich neu verliebt hat«, sagte sie scharf. Ohne es wirklich zu wollen, klang eine Menge Frust in ihrer Stimme mit. »Viel gibt es dazu also nicht zu sagen. Das passiert. Die Liebe hält nicht ein Leben lang. Manchmal verändert sie sich. Der eine will mehr, die andere weniger. Such dir etwas aus!«

Doch Tom ließ sich nicht so schnell abwimmeln. »Wie geht es dir damit?«, fragte er.

»Was soll die blöde Frage?«

»Hey, wieso bist du so böse?« Entrüstet richtete er sich auf und fixierte sie. »Habe ich etwas Falsches gesagt?«

»Es geht mir gut damit«, gab Frieda schließlich leise zurück. »Mein Lebensglück ist ja nicht von einem Mann abhängig.«

Kapitel 11

Ich kann mich noch gut an unseren letzten gemeinsamen Tag erinnern. Es war der schönste, den wir bis dahin hatten. Ich weiß noch, wie heiß es war. Für norddeutsche Verhältnisse zeigte sich der Sommer nun schon seit Wochen geradezu unverschämt trocken und warm. Coco und ich hatten uns zu einem Spaziergang verabredet. Sie verbrachte die Sommerferien in Bremen, und ich schwebte auf Wolke sieben. Ich war mir mittlerweile darüber im Klaren, dass ich mich in Coco verliebt hatte. Nein, es war mehr als das. Ich liebte sie. Es konnte so einfach sein. Wenn es so weit war, spürte man es. Sie. Die Liebe. Und ich hoffte, dass Coco für mich ähnlich empfand. Ich meinte, es in ihren Augen zu sehen, spürte es an ihren vermeintlich zufälligen Berührungen und entnahm es ihren Erzählungen aus Berlin, in denen sie inzwischen kein Wort mehr über Hans oder ihre Verlobung verlor. Als ich sie an diesem Tag im Hotel abholte, schlug sie vor, zum See zu fahren und baden zu gehen. Ich wand mich. Zu gern wäre ich mit ihr schwimmen gegangen, aber ich hatte die Befürchtung, dass sie ihren Wagemut mit einem schlechten Gewissen bezahlen würde. Sie war schließlich eine verlobte Frau. Was, wenn wir ihrem Vater über den Weg laufen würden? Der wäre sicher nicht begeistert, seine Tochter in Badekleidung neben einem fremden Mann zu sehen.

Als sie mein Unbehagen bemerkte, lachte sie. »Ich werde dir nichts tun«, scherzte sie.

Also gab ich schließlich nach und holte auf dem Weg zum See zu Hause meine Schwimmsachen. Wir suchten uns am Waller See ein schattiges Plätzchen zwischen mächtigen Bäumen, das abgeschieden genug war, um ein wenig Ruhe zu genießen, aber doch ausreichend einsehbar, um nicht auf dumme Gedanken zu kommen.

Über diesem Tag lagen Unbeschwertheit, Glück und immer wieder dieses besondere Prickeln, das ein Mann eben verspürte, wenn er mit der Frau, die er liebte, einen Sommertag am See verbrachte.

»Wie geht es dir?«, wollte sie schläfrig wissen, als wir uns nach ein paar Zügen im See in der Sonne ausruhten. Wir hatten geplanscht wie Kinder, und es war wundervoll gewesen, ihr so nahe zu sein.

»Gut«, gab ich zurück. Ich strahlte sie an und dachte, sie müsste mir mein Glück doch ansehen.

»Das ist schön. Mir geht es auch gut«, meinte sie und grinste. »Lass uns gemeinsam weggehen«, sagte sie dann plötzlich mit veränderter Stimme. Sie sah dabei nicht zu mir, sondern blickte in die Sonnenstrahlen, die durch die feinen Äste auf uns herabschienen. »Die Welt entdecken. Alles hinter uns lassen, was uns festhält.«

Ich traute meinen Ohren nicht. Rasch richtete ich mich auf und sah sie direkt an. »Meinst du das ernst?«

»Ja«, gab sie zurück. Doch ich erkannte wieder diese Widersprüche in ihren Augen, die so oft dort ihr Unwesen trieben. »Nein«, korrigierte sie wirr und lachte traurig. »Das kann ich Hans nicht antun. Auch mei-

nem Vater nicht. Er wünscht sich, dass wir als Familie in den Osten gehen.«

Es fiel mir nicht leicht, etwas darauf zu erwidern. Ich fand, sie war mit ihren 25 Jahren alt genug, um selbst zu entscheiden, mit wem sie wo leben wollte. Und wir befanden uns in Westdeutschland Ende der 70er-Jahre. Es sollte keine Rede mehr davon sein, dass sie sich zu einer Ehe gedrängt fühlte, die sie nicht eingehen wollte. Doch was wusste ich schon davon, wie es sich anfühlte, in ihrer Haut zu stecken? Ich war ein Mann. Mir sagten kein Vater und kein Verlobter, was ich zu tun hatte.

»Was willst du wirklich?«, wisperte ich. Ich rückte näher an sie heran und legte sanft meinen Arm auf ihre von der Sonne aufgewärmten Schultern. »Sag es mir! Es bleibt unser Geheimnis. Versprochen.«

Ihre Antwort ging in einem leisen Schluchzen unter. Ich meinte, »dich« gehört zu haben. Aber sicher war ich mir nicht. Vielleicht war nur der Wunsch Vater dieses Gedankens gewesen.

*

Die Standesämter in Bremen und Berlin konnten oder wollten Frieda keine Auskunft zu einem Rolf Jestermann geben, der mutmaßlich im Mai oder im April 1978 gestorben war. Wenn es sich überhaupt um seinen richtigen Namen handelte. Da war sich Frieda mittlerweile gar nicht mehr so sicher. Der Autor hatte sich schließlich auch bei Coco alle Mühe gegeben, den echten Namen zu verschleiern. Und sein eigener Name war bisher auch noch nicht gefallen.

Weitere Anhaltspunkte im Buch waren die Berufe der Protagonisten und der Umstand, dass Coco vermutlich mit einem Hans und ihrem Vater 1978 in die DDR übergesiedelt war. Es hätte die Möglichkeit gegeben, sich im Bundesarchiv oder in Berlin-Hohenschönhausen Akteneinsicht über innerdeutsche Migration zu verschaffen. Doch das erschien Frieda angesichts der Tatsache, dass sie bald einen eigenen Laden eröffnen würde, zu viel Aufwand. Zudem hatte sie das Buch noch nicht zu Ende gelesen – wer wusste schon, was im Verlauf der Geschichte noch ans Licht kam? Vielleicht hatte Tom recht, und am Ende klärte sich alles auf. Frieda beschloss, es mit einer Online-Recherche zu versuchen, doch es gab zu wenige Schlagwörter, die sie eingeben konnte, und in der scheinbar endlosen Datenbank des Bundesarchivs war sie schnell überfordert. So entschied sie, in der Hoffnung, einen freundlichen Mitarbeiter vor Ort zu finden, der ihr helfen könnte, demnächst dem Staatsarchiv Bremen einen Besuch abzustatten und dort nach Coco und Hans zu forschen. Westflüchtlinge hatte es schließlich bei Weitem nicht so häufig gegeben wie Menschen, die in die andere Richtung flohen. Vielleicht existierten dazu Aufzeichnungen oder Artikel. Doch auch das musste erst mal warten.

An diesem Tag hatte Frieda gemeinsam mit Clara weitere Vorbereitungen für die Eröffnung getroffen, das Catering ausgewählt und gebucht und über Social Media Werbung für die Wiedereröffnung gemacht. Der Kanal hatte schon über 400 Follower, und Frieda machte die

Arbeit inzwischen richtig Spaß. Mit Feuereifer postete sie Bilder und Storys und teilte witzige Memes. Sogar mit der Regionalsendung »Moin Bremen« und dem Weser-Kurier war sie über Instagram in Kontakt getreten und hatte sie zur Eröffnung eingeladen. Nur eine geeignete Autorin oder einen geeigneten Autor hatte sie bisher noch nicht gefunden. Auch über die sozialen Medien nicht. So langsam wurde die Zeit knapp, und sie überlegte fieberhaft, ob es ein anderes Highlight für die Ladeneröffnung geben könnte.

Nachdenklich trat sie ins Freie. Gemeinsam mit ihren Eltern war sie gerade dabei, die diversen Stühle aus dem Keller nach draußen in den Hof zu tragen, um sie genauer in Augenschein zu nehmen.

»Die sehen ja ganz schön mitgenommen aus«, fand Bernd und nahm einen Holzstuhl genauer unter die Lupe. »Wenn da mal nicht der Holzwurm drinsteckt.«

»Ich finde sie toll«, hielt Ingrid dagegen. »Sie brauchen nur etwas Seifenwasser und frische Farbe.«

Aber auch Clara, die sich ihnen angeschlossen hatte, betrachtete die Ansammlung der alten Stühle nach wie vor skeptisch. In ihrem hellen, eleganten Sommerkleid hielt sie Abstand zu den verschmutzten Hockern. »Und du meinst, sie sind noch zu retten?«, fragte sie Frieda und klang wenig überzeugt. »Die sind wirklich sehr oll. Da mag man sich doch gar nicht draufsetzen!« Ein Nasenrümpfen begleitete ihre Worte.

»Mein Reden!«, stimmte Bernd zu. »Wer weiß, was da drin ist. Neben dem Holzwurm.« Er sah die Stühle beinahe ebenso misstrauisch an wie Clara.

»Ach, habt euch doch nicht so!«, meinte Ingrid augenrollend. »Sie werden euch schon nicht angreifen.«

Frieda schritt ein: »Vorschlag zur Güte: Ich reinige und lackiere sie. Und wenn du sie dann immer noch ›oll‹ findest, verkaufe ich sie auf eBay.«

Darauf konnten sie sich einigen. Während Frieda und ihre Mutter loslegten und sich mit Eimer und Seifenlauge bewaffnet auf die Stühle stürzten, lud Clara Bernd auf einen Kaffee in ihre Wohnung ein. »Ich habe noch alte Fotografien von der ersten Eröffnung damals. Die würde ich dir als leidenschaftlichem Hobbyfotografen gern mal zeigen!« Auch Friedas Eltern waren mit Clara inzwischen per du. Bernd war begeistert von der Aussicht, in den alten Alben stöbern zu dürfen. Ehe er zusagte, vergewisserte er sich mit fragendem Blick, ob es in Ordnung wäre, wenn er nicht beim Säubern der Möbel half.

»Geh schon«, sagte Ingrid liebevoll. »Wir kommen ohne dich klar.«

Er warf ihr eine Kusshand zu und folgte Clara ins Innere des Altbremer Hauses. Ingrid sah den beiden hinterher. »Wann war denn die erste Eröffnung?«, wollte sie dann von Frieda wissen.

»Das Geschäft hat früher den Eltern von Claras Mann gehört«, erzählte Frieda, während sie damit begann, die Stühle zu entstauben. »Sie haben es kurz nach dem Krieg eröffnet. Claras Mann hat es später von seinen Eltern übernommen und es nach ihr benannt, als sie sich ineinander verliebten.«

»Wo ist er jetzt?«

Frieda hielt in der Bewegung inne. »Er ist schon gestorben. Ich glaube, es ist noch nicht lange her. Vielleicht während der Pandemie. Clara hat den Laden nach den Lockdowns nicht wieder eröffnet. Ich vermute, das hat mit seinem Tod zu tun. Clara wird oft sehr traurig, wenn wir im Laden stehen und eine Erinnerung in ihr hochkommt.« Sie schluckte. Diese Momente, wenn Clara plötzlich ganz geistesabwesend war, taten Frieda in der Seele weh. Sie wusste inzwischen, dass Clara dann von der Trauer übermannt wurde. Aber viel hatte sie Frieda nicht erzählt. »Sie hat mir mal gesagt, dass es sich für sie manchmal so anfühlt, als sei ihr Mann noch dort. Zwischen den Regalen. Hinter dem Tresen. Lesend auf einem der Sessel, wenn gerade kein Kunde da war.« Friedas Augen füllten sich mit Tränen, als sie daran dachte, wie unendlich traurig Clara ausgesehen hatte, als sie ihr das anvertraut hatte. »Sie hofft, eines Tages darin Trost finden zu können. Aber noch ist es nicht so weit.«

Auch Ingrid ließ den Lappen sinken und fasste sich berührt ans Herz. »Sie haben sich wohl sehr geliebt?«

Frieda nickte. »Sie waren 40 Jahre verheiratet.«

Eine Weile putzten sie schweigend vor sich hin. Jede hing ihren eigenen Gedanken nach.

»Es tut ihr sicher gut, dass sie nun wieder ein wenig unter die Leute kommt«, meinte Ingrid schließlich. »Einsamkeit verstärkt den Kummer doch nur.«

»Ja, vielleicht. Aber es ist in so einer Situation bestimmt auch nicht leicht, unter die Leute zu gehen.«

»Ich mag gar nicht daran denken …«, sagte Ingrid leise und sah hinauf zum Wohnzimmerfenster, hinter dem sie ihren Mann vermutete. »Wenigstens habe ich euch Kinder.« Sie schluckte.

Frieda blickte auf und sah Tränen in den Augen ihrer Mutter glitzern. Sie ging zu ihr hinüber und nahm sie in den Arm. »Darüber wollen wir jetzt nicht nachdenken«, meinte sie bemüht heiter. »Damit ist weder uns noch Clara geholfen.«

Ingrid schniefte noch einmal und nickte. »Du hast recht.« Sie blickte auf die noch schmutzigen Stühle. »Wir helfen ihr eher, wenn wir den Laden wieder flottmachen.«

Frieda lächelte. »So ist es richtig.«

Sie schrubbten und putzten, bis alle Stühle beinahe glänzten. Dann rauten sie die Oberflächen mit Schmirgelpapier an und strichen sie in hellen Pastelltönen: Flieder, Lindgrün und Pfirsich. Anschließend ließen sie die Möbel in der Sonne trocknen, räumten auf und begutachteten stolz ihr Werk.

»Ich denke immer noch, dass sie super aussehen werden«, sagte Frieda überzeugt. »Danke für deine Hilfe, Mama!« Sie machte einen Schritt auf ihre Mutter zu und drückte ihr einen herzhaften Schmatzer auf die Wange.

Es war knapp drei Stunden her, seit Bernd mit Clara verschwunden war, um sich die alten Fotos anzusehen. Drei Stunden, die wie im Flug vergangen waren und in denen sie im Hof eine ganze Menge geschafft hatten. »Das dauert aber lange bei den beiden«, wunderte sich Frieda.

»Wie ich deinen Vater kenne, heckt er schon wieder irgendetwas aus!«, sagte Ingrid und schmunzelte. In dem Moment vernahmen sie Schritte, und schon standen Clara und Bernd im Hof.

»Ich habe eine großartige Idee für die Eröffnung«, verkündete Bernd aufgekratzt und sah seine Frau und seine Tochter begeistert an. Clara lächelte wissend, blieb aber still. »Wir stellen eine Bildergalerie zusammen, in der wir die Bücherwelt im Laufe der Jahre zeigen! Was denkt ihr?« Er wartete keine Antwort ab. »Der Vater von Claras Mann hat das Geschäft nämlich schon 1954 gegründet, wir können also ein kleines Jubiläum feiern. Vielleicht machen wir eine Art Zeitstrahl an der Wand. Oder wir platzieren die Aufnahmen auf Staffeleien. Das kommt auf das Wetter an«, murmelte er zu sich selbst. »Wenn es regnet und sich alle Besucher in den Laden drängen, ist nicht genug Platz.«

Sie hatten vor, den Vorgarten und den Gehweg für ihr kleines Fest zu nutzen, und hofften auf Wohlwollen von Petrus. Und vonseiten des Ordnungsamtes.

Während Ingrid der Einfall ihres Mannes offenbar begeisterte, hielt sich Frieda noch mit einem Kommentar zurück. Vorsichtig warf sie einen Blick zu Clara. Was hielt sie von der Idee, alte Bilder auszustellen? War sie wirklich damit einverstanden, noch mehr mit Erinnerungen konfrontiert zu werden als sowieso schon? Doch Clara lächelte noch immer. Als hätte sie Friedas Gedanken gelesen, sagte sie nun: »Ich finde, das ist ein richtig schöner Vorschlag. Es hätte Gregor sehr gefallen!« Es war das erste Mal, dass sie seinen Namen in den Mund nahm, ohne dass ein Schleier über ihr Gesicht huschte, fiel Frieda auf. »Er war immer sehr stolz auf den Laden und darauf, was seine Eltern aufgebaut haben.«

Frieda war erleichtert. »Das klingt gut«, sagte sie. Und an ihren Vater gerichtet: »Danke für deine Hilfe, Papa.«

»Das mache ich doch gern, mein Schatz. Das weißt du. Dann ist das also gebongt!«, freute er sich. »Ich nehme die Ordner mit und wähle die Fotos aus, einverstanden?«

Clara nickte.

Kapitel 12

Coco ist nun schon seit zwei Wochen fort. Mein Herz fühlt sich so schwer an wie noch nie. Ich frage mich, ob ich sie jemals wiedersehen werde. Und doch ist da diese Gewissheit, dass es gar nicht anders sein kann.

Sie hat mir aus Berlin einen Brief geschrieben, in dem sie mir gesteht, dass sie wusste, was ich für sie empfinde – natürlich konnte ich es nicht verbergen. Sie schreibt von ihren Plänen, dass sie wohl erst mal in einer Art Auffanglager unterkommen werden, bis die Regierung davon überzeugt ist, dass sie nicht als Spione, sondern als Freunde einreisen. Ich wurde an dieser Stelle das Gefühl nicht los, dass sie überhaupt nicht wusste, worauf sie sich da einließ. Sie konnte doch nicht ernsthaft ein Leben hinter Mauern in Kauf nehmen, nur weil sie verlobt war und ihr Vater diesen Schritt befürwortete. In dem Brief heißt es weiter: »Mir gefällt die Vorstellung, in einem sozialistischen Staat zu leben, in dem die Regierung nicht von Männern durchdrungen ist, die schon für Hitler tätig waren. Die Idee, friedlich zu leben und zu arbeiten, ganz ohne Aufrüstung und Kampfbereitschaft, scheint mir in jedem Fall einen Versuch wert zu sein. Und wenn ich dich nicht getroffen hätte, hätte ich auch jetzt noch keine Zweifel daran. Du warst es, der mich zum Nachdenken brachte. Aber ich habe das Gefühl, ich darf meine Überzeugung und meine Werte nicht verändern, nur weil ich einen Mann kennengelernt habe. Ich hoffe auf dein Verständnis. Ich habe mir diese Entscheidung in keinem Fall leicht gemacht! Es sollte eben nicht sein mit uns …«. Das »uns« war verschmiert, so als hätte ein Tropfen ihn verwischt.

Der Brief endete mit: »Ich liebte dich. Ich habe es, wie du, von der ersten Sekunde an gewusst. Ist das nicht unsagbar kitschig? Doch manchmal muss man trotzdem mit dem Kopf entscheiden, nicht wahr?«

Mein Kopf ist seit jenem Brief genauso leer wie mein Herz. Wie gut, dass ich die Arbeit und meine Kunden habe. Sie lenken mich zumindest tagsüber davon ab, traurig zu sein. Und wenn nichts hilft, der Schmerz über mir zusammenzubrechen droht, dann kann ich mich in meine Geschichten flüchten und mein eigenes derzeit so trostloses Leben für eine Zeit vergessen.

Bevor Frieda Schriftstellerin werden wollte, oder besser durch Zufall geworden war, hatte sie für sich einen gänzlich anderen Beruf im Blick gehabt. Überhaupt war sie in jungen Jahren viel fokussierter als heute. Die Ziellosigkeit, das berufliche Treibenlassen, war eine Seite an ihr, die sie noch nicht kannte, und sie wusste bisher auch noch nicht, ob sie ihr gefiel. Die junge Erwachsene, die noch in der 39-jährigen Frieda steckte, würde über ihr zukünftiges Ich sicher mit den Augen rollen. *Was tust du denn da,* würde sie fragen, wenn sie könnte. Und: *Krieg endlich deinen Hintern hoch!* An einen Buchladen hatten sie beide nie gedacht.

Als Frieda 15 Jahre alt war, hatte sie in den Sommerferien ein Praktikum in einem Lebensmittellabor gemacht und war danach fest entschlossen gewesen, Biologie mit Schwerpunkt Bienenforschung zu studieren. In Bremen hätte sie dafür die besten Voraussetzungen gefunden. Die Hansestadt galt als heimliche Honighauptstadt, in der Honigimporteure, Bienenlabore und universitäre Forschungsprojekte rund um Bienen und Honig ihr Geld verdienten. Nach zwei Semestern Biologie sattelte Frieda um auf BWL, was ihr einfacher und erfolgversprechender erschien. Schon damals überhörte sie die empörte Stimme der jüngeren Frieda. Mit dem Sieg beim Kurzgeschichtenwettbewerb gab sie ihrem Leben noch mal eine neue Richtung. Wer träumte nicht davon, ein Buch zu veröffentlichen? Diese Chance konnte sie nicht ziehen lassen. Die Möglichkeit, in Schweden zu leben, erst recht nicht. Jetzt musste sie manchmal darüber lachen. Nicht hämisch wie über jemanden, den man nicht mag. Eher liebevoll wie über Kinder, wenn sie erklärten, sie möchten später bei der Müllentsorgung arbeiten, weil sie dann nur einen Tag in der Woche Dienst hätten. Oder bei der Polizei, weil man dann alles durfte.

All das ging ihr jetzt durch den Kopf, als sie aus der Dusche stieg und sich die Haare föhnte. Wie wäre ihr Leben verlaufen, wenn sie nach den zwei anstrengenden Semestern Biologie nicht die Segel gestrichen, sondern sich erst recht bemüht hätte? Wäre sie dann Wissenschaftlerin geworden und würde sich nun um die Gesundheit der Bienen kümmern? Oder wäre sie

Dozentin an der Uni und würde nachrückenden Generationen ihr Wissen vermitteln?

Frieda seufzte. Aber was brachte es schon, sich darüber den Kopf zu zerbrechen? Würde sie denn andere Entscheidungen treffen, wenn sie zurückkönnte? Würde sie gleich ein anderes Studienfach wählen, wenn sie wüsste, was die kommenden Jahre für sie bereithielten? War es nicht ein Trugschluss, zu denken: Ach, wäre ich noch mal jung, ich würde alles ganz anders machen? Sie ließ den Föhn sinken und betrachtete sich im Spiegel.

»Warum denkst du an die Vergangenheit?«, fragte sie laut. Ihr Spiegelbild hob die Schultern.

»Du bist gerade dabei, eine richtig tolle Chance zu ergreifen!«, erinnerte sie sich. »Du wirst eine Buchhandlung eröffnen! Jetzt reiß dich mal zusammen!«

Dann musste sie lachen. Da stand sie mit Handtuch bekleidet im Badezimmer und sprach mit sich selbst. Aber irgendwie waren sie zu dritt. Da waren noch die junge Frieda und die, die sie einmal sein würde. Was würde ihr wohl ihre 50-jährige Version raten?

Jetzt war keine Zeit, über Vergangenes zu grübeln. Alles, was sie ändern konnte, lag noch vor ihr. Sie neigte den Kopf und sah genauer hin. In ihre Augen, die noch die gleichen waren wie früher und die auch später noch die gleichen sein würden. Die Gegenwart hatte sie wenigstens ein bisschen in der Hand, sagte sie sich. Was hier und heute geschah, konnte sie steuern. So konnte sie beschließen, dass heute ein guter Tag war, um glücklich zu sein. Ihr war, als würden die anderen beiden Friedas ihr bei diesem Gedanken wohlwollend zunicken.

Zur Einstimmung auf die Party, die sie mit ihren Freundinnen besuchen wollte, ging Frieda nun in die Küche und schenkte sich ein Glas Sekt ein. Dann stellte sie Musik an. Sie schminkte sich sorgfältig, trug Rouge und Highlighter auf, tuschte die Wimpern und malte schließlich ihre Lippen rot an. Dann glättete sie ordentlich die Haare und wählte bunte Ohrringe aus. Sie warf einen Blick in den Spiegel. Auffällig, aber ihr gefiel, was sie sah. Und nur darauf kam es an. Jetzt noch das passende Outfit, und sie wäre gerüstet für die Strandparty am Weserufer. Sie entschied sich für ein langes Sommerkleid in Leomuster, flache Sandalen und eine leichte Collegejacke für später, die sich gut in ihrer Handtasche verstauen ließ. Dann machte sie sich auf den Weg.

Wie versprochen trafen sie sich bei Marike in ihrer schicken Loftwohnung an der Umgedrehten Kommode, wie der alte Wasserturm in Bremen genannt wurde. Die anderen beiden waren schon da, als Frieda eintraf. Ihr schallten laute Musik und Gelächter entgegen, als Marike mit einem Glas Sekt in der Hand die Tür öffnete.

»Hier, für dich«, sagte sie statt einer Begrüßung und umarmte ihre Freundin dabei.

»Moin, Marike.« Frieda nahm ihr das Glas ab und folgte ihr ins Wohnzimmer. »Habe ich etwas verpasst?«, fragte sie vergnügt, als sie ihre Freundinnen sichtlich gut gelaunt auf dem Sofa sitzen sah.

»Wir haben etwas zu feiern«, gab Kira zurück. »Hallo, Frieda«, grüßte sie und stand auf, um ihre Freundin in den Arm zu nehmen. Hanna folgte ihrem Beispiel.

»Jetzt bin ich aber neugierig«, sagte Frieda, nachdem alle wieder Platz genommen hatten. »Worum geht's?«

»Ich habe meiner Schwiegermutti die Meinung gegeigt«, verriet Hanna kichernd. »Das hat so was von gutgetan!«

»Bravo!« Frieda lachte und hielt ihr Glas in die Mitte, sodass die anderen anstoßen konnten. Sie sagte solidarisch: »Auf dich!«, auch wenn sie die Hintergründe noch nicht kannte.

Hanna erzählte, wie Sybille die Nase gerümpft hatte, als Hanna zu spät und mit sandigem Max vom Spielplatz kam, und daraufhin wieder einmal vorgeschlagen hatte, Hanna solle sich mehr um den Haushalt und weniger um ihre Arbeit kümmern. Als Sybille schließlich erneut unverblümt gefragt hatte, wann sie denn endlich die gewünschte Enkeltochter bekäme, war Hanna der Kragen geplatzt. Sie hatte Sybille in ihre Schranken gewiesen. Mit Karstens Unterstützung konnte sie dabei nicht rechnen, der hatte nur mit aufgerissenen Augen dagestanden und zwischen den beiden Frauen hin und her gestarrt. Hanna hatte Sybille schließlich mit den Worten »Ich kann deine Vorwürfe nicht länger ertragen« hinausgebeten. Wutentbrannt hatte sich die Schwiegermutter ihre Tasche geschnappt und war aus dem Wohnzimmer gerauscht. Karsten hinterher. Nicht ohne Hanna vorher noch ein »Bist du verrückt geworden?« entgegenzuschleudern. Mit Hanna war er schon immer forscher umgegangen als mit seiner Mutter, die er nicht vergrätzen wollte. Das war schon mehr als einmal Streitthema zwischen den beiden gewesen.

»Oh«, machte Frieda nun doch betroffen. »Heißt das, ihr habt Zoff?«

»Ach wo«, Hanna winkte ab. »Die Wogen sind längst wieder geglättet. Das geht immer schnell bei uns. Aber zwischen Sybille und mir herrscht gerade Funkstille. Ich verlange eine Entschuldigung für all die Jahre des Meckerns und der Vorhaltungen.« Sie verschränkte die Arme vor der Brust. »Ich möchte, dass sie einsieht, wie ihr Verhalten mich verletzt hat.«

»Die hast du auch verdient«, fand Kira. Marike nickte. Frieda hatte sich mit Jonathans Eltern gut verstanden, Zwist mit den Schwiegereltern kannte sie nicht. Wenn sie Hannas Geschichte hörte, spürte sie Dankbarkeit dafür, wie herzlich Jonathans Eltern sie damals aufgenommen hatten, zumal in einem fremden Land.

Hanna seufzte und ließ die Arme sinken. »Ach, wem mache ich hier eigentlich was vor? Natürlich werde ich zum Wohle meiner Familie bald einlenken und das Gespräch mit ihr suchen.« Sie griff nach ihrem Glas.

Frieda grinste. »Du bist eben ein Harmoniemonster.«

»Es ist nichts Falsches dran, sich mit seiner Familie verstehen zu wollen«, fand Marike.

»Wenn du es diplomatisch angehst und ihr erklärst, wie du dich bei ihren Vorträgen fühlst, versteht sie es vielleicht«, meinte Kira aufmunternd. »Auch Sybille hatte mal eine Schwiegermutter. Die Chance, dass sie von ihr genauso genervt war wie du jetzt von ihr, liegt bei 50 zu 50.«

»Wie kommst du auf 50 zu 50?«

»Erfahrung. Und Bauchgefühl«, grinste Kira. »Wenn

ich Mamas Freundinnen beim Kaffeeklatsch zuhöre, liegt sie sogar eher 80 zu 20. Die Schwiegermütter haben sich damals doch viel mehr in das Leben ihrer Söhne eingemischt, als sie es heute tun.«

Hanna blickte nachdenklich aus dem Fenster. »Vielleicht hast du recht. Es war an der Zeit, mal etwas zu sagen. Vielleicht habe ich nicht den richtigen Ton getroffen«, wandte sie ein. »Ich hätte es ruhiger angehen sollen. Aber mein Ärger hatte sich angestaut.« Ihr Gesicht verzog sich zu einem breiten Grinsen. »Sie macht mich wahnsinnig. Einfach wahnsinnig«, sagte sie mehr zu sich selbst als zu ihren Freundinnen, die den Kampf mit Sybille ja seit Jahren mitverfolgten.

»Darf ich dich etwas fragen?« Marike sah Hanna nachdenklich an. »Du musst auch nicht antworten, wenn du nicht möchtest.«

Hanna stutzte. »Du darfst mich alles fragen. Das weißt du.«

»Möchtest du denn gern ein zweites Kind?«, wollte Marike mit sanfter Stimme wissen.

Oh, dachte Frieda und riss die Augen auf. Eine heikle Frage.

»Puh«, machte Hanna. Sie blies die Wangen auf und ließ die Luft langsam entweichen. »Ich habe keine Ahnung«, gab sie dann zu. »Mal ja, mal nein. Es wäre schön für Max, aber ich bin so froh, dass ich endlich wieder etwas Zeit für mich habe. Mit einem Baby fange ich wieder bei null an.«

»Was sagt denn Karsten dazu?«, wollte Kira wissen.

»Der hätte sehr gern noch ein zweites Kind.«

Marike öffnete den Mund, um etwas zu sagen, schloss ihn aber gleich wieder. Auch Frieda überlegte, wie sie eine Erwiderung darauf diplomatisch formulieren könnte. Doch sie hielt sich zurück, schließlich hatte Hanna nicht um ihre Meinung gefragt.

Hannas Ehemann Karsten arbeitete bei einem Unternehmen aus der Tiefkühlbranche mit Sitz in Bremerhaven. Er war jeden Tag mindestens zehn Stunden außer Haus, da die Unternehmensleitung von Homeoffice wenig hielt. Er liebte Max und war nach Feierabend und am Wochenende ein fürsorglicher und hingebungsvoller Vater. Doch die meiste Arbeit blieb natürlich an Hanna hängen.

»Ich weiß, was ihr denkt!« Hanna warf ihren schweigenden Freundinnen einen langen Blick zu. »Er ist viel zu oft nicht daheim. Warum will er also noch ein Kind haben? Und ja, natürlich wäre es schön, wenn wir uns die Aufgaben mehr teilen könnten, aber es ist bei uns genauso, wie es bei vielen Paaren ist: Der Mann ist etwas älter, hat mehr Berufserfahrung und dadurch den besseren Job, in dem er mehr verdient als die Frau. Ich finde das auch verdammt blöde, doch selbst wenn ich in Vollzeit arbeiten würde – was ich übrigens gar nicht möchte, das habe ich euch ja schon gesagt –, würde es für uns drei oder dann vier vorne und hinten nicht reichen.« Sie hob in einer hilflosen Geste die Arme.

»Und wenn ihr beide in Teilzeit arbeitet?«, schlug Kira vor.

»Sein Chef hält ja leider von Männern in Elternzeit genauso wenig wie von Homeoffice.«

»Scheint ein topmodernes Unternehmen zu sein.«

Hanna grinste müde. »Traditionell. Aber mit guter Bezahlung.«

Frieda legte die Arme um ihre Freundin. »Wenn ihr euch wirklich beide ein zweites Kind wünscht, findet ihr eine Lösung«, sprach sie ihr zu.

»Ein Jobwechsel käme noch infrage«, überlegte Kira weiter und bekam gar nicht mit, dass Hanna offenbar keine Ratschläge mehr hören wollte. Das war eben ihr Gemüt: immer nach einer Lösung suchen. So lange, bis sie eine fand. Aufgeben und den Kopf in den Sand stecken war ihr fremd. »Eine Firma in Bremen mit Homeoffice-Optionen. Oder gleich ganz remote.«

»Er ist leitender Projektmanager in der Produktion. Es wird schwierig sein, den Job komplett von zu Hause aus auszuüben«, wandte Marike ein.

»Ein Projektmanager kann ja auch andere Projekte managen. Er muss ja nicht in der Produktion bleiben.«

»Könnte er schon«, erwiderte Hanna langsam und schien über den Vorschlag nachzudenken.

Marike machte dem ein Ende, indem sie laut in die Hände klatschte. »So, genug der Trübsal. Ich schenke uns noch einmal nach und dann machen wir uns auf den Weg, einverstanden?«

Als Antwort griffen die anderen nach ihren leeren Gläsern und hielten sie Marike entgegen. Frieda warf noch einen Blick zu Hanna und schenkte ihr ein tröstendes Lächeln, das Hanna erwiderte.

*

Die Stimmung am Weserufer auf der Innenstadtseite war ausgelassen, als sie dort ankamen. Es war 21 Uhr und noch hell und warm. Elektroklänge, Gelächter und Gesprächsfetzen hallten über den Fluss. Es gab eine noch recht leere Tanzfläche, zwei Bars und zwei Bierwagen sowie unzählige Liegestühle, die über den Deich verteilt waren. Außerdem entdeckte Frieda einen Pommes- und einen Burgerwagen.

»Ich finde es super hier«, verkündete sie. »Warum gab es das nicht schon früher?«

»Gab es vermutlich. Aber da waren wir zu jung, um so eine gediegene Party cool zu finden«, gab Marike zurück.

»Und wir hätten uns die Getränke hier auch nicht leisten können«, fügte Kira hinzu, die die Cocktail- und Weinpreise an einer ausgehängten Karte studierte.

»Das ist ja heute zum Glück anders«, entgegnete Hanna fröhlich. »Die erste Runde geht auf mich. Was darf ich euch bringen?«

Sie entschieden sich alle für Weißwein, Hanna bestellte gleich eine ganze Flasche und vier Gläser, und dann suchten sie sich einen Platz, der so weit von den Boxen entfernt war, dass sie sich unterhalten konnten, ohne einander anschreien zu müssen.

»Auch das hätten wir früher nicht gemacht.« Marike schmunzelte. »Wir waren doch immer die Ersten auf der Tanzfläche.« Sie wippte mit dem Fuß zum Klang der Musik und ließ ihren Blick über die Menge schweifen. Plötzlich stockte sie. »Ach du Schande«, murmelte sie und zog den Kopf ein.

»Was ist?«, wollte Kira, die direkt neben ihr saß, wissen und folgte ihrem Blick. »Kennst du den Typen?«

Die beiden beobachteten einen Mann Mitte 40, der groß und breitschultrig war, dunkles Haar hatte und ein sommerliches Outfit aus Leinenhemd und passender Hose trug. Er war ausgesprochen gut aussehend und zog die Blicke der weiblichen und einiger männlicher Gäste auf sich. Seine Begleitung, eine zierliche Brünette, reichte ihm kaum bis zur Schulter. Auch sie war auffallend attraktiv. Zusammen gaben sie ein hübsches Paar ab.

Jetzt waren auch Frieda und Hanna auf das Getuschel ihrer Freundinnen aufmerksam geworden.

»Was ist los?«, fragte Hanna. »Habt ihr schon eure Beute für heute Abend ausgemacht?«, scherzte sie. »Das ging ja schnell. Aber hey, er hat schon eine Begleitung. Das gehört sich nicht.« Sie zwinkerte.

»Das ist Matthias«, zischte Marike. »Mit seiner Frau.« Sie sprach leise, obwohl Matthias sich außer Hörweite befand.

Hanna riss die Augen auf. »Oh. *Matthias!*«

»Etwa deine Affäre aus Hamburg?« Frieda schaltete schnell. Marike hatte ihr den Namen damals nicht genannt.

Marike nickte. Energisch warf sie ihr langes Haar zurück. »Was tut er bloß hier?«, fragte sie dann verärgert. Zwischen ihren Augenbrauen hatte sich eine tiefe Falte gebildet. »Er hat mir nicht gesagt, dass er in Bremen zu tun hat.«

Kira wies mit dem Kinn auf seine Frau. »Dass er dich nicht treffen wollte, ist ja auch offensichtlich.«

»Er hätte es mir trotzdem sagen können! Um genau so eine Situation zu vermeiden!«, schimpfte Marike. Sie nahm einen großen Schluck Wein.

»Wie habt ihr euch eigentlich kennengelernt?«, fragte Frieda, um sie davon abzuhalten, ihr Weinglas in einem Zug zu leeren.

»Bei einem Afterwork-Event«, berichtete Marike widerstrebend. »Er kommt oft beruflich her. Er ist Anwalt in einer Kanzlei, die Standorte in ganz Deutschland hat.«

»Na, da hast du es ja. Dann war er wahrscheinlich heute in Bremen, um zu arbeiten, und hat seine Frau für ein gemeinsames Wochenende zu sich eingeladen.«

»Die Frage, was er hier tut, war nicht so wörtlich gemeint, Frieda«, warf Kira ein und grinste.

»So blöd kann der doch nicht ernsthaft sein!«, zeterte Marike weiter. »Meine Güte.«

»Vielleicht war es ihr Wunsch, ihn zu besuchen, und er kam aus der Nummer nicht raus«, überlegte Hanna.

Frieda bemerkte, wie Kira sich zurückhielt. Sicher tat ihr Marike leid, aber seitdem ihr erster Freund sie verlassen hatte, um wieder mit seiner Frau zusammenzuleben, reagierte sie auf das Thema empfindlich. Sie war für klare Verhältnisse. Frieda ging es in Anbetracht ihrer eigenen Erfahrungen ebenso, aber Marike war ihre Freundin, und sie wollte für sie da sein. »Wollen wir woanders hingehen?«, schlug sie vor und beobachtete das Pärchen aus der Ferne, das sich gerade an einer der Bars anstellte, um sich mit Getränken zu versorgen. Es sah nicht so aus, als würden sie die Party bald verlassen.

»Nein.« Marike schüttelte vehement den Kopf. »Das ist meine Stadt. Ich lasse mich ganz sicher nicht vertreiben.«

Sie behielten die beiden heimlich im Auge, damit sie ihnen nicht direkt in die Arme liefen, aber schon bald rückte die Anwesenheit von Marikes Affäre in den Hintergrund. Als die Dämmerung hereinbrach und der Platz in die Lichter von zahllosen Lampions getaucht wurde, zog es die Freundinnen auf die Tanzfläche. Über ihnen funkelte inzwischen ein wunderschöner Sternenhimmel, die Beats wurden dynamischer, und Frieda ließ sich vollends in die Klänge sinken. Sie tanzten, tranken und lachten und vergaßen darüber die Zeit. Sie hatten inzwischen eine ganze Menge Wein getrunken, und das Leben fühlte sich leicht und unbeschwert an.

»Hey, du Tanzmaus«, flüsterte ihr da eine Stimme ins Ohr. Sie drehte sich um und sah Tom direkt vor sich. Er hielt ein Bier in der Hand und war ebenso wie sie ganz verschwitzt vom Tanzen. Sie nahmen einander in den Arm.

»Tom, hey.« Frieda freute sich, ihn zu sehen. »Ich hätte nicht gedacht, dass du auf Elektromusik stehst.« Früher war Tom mehr für Punk- und Rockmusik zu haben.

»Manchmal schon.« Er nickte Friedas Freundinnen zu. »Hi, Mädels!«

»Tom, hi. Wir haben schon gehört, dass du auch wieder in Bremen bist!«, grüßte Hanna und bewegte sich weiter zur Musik. »Willkommen zurück!«

»Danke!«

Auch die anderen beiden begrüßten ihn kurz, rissen sich aber nicht von der Musik und dem Tanzen los.

»Wollen wir uns einen Moment ausruhen?«, fragte Tom an Frieda gerichtet.

»Klar.«

Sie steuerten zwei der Liegestühle an und ließen sich nieder. Frieda fiel auf, dass sie sich nicht gesehen oder gehört hatten, seit Tom sie am See mit einer unbedachten Bemerkung gekränkt hatte. Sie hatte nicht vor, ihn jetzt darauf anzusprechen. Und auch Tom machte nicht den Eindruck, als wollte er etwas dazu sagen. Wenn er denn überhaupt noch daran dachte, grummelte Frieda in sich hinein.

»Möchtest du etwas trinken?«, fragte er nun in die Stille.

Frieda nickte. »Ein kaltes Bier wäre toll.«

»Kommt sofort.«

Sie beobachtete ihn, wie er wegging. Er trug kurze Jeans und ein aufgekrempeltes Hemd. Dazu Birkenstocks. Sie schmunzelte. Ein echter Lehrer-Look. Dankend nahm sie das Bier entgegen, als er zurückkam.

»Warum grinst du so?«, fragte er und setzte sich zu ihr. »Prost!«

»Prost. Nur so«, gab sie zurück. »Also, was hat dich hierher verschlagen? Mit wem bist du hier?«

»Mit Benny. Um Frauen kennenzulernen«, gab er offen zu.

Frieda verdrehte die Augen. »Und bei ihm hat es schon geklappt? Oder warum sehe ich ihn nicht?«

Tom nickte. »Er ist vor etwa einer halben Stunde mit einer Frau namens Jana gegangen.«

»Oh, du kennst ihren Namen. Ist es etwas Ernstes?«,

spottete Frieda. Benny war früher schon ein entsetzlicher Aufreißer gewesen, der es bei ihr und all ihren Freundinnen versucht, aber kein Glück gehabt hatte.

Tom überging ihre Bemerkung. Er lehnte sich in dem Stuhl zurück und betrachtete den Sternenhimmel. Trotz der vielen Menschen und der lauten Musik wirkte er dabei völlig entspannt. »Schau, wie viele Sterne man sieht«, sagte er lächelnd und wies nach oben. Nun lehnte sich auch Frieda zurück. »Stimmt«, erwiderte sie und war wie verzaubert von den Aberhunderten großen und kleinen leuchtenden Punkten, die sich über den Nachthimmel zerstreuten. Eine Weile sahen sie schweigend zu den Sternen hinauf.

»Wie war euer Abend?«, fragte er dann und blickte zur Tanzfläche, auf der die anderen drei Frauen sich noch immer amüsierten. Statt des Weißweins tranken sie inzwischen Mineralwasser. Wieder eine Sache, die sich verändert hatte, dachte Frieda bei sich und nahm einen Schluck aus ihrer Bierflasche. Für Wasser im Club waren sie früher viel zu geizig gewesen. Sie grinste. Dann wäre sie wohl morgen früh die Einzige von ihnen, die einen Kater hätte.

»Es war schön«, antwortete sie jetzt. »Ich bin sehr froh, dass wir daran anknüpfen konnten, was wir früher hatten«, bemerkte sie und hielt einen Moment inne. »Es fühlt sich an, als sei gar keine Zeit vergangen, verstehst du? Es ist wie damals.«

»Und bei uns?«, fragte Tom plötzlich und lehnte sich ein wenig zu Frieda vor.

Sie schluckte. »Bei uns?«

»Ja«, gab er mit heiser gewordener Stimme zurück und grinste etwas unsicher. »Ist zwischen uns auch noch alles so wie früher?«

Frieda, die sich nicht auf ein Spiel einlassen wollte, das sie schon einmal verloren hatte, sagte mit fester Stimme: »Ich denke schon! Nachbarn und beste Freunde, oder?«

Tom blinzelte. »Ich … ähm …«

»Oh, nein!«, fuhr Frieda entsetzt dazwischen.

»Wie bitte?« Tom sah sie verwirrt an.

Frieda zeigte zur Tanzfläche. Marike, die gerade von der Bar zurückkam, an der sie für sich und ihre Freundinnen nun doch noch eine weitere Runde Weißwein geholt hatte, war, während sie die drei Gläser vorsichtig balancierte, direkt Matthias in die Arme gelaufen. Frieda konnte nicht verstehen, was die beiden sagten, verfolgte das Geschehen aber gebannt.

»Wer ist das?« Toms Stimme hatte einen verärgerten Klang angenommen.

»Marikes Affäre«, erwiderte sie knapp. Sie wusste, dass Marike nichts dagegen haben würde, wenn Frieda Tom davon erzählte. Sie war Single und ungebunden und hatte im Gegensatz zu Matthias kein Versteckspiel nötig.

»Und die Frau an seiner Hand ist wohl seine Partnerin?«, kombinierte Tom trocken.

»Sieht so aus, ja.«

»Marike hat ja früher schon nichts anbrennen lassen.«

Auch wenn er damit recht hatte und Frieda sich ein Lachen verkneifen musste, fand sie Toms Bemerkung nicht ganz fair. »Wenn es jemanden gibt, der nichts anbrennen lässt, dann ja wohl der feine Herr Matthias, der eine Frau und eine Affäre hat«, wies sie ihn zurecht. Matthias fühlte sich sichtlich unwohl. Selbst auf die Ferne war zu erkennen, dass sein Lächeln gezwungen wirkte und sich seine gesamte Haltung versteifte.

Die Frau an seiner Seite guckte zunächst leicht irritiert, reichte Marike aber dann höflich die Hand. Ob sie wohl wusste, wer Marike war? Frieda tat sie leid. Entweder sie hatte gar keine Ahnung und wurde auf sehr schäbige Weise hintergangen, oder sie ahnte etwas und sah sich nun der Freundin ihres Mannes gegenüber. Beides keine schöne Vorstellung.

Als die drei sich nach kurzem höflichem Geplauder voneinander verabschiedet hatten, stand Frieda auf. »Ich sehe mal nach Marike«, sagte sie. »Danke für das Bier!«

»Hey, jetzt warte doch mal. Ich kann dich doch später nach Hause bringen!«

»Du wohnst in Findorff«, erinnerte sie ihn. »Das liegt nicht mal annähernd in meiner Richtung. Wir sehen uns bald, Tom! Lass uns die Tage telefonieren.«

Als sie sich abwandte und zu ihren Freundinnen ging, fühlte sie sich stark und erwachsen. Sie war froh, dass sie auf seinen Flirt oder was immer das hatte werden sollen, nicht eingegangen war.

*

Beim gemeinsamen Kater-Brunch am nächsten Morgen verkündete Marike, dass sie beschlossen hatte, die Beziehung zu Matthias zu beenden. Sie sah müde aus, hatte Augenringe und strubbeliges Haar. Frieda fand, sie sah aus, als hätte sie sich die restliche Nacht damit um die Ohren geschlagen, sich zu fragen, was denn nun das Richtige wäre.

»Das ist doch alles ein Witz«, sagte Marike und ließ offen, was sie damit meinte. Wütend biss sie in ein Croissant.

»Hey, das kann auch nichts dafür.« Frieda legte ihr die Hand auf den Unterarm, um sie zu beruhigen. Es war Sonntagmorgen. Die beiden Frauen saßen sich in einem Café in der Innenstadt gegenüber, Marike auf der Bank, Frieda mit dem Rücken zum Gastraum. Kira wollte für die anstehende Woche vorarbeiten und hatte sich daher entschuldigt. Hanna plante, den Tag mit ihrer Familie zu verbringen. So waren Marike und Frieda nur zu zweit. Es gab Orangensaft, Müsli, Spiegelei und Aufschnitt sowie frische Brötchen und für beide ein Gläschen Prosecco, um die Nachwirkungen des Vorabends zu bekämpfen. Marike hielt im Kauen inne. »Du hast recht. Diese Kalorien sollten gebührend genossen werden«, schmatzte sie dann etwas langsamer. Sie erklärte Frieda, wie sie sich fühlte. Ihn mit einer Frau zu sehen, die ihr noch dazu sympathisch war, und zu der Betrogenen nun ein Gesicht zu haben, hatte sie ihr Verhalten überdenken lassen. Zwar war sie immer noch der Meinung, es wäre nicht in erster Linie sie, die Schuld an dieser Affäre hatte, aber wer hatte schon Schuld, wenn man sich verliebte? Es war an der Zeit, mehr für ihr Karma zu tun.

»Aber du wirst ihr nichts davon erzählen, oder? Wie heißt sie überhaupt?«, wollte Frieda wissen und beobachtete ihre Freundin besorgt.

»Diana. Wieso ist das wichtig? Und nein, natürlich werde ich ihr nichts von Matthias und mir erzählen. Es ist vorbei. Das ist wirklich nicht meine Aufgabe.«

»Ich bin stolz auf dich!«, gab Frieda zurück und sie meinte es ehrlich. Marike war schließlich in Matthias verliebt gewesen. Sicher war sie es immer noch. Gefühle vergingen bekanntlich nicht von heute auf morgen. Auch wenn er ein betrügerischer Mistkerl war. Dass sie sich für die Moral und gegen ihr Herz entschieden hatte, rechnete Frieda ihr hoch an. »Wie geht es dir nun damit?«

»Gut, gut. Ich komme schon darüber hinweg.«

»Da bin ich sicher. Du bist doch unsere Powerfrau!«

»Ich mag den Begriff übrigens nicht«, grummelte Marike.

Frieda stutzte. »Wieso nicht?«

»Weil es impliziert, dass nicht jede Frau eine starke Frau ist. Den Begriff Powermann gibt es ja schließlich auch nicht.«

»Okeeey«, gab Frieda gedehnt zurück und verbiss sich ein Grinsen. Marike war in Fahrt. Aber die Gründe dafür lagen ja auf der Hand.

Dann beendeten sie das unleidige Thema und sprachen stattdessen über die Eröffnung des Buchladens, die immer näher rückte. Bald würde die »Bücherwelt« wieder ihre Türen für die Kunden öffnen. »Selbst die unerschütterliche Clara wirkt so langsam nervös«, sagte Frieda.

*

Als sie nach dem Brunch mit Marike nach Hause kam und überlegte, ob sie ein Mittagsschläfchen auf dem Sofa machen oder mit ihren Eltern Kaffee trinken sollte, klingelte ihr Handy. Sie ging ran, ohne einen Blick auf das Display zu werfen.

»Hallo?«, meldete sie sich schnaufend. Nach dem Aufstieg ins Dachgeschoss ging ihr Atem trotz regelmäßiger Workouts manchmal immer noch schneller. Vor allem nach einer durchzechten Nacht.

»Frieda, hej«, hörte sie Jonathan sagen.

Ihr Herz machte einen erschrockenen Satz. Dann schloss sie die Augen und lehnte sich mit der Stirn an die Wand. Der hatte ihr gerade noch gefehlt.

»Frieda?«

»Jonathan, hi.« Frieda wechselte ins Schwedische: »Warum rufst du an?«

»Warum so kurz angebunden?« Er lachte gekränkt auf. »Ich wollte wissen, wie es dir geht. Deine Stimme hören. Mich bei dir melden.«

»Es geht mir wun-der-bar«, betonte Frieda. »Einfach großartig.«

»Das ist schön zu hören.«

Frieda entgegnete nichts, und so fuhr Jonathan fort. »Ich wollte nie, dass es dir nicht gut geht. Ich wollte dir nie wehtun«, sprudelte er hervor. »Es ist eben passiert.«

Frieda fragte sich, woher das auf einmal kam und ob das alle Menschen sagten, die ihren Partner oder ihre Partnerin verletzt hatten. War ihnen der Umstand, dass ihr Verhalten schmerzte, vorher nicht bewusst?

Wenn man jemandem nicht wehtun wollte, tat man es nicht, oder? Zumindest würde man doch einen anderen Abgang wählen als jenen, für den sich dann doch die allermeisten entschieden: nämlich zu gehen, wenn es bereits eine andere Liebe gab.

Sie schwieg weiterhin. Sie wusste nicht, was sie dazu sagen sollte. In den letzten Wochen in Schweden war sie viel zu verständnisvoll gewesen. Sie hatte Jonathan beweisen wollen, was für eine starke und unabhängige Frau sie doch war. Insgeheim hatte sie gehofft, dass er sich dann wieder in sie verlieben könnte, wenn sie ihm eine bessere Version von sich zeigte als die, wie sie sich eigentlich fühlte: gedemütigt, hoffnungslos und unendlich traurig. Fast schämte sie sich jetzt dafür, dass sie ihn nach allem, was er ihr angetan hatte, immer noch zurückhaben wollte. Und dass sie sich nicht zu schade war, sich dafür zu verstellen.

»Honey?«

Gut, diese dusseligen Kosenamen hatte sie noch nie gemocht.

»Ja, ich bin noch dran«, knurrte sie.

»Ich würde dich gern besuchen kommen. Passt es dir am kommenden Wochenende?«

»Nein!«, antwortete Frieda entsetzt. Nicht nur fand am kommenden Wochenende die Eröffnung statt, sie verspürte auch nicht die geringste Lust, sich mit Jonathan zu treffen und ihm die Gelegenheit für weitere Entschuldigungen zu geben.

»Okay.« Er klang eingeschnappt. »Ein anderes Mal? Ich schaue in meinen Kalender …«

»Jonathan, nein«, sagte Frieda nun bestimmt. Sie hatte sich inzwischen ins Wohnzimmer gesetzt und lehnte sich auf dem Sofa zurück. Erneut schloss sie die Augen. »Ich möchte nicht, dass du mich hier besuchen kommst. Ich brauche einen Neuanfang.«

»Warum auf einmal, Honey?«

»Wie bitte?« Empört riss sie die Augen wieder auf und setzte sich gerade hin.

»Ich hatte bisher den Eindruck, die Trennung wäre wie eine Pause.«

»Du wirst Vater, Jonathan«, sagte sie langsam und deutlich, als spräche sie mit einem Kind.

»Das Kleine ist nicht von mir.«

»Nun, du hast Astrid ja trotzdem geliebt«, entgegnete Frieda ungerührt. »Dann macht ihr jetzt eben einen auf Patchworkfamilie.« Ihr fiel auf, dass sie sich nicht darüber freute, dass Jonathan einen Rückzieher machen wollte. Sie empfand nicht einmal Schadenfreude darüber, dass seine Geliebte ihn genauso betrogen hatte wie er sie. Fast, aber nur fast, hatte sie sogar Mitgefühl mit ihm, da er nun doch kein Vater werden würde. Er hatte es sich damals sehr gewünscht.

»Frieda, Liebes, du fehlst mir. Bitte lass uns doch nicht einfach so zehn Jahre wegwerfen! Komm zu mir zurück, zu uns! Komm wieder in unser Leben!«

*

Die Eröffnungswoche gestaltete sich turbulent. Nicht nur, dass Frieda mit ihren Gedanken immer wieder woanders war, es tauchten auch ständig neue Probleme auf. »Herausforderungen«, wie Kira es nannte, als Frieda ihr in der Mittagspause ihr Leid klagen wollte. »Probleme« klang zu negativ. »Herausforderungen« nach etwas, was gelöst werden konnte.

»Die Bücher werden nicht geliefert«, jammerte Frieda. »Der Händler sagte, sie seien schon längst auf dem Weg. Aber die Sendungsverfolgung lässt sich nicht aktualisieren, deshalb wissen wir nicht, wo die Lieferung steckt!«

»Bitte beruhige dich! Es ist erst Montag. Ihr habt noch vier volle Tage Zeit!«

»Du hast ja keine Ahnung! Wenn sie erst am Freitag ankommen, schaffen wir es doch gar nicht mehr, sie ordentlich einzuräumen!«

»Atmen nicht vergessen!«, erwiderte Kira ungerührt und pikste ein störrisches Salatblatt auf. »Und du solltest etwas essen. Ein Kaloriendefizit ist das Letzte, was du jetzt gebrauchen kannst.«

»Das Letzte, was ich jetzt gebrauchen kann, ist Jonathan«, seufzte Frieda und schaute trübselig auf ihr bisher kaum angerührtes Sandwich.

Kira hielt mitten in der Bewegung inne. Die Gabel verharrte für einen Moment vor ihrem Gesicht. »Wieso Jonathan?«, fragte sie und führte die Gabel dann doch zum Mund. Währenddessen sah sie ihre Freundin unentwegt an und wartete auf eine Antwort, an der Frieda noch feilte.

Jonathans Anruf und erst recht seine Worte hatten sie ganz schön aus der Bahn geworfen. Nachdem er sie gebeten hatte, von vorne anzufangen, hatte sie einfach aufgelegt und seine folgenden Anrufe ignoriert. So weit, so kindisch. Nach einem nachdenklichen Sonntagabend hatte sie der immer so schlauen Kira daher am Montagmorgen eine Nachricht geschickt und gefragt, ob sie Lust auf ein gemeinsames Mittagessen hätte. Und da waren sie nun.

»Er rief mich gestern an und bat mich um einen Neuanfang«, erklärte Frieda unglücklich und ließ die Schultern hängen. Dabei starrte sie noch immer auf ihr Mittagessen, als könnte das Brot ihr gleich einen guten Ratschlag geben.

»Der spinnt ja wohl.«

»Ja, das dachte ich auch.«

»Was hast du gesagt?«

»Ich habe aufgelegt.«

Kira musste lachen. »Sehr erwachsen.«

»Ich weiß«, gab Frieda kichernd zurück und fühlte sich mit einem Mal schon viel besser. »Das war wohl eine Schutzreaktion«, meinte sie. »Sonst hätte ich womöglich Ja gesagt.«

»Wie du es schon einmal getan hast. Vor etwa zehn Jahren.«

»Kira! Ich habe Jonathan aufrichtig geliebt. Und er mich auch.«

»Jaja, wie auch immer. Was willst du jetzt tun?«

»Ich dachte, du könntest mir das sagen.«

»Ich? Was habe ich denn damit zu tun?«

Frieda zuckte mit den Schultern. »Du bist meine beste Freundin. Und ich kenne niemanden, der die Dinge so klar angeht wie du. Wenn ich einen Rat brauche, denke ich immer zuerst an dich. Ehrlich gesagt, Hanna würde sicher dazu tendieren, Jonathan zu verzeihen. Marike würde rufen ›Ich glaube, mein Schwein pfeift, der traut sich was!‹, aber du bist diejenige, die die Dinge abwägt. Ich glaube, das brauche ich jetzt am ehesten.«

»Marike würde sicher nicht rufen ›Ich glaube, mein Schwein pfeift‹.«

»Du weißt, was ich meine.« Frieda warf ihr einen langen Blick zu und nahm dann endlich ihr Sandwich in die Hand. »Also, ich höre«, forderte sie ihre Freundin grinsend auf. »Was hast du Schlaues dazu zu sagen?«

Natürlich hatte auch Kira kein Allheilmittel für Friedas Kopfchaos parat. Aber es hatte Frieda geholfen, Kiras Sicht auf das Beziehungsende und einen möglichen Neuanfang zu hören. Sie hatte zunächst eine klassische Pro-und-Kontra-Liste vorgeschlagen. Frieda sollte sich notieren oder überlegen, was dafürsprach, in Bremen zu bleiben, und welche Argumente sie für eine Rückkehr nach Schweden und zu Jonathan hätte. Doch schlussendlich fand auch die rationale Kira, dass Frieda am besten auf ihr Herz hören sollte. Wenn sie Jonathan noch liebte und bereit war, ihm seine Affäre zu verzeihen, dann sollte sie ihm eben in Gottes Namen eine zweite Chance geben. Die Liste sollte sie aber trotzdem schreiben, hatte sie am Ende des Mittagessens noch geraten. Denn manchmal ließ sich auch das Herz von den harten Fakten überzeugen, die schwarz auf weiß auf dem Papier standen. Konnte man jemanden lieben, der einen so verraten hatte?

Die Liste war tatsächlich sehr hilfreich. Eigentlich hatte Frieda gar nicht mehr daran gedacht, dass sie zu

Jonathan zurückziehen wollte. Doch nun, da dieses Angebot im Raum stand, konnte sie nicht anders, als es in Betracht zu ziehen. Sie hatte gerne in Schweden gelebt. Mit Jonathan verband sie schöne Jahre und eine Menge wundervoller Erinnerungen. Auch wenn sie es nicht so gerne zugab, das Leben an der Seite eines wohlhabenden Mannes hatte durchaus seine Vorteile. Auf der Kontra-Seite kam deutlich mehr zusammen: Sah Frieda von dem Betrug und davon ab, wie sehr Jonathan sie wissentlich verletzt hatte, blieben immer noch Groll und Trauer darüber, dass er bereit gewesen war, mit einer anderen Frau ein Kind großzuziehen und Frieda bei der erstbesten Gelegenheit aus diesem Grund hatte sitzen lassen. Und das nach der schweren Zeit, in der sie feststellen mussten, dass sie gemeinsam keine Kinder bekommen konnten. Frieda wurde klar, wie hintergangen sie sich fühlte, und ihr Herz machte einen Schritt in Richtung »Bremen«. Die Buchhandlung und das Gefühl, seit langer Zeit wieder etwas nur für sich zu tun, kamen als weitere Punkte auf der Kontra-Seite hinzu. Ihre Freundinnen kamen dazu. Tom auch. Ihre Familie.

Als ihr nichts mehr einfiel, betrachtete sie zufrieden ihren vollgeschriebenen Zettel und atmete tief durch. Eigentlich hatte die Liste nur bestätigt, was sie ohnehin schon wusste. Sie gehörte wieder hierher. Das müsste sie jetzt nur noch Jonathan verklickern.

*

Die Wochen zogen ins Land. Es wurde finsterer Herbst, dann Winter, der mich, gerade weil er mit festlicher Stimmung und glänzenden Lichtern aufwartete, noch übler gelaunt stimmte als Dauerregen und die grimmigen Mienen, die Menschen bei Schlechtwetter zur Schau tragen.

Mir war, als fehlte ein Stück meines Körpers. Dass Coco nichts von sich hören ließ, machte mich mal traurig und mal wütend. Oftmals verstand ich aber auch, dass sie mit allem abschließen wollte, was hinter ihr lag. Sie hatte eine waghalsige Reise auf sich genommen, um ein neues Leben zu beginnen. Aus welchem Grund sollte sie also zurücksehen? Wäre es nicht auch für mich besser, Altes zu kappen und frohen Mutes in die Zukunft zu blicken? Jedoch komme ich nicht umhin, mich zu fragen: Wann ist es Zeit, die Hoffnung auf Liebe aufzugeben? Und wann lohnt es sich, daran festzuhalten? Ist allein die Tatsache, dass ich mir die Frage stelle, schon ein Zeichen für Ersteres?

Ich versuchte, mich in Cocos Welt zu träumen. Was tat sie dort drüben? Was erlebte sie? Ich hätte sie natürlich suchen können, doch ich glaubte nicht, dass sie das wollte. Daher unterließ ich es. Stattdessen las ich die Zeitungen noch intensiver. Nur um zu erfahren, was im anderen Teil Deutschlands passierte. Sofern das überhaupt möglich war. Ich verstand nach wie vor nicht, wie man sich freiwillig in ein derart abgeschottetes Land begeben konnte. Bei meiner Suche nach Antworten geriet ich an Gustav Dahmer, einen Journalisten beim Weser-Kurier, der hin und wieder bei mir einzukaufen pflegte. Eines Samstags vertrieb er sich die Zeit in meinem Laden, und wir kamen ins Gespräch. Ganz wie es für einen Journalisten typisch ist, witterte er aufgrund meiner trübseligen Stimmung wohl eine Geschichte, und er fragte mich auf den Kopf zu, was mir so die Laune verhagelt hätte. Es war Anfang Dezember, draußen regnete es junge Hunde, und Herr Dahmer war an diesem Tag mein einziger Kunde gewesen. Nun ging es schon auf die Schließung zu, und da ich bei dem Wetter niemanden vor die Tür schicken wollte, nahmen wir Platz, ich holte einen Brandy und wir begannen zu plauschen.

»Die DDR begegnet den Zugereisten nicht unbedingt mit Wohlwollen«, wusste Dahmer zu berichten. Er zog zwei Zigarren hervor und bot mir eine an. Genüsslich saßen wir in den Sesseln, pafften und tranken den Brandy. »Es gibt sogenannte Aufnahmeheime, in denen die Gesinnung der Ankömmlinge überprüft wird.«

Ich schwieg und dachte an Coco, die vermutlich in einem dieser sozialistischen Internate, wie der Journalist sie beschrieb, darauf wartete, endgültig einreisen zu dürfen.

»Warum treibt es die Menschen in die DDR?«, wollte ich wissen.

»Meistens die Liebe«, sagte Dahmer. Wieder schwieg ich. Dieses Mal aus Betroffenheit. War Coco doch in ihren Verlobten verliebt? Und gar nicht in mich? Gleich darauf schalt ich mich innerlich. Natürlich liebte sie ihren Verlobten. Auf irgendeine Weise. Sie wollte schließlich ihr Leben mit ihm teilen.

»Was erleben die Menschen in den Heimen?«, wagte ich zu fragen.

Dahmer wiegte den Kopf. »Es gibt nicht viele Zeugen«, meinte er. »Ich habe von einem Jungen gehört, gerade 19 Jahre alt. Der wurde eines Nachts in einen Kleintransporter geladen und zur Grenze zurückgebracht. Er durfte nicht einreisen. Man war von seiner Gesinnung nicht überzeugt und hielt ihn für einen Spion.«

»Und?« Ich wartete gespannt auf eine Antwort. Ich hoffte, die Menschen in den Heimen würden mit Respekt behandelt.

»Die Durchleuchtung und Verhöre müssen an die Substanz gehen«, antwortete Dahmer. »Warum willst du das alles wissen?« Sein journalistisches Näschen juckte. »Kennst du jemanden, der es versuchen will?«

Ich blies den Rauch in die Luft und ließ mir Zeit mit einer Antwort. »Könnte sein«, sagte ich schließlich. »Ich weiß nichts Genaues.«

Dahmer lächelte traurig und fragte nicht weiter. »Eine Frau«, murmelte er noch wissend. Und ich nickte nur.

*

Nachdenklich ließ Frieda das Manuskript sinken. Sie hatte es sich mit einem heißen Tee auf dem Sofa gemütlich gemacht. Draußen regnete es junge Hunde, wie es der geheimnisvolle Autor im Buch beschrieben hatte. Es war spät geworden. Der Stundenzeiger ging auf die Zwölf zu, doch Frieda war hellwach. Jonathan, der Buchladen, es war gerade viel los in ihrem Leben und in ihrem Kopf. Sie ließ den Nacken kreisen, um ihn zu entspannen, und dachte an Coco und die DDR, an den Schriftsteller, der seine große Liebe verloren hatte. Dass sie jetzt hier saß und fast 50 Jahre später in das Leben dieser Menschen eintauchte, war sonderbar. Noch konnte sie nicht mit Bestimmtheit sagen, ob die Geschichte auf wahren Begebenheiten beruhte, doch Frieda spürte, dass es so sein musste.

Mit einem Ruck fuhr sie auf. Wahre Begebenheiten, dachte sie. Wenn Coco tatsächlich als Westflüchtling in die DDR gezogen war, musste es darüber Aufzeichnungen geben! Das war doch kein alltägliches Ereignis. In der Schule hatte sie jedoch nichts darüber gelernt, sofern sie sich erinnern konnte. Oder hatte sie nur nicht richtig aufgepasst? Sie griff nach ihrer Tasse und trank den letzten Schluck lauwarmen Früchtetees. Wo würde man wohl Informationen über solche Geschehnisse bekommen? Sie beschloss, es im Bremer Staatsarchiv zu versuchen, sobald sie ein wenig Zeit dafür hätte. Und alles andere würde sich sicher auch bald fügen, dachte sie mit Blick auf die Pro-Kontra-Liste, die sie am Nachmittag erstellt hatte, und den Aufgabenzettel mit allen Dingen, die es noch für die Eröffnung zu erledigen galt.

Kapitel 13

In der Nacht träumte Frieda schlecht. Sie war in einem Aufnahmeheim untergebracht und wartete darauf, zu Jonathan reisen zu dürfen. Wiederholt wurde sie zu ihren Absichten befragt, doch immer, wenn sie den Mund öffnete, um eine Antwort zu geben, kam kein Ton über ihre Lippen. Der Mann, der die Unterredung mit ihr führte, wurde immer ärgerlicher. Schweißgebadet wachte Frieda schließlich auf. Ihr Herz klopfte wild. Was war das nur für ein wirrer Traum gewesen? Es war schon hell in ihrem Zimmer. Der Himmel war blau, als hätten die Wolken vom Vorabend sich komplett leer geregnet und sich deshalb fürs Erste verzogen. Sie nahm ihr Handy vom Tischchen neben ihrem Bett und stellte fest, dass es zwar früh, aber nicht zu früh war, um aufzustehen. Jetzt hatte sie erst mal einen starken Kaffee nötig! Weil sie nicht allein sein wollte, lief sie hinab in die Küche ihrer Eltern, in der Hoffnung, dass sie ebenfalls schon wach waren.

»Guten Morgen!«, grüßte ihre Mutter überrascht. Sie saß mit einem großen Becher Milchkaffee auf der Küchenbank und las Zeitung. »Du bist aber früh auf.«

»Morgen«, gähnte Frieda zur Antwort. »Schlecht geschlafen«, fügte sie als Erklärung hinzu und grinste schief. Sie nahm sich einen Kaffee und setzte sich zu ihrer Mutter. Auf deren Nachfrage berichtete sie von ihrem Traum.

»Westflüchtlinge!«, wiederholte Ingrid erstaunt. »Klar, das hat es auch gegeben. Aber sehr vereinzelt. Ich erinnere mich an niemanden in meinem Umfeld«, überlegte sie und fügte an: »Aber ich hatte Freunde, die gern über die Vorteile des Sozialismus diskutierten. Auch wenn man natürlich wusste, was dort vor sich ging. Oder glaubte, es zu wissen.«

»Wie war es bei dir? Was hast du von der DDR gehalten?«, wollte Frieda wissen. Jetzt, mit dem Wissensstand, den man heute hatte, war es leicht, darüber zu urteilen und sich eine Meinung zu bilden. Aber wie war das damals gewesen? Waren nicht tatsächlich einige von der westlichen Politik enttäuscht gewesen?

»Auch wenn wir damals kein Internet hatten und sich Nachrichten nicht so schnell verbreiteten, haben wir ja nicht hinterm Mond gelebt. Man wusste damals, wie die Menschen in der DDR lebten, dass es zu Erschießungen an der Grenze kam, dass ihre Freiheit arg eingeschränkt war.« Sie machte eine Pause. »Aber es war auch bekannt, dass Ostdeutsche für wenig Geld Wohnungen mieten konnten und dass es praktisch keine Arbeitslosigkeit gab«, fügte sie hinzu. »Damals haben wir an einem von der Stadt organisierten Ausflug teilgenommen. Wir sind mit einem Reisebus nach Eisenach zur Wartburg gefahren.«

»Davon habt ihr nie erzählt«, warf Frieda ein. »Wie war das?«

Ingrid überlegte. »Interessant«, meinte sie schließlich. »Es war Deutschland, das wussten wir natürlich. Aber es war auch fremd. Der Kaffee schmeckte komisch. Die Toiletten und die Rohre sahen ganz anders aus als bei uns. Landschaftlich war es wunderschön«, schob sie ein, »aber insgesamt wirkte es runtergekommen.«

»Mhm«, machte Frieda.

»Ich habe damals nicht gedacht, dass es wieder ein Deutschland geben wird«, gestand Friedas Mutter.

Frieda staunte. »Nicht?«

»Nein. Wir haben es zwar gehofft, und später, als es mit den Demos losging, wurde es auch greifbarer. Aber da war auch eine Zeit, in der ich mir das nicht vorstellen konnte.«

»Für mich ist es kaum mehr vorstellbar, dass zwischen uns eine Grenze verlief«, meinte Frieda nachdenklich.

»Und das ist auch gut so«, fand Ingrid. Nach einer Pause, in der sie schweigend ihren Kaffee tranken, wechselte sie das Thema und kam auf Friedas wirren Traum zurück. »Und was hat es damit auf sich, dass du nicht zu Jonathan konntest? Wieso Jonathan?« Argwöhnisch sah sie ihre Tochter an. »Gibt es da etwas, was du mir verschweigst?«

Frieda musste grinsen. Ihrer Mutter etwas zu verheimlichen, war noch nie einfach gewesen. »Nein«, erwiderte sie. »Ich will nicht zu Jonathan zurück. Allerdings …«

»Ja?«

»Er hat mich am Wochenende angerufen. Er würde sich über eine zweite Chance freuen.«

»Oha.«

»Ja. Oha.«

»Was hast du ihm gesagt?«

»Ich habe aufgelegt.«

Darüber musste Ingrid genauso schmunzeln wie Frieda am Tag zuvor, als sie mit Kira gesprochen hatte. »Meinst du, er hat das verstanden?«, fragte sie.

»Ich werde mich bald bei ihm melden«, versprach Frieda. »Damit alles geklärt ist. Aber erst nach der Eröffnung. Ich habe gerade keinen Kopf dafür.«

»Du solltest es nicht auf die lange Bank schieben«, wandte Ingrid ein. »So was lässt sich nicht einfach ignorieren.«

*

Nachdem Frieda geduscht und gemütlich mit ihrer Mutter gefrühstückt hatte, erhielt sie einen Anruf von Clara, dass die bestellten Bücher endlich eingetroffen waren. »Die beiden Lieferanten waren ziemlich überrascht, mich wieder im Laden anzutreffen«, berichtete sie am Telefon und kicherte.

Frieda versprach, sich gleich auf den Weg zu machen.

Als sie kurz darauf gemeinsam die bestellten Bücher wegräumten, gestand Clara, dass sie schon lange nicht mehr so froh gewesen sei wie in den letzten Wochen. »Gregor hätte das alles sehr gefallen«, vertraute sie Frieda an. »Dass ich nach so langer Schließzeit wiedereröffne. Sogar mit neuer Partnerin. Er wäre sehr glücklich darüber gewesen, dass der Laden seiner Eltern fortgeführt wird.« Sie lächelte, versunken in der Erinnerung an ihren verstorbenen Mann. »Gregor war nicht unterzukriegen, weißt du? Hat immer an das Gute in der Welt geglaubt. Es gelang ihm, jeden aufblitzenden Hoffnungsschimmer einzufangen«, erzählte sie liebevoll. »Er war ein Menschenfreund, anders kann man es nicht sagen. Ich glaube nicht, dass es jemals jemanden gab, den er nicht mochte. Nun, vielleicht meinen damaligen Freund«, sie lachte leise. »Als wir uns kennenlernten, ging ich mit einem anderen Mann. Um mein Glück mit Gregor zu finden, musste ich ein paar Hindernisse überwinden.«

Frieda sah Clara an und glaubte ihr aufs Wort. Sie war eine so kluge und unerschütterliche Frau. Dass sie es im Laufe ihres Lebens mit einigen Herausforderungen zu tun und diese beherzt bewältigt hatte, stand für Frieda außer Frage. »Es ist schade, dass ich ihn nicht kennenlernen konnte«, entgegnete Frieda nun behutsam. »Ich hätte ihn sicherlich gemocht.«

»Das glaube ich auch. So!« Sie klatschte voller Tatendrang in die Hände. »Wenn sich das gute Wetter hält und wir die Außenflächen nutzen können, spricht nichts dagegen, dass wir die Fotogalerie hier im Laden aufbauen. Dann gibt es kein Gedränge.« Sie sah sich um und zeigte auf die linke Wand des Ladens, die noch frei von Regalen war. Frieda und Clara hatten sich überlegt, auch nach der Eröffnung dort ein paar Bilder aus den vergangenen Jahrzehnten zu zeigen.

»Und wenn es doch noch regnet?«, gab Frieda zu bedenken.

»Dann müssen wir die Ausstellung eben verkleinern. Oder eine Diashow daraus machen. Digital mit Beamer, oder wie das heute heißt«, ergänzte Clara.

»Perfekt. Du hast an alles gedacht.«

»Dein Vater weiß auch schon Bescheid. Er könnte die Bilder kurzfristig digitalisieren, sagt er.«

Bernd hatte sich mit Begeisterung an die Arbeit gemacht, Fotos ausgewählt, Rahmen und Staffeleien besorgt und kleine Schildchen angefertigt, auf denen beschrieben wurde, was auf den Fotos zu sehen war. Frieda hatte bereits einen Blick auf die ersten Bilder werfen dürfen und fühlte Dankbarkeit, ein Teil der Geschichte dieses Buchladens sein zu dürfen. Gregors Eltern hatten das Geschäft in einer schwierigen Lebenssituation aufgebaut – der Zweite Weltkrieg war noch nicht lange vorbei, die meisten Menschen hatten nur noch das Nötigste, es herrschte Trauer über Verstorbene, Verwundete und Kriegsgefangene, die noch nicht wieder zurückgekehrt waren. Mit der Buchhandlung wollten die Müllers ein Stück Freude in den Stadtteil zurückbringen. Es wurden günstige Bücher angeboten, heimlich Kaffee und Ostfriesentee ausgeschenkt, wofür man eigentlich eine Erlaubnis benötigt hätte, und man war ganz einfach füreinander da. Es gefiel Frieda, diese Tradition wieder aufzunehmen. Und wer weiß, vielleicht würde auch sie eines Tages Kaffee und Tee in der »Bücherwelt« anbieten. Egal, wie sehr Kira – liebevoll – darüber spotten mochte.

*

Am Nachmittag, nachdem alle Bücher ihren Platz in den Regalen gefunden hatten, beschloss Frieda, mit der Recherche zum Autor des geheimnisvollen Manuskripts fortzufahren. Sie war zu neugierig, als dass sie damit bis nach der Eröffnung warten könnte. Das Bremer Staatsarchiv war ein überraschend schmuckloser Kasten unweit der Innenstadt. Frieda meinte, als sie davorstand, sich dunkel daran zu erinnern, während ihrer Schulzeit schon einmal hier gewesen zu sein. Das Gebäude war verglast und kantig. Sie hatte sich unter einem Archiv etwas Romantischeres vorgestellt.

Sie trat ein und meldete sich an. Der freundliche Herr am Empfang stellte sich als Gert Fischer vor, fragte nach dem Grund ihres Besuchs und bot seine Hilfe an. Sie erklärte, dass sie auf der Suche nach Bremer Bürgern sei, die 1978 in die DDR ausgereist waren. Weil ihr der Mann vom ersten Moment an sympathisch war und er hinter seinen Brillengläsern so klug und hilfsbereit dreinblickte, erzählte sie ihm spontan von dem gefundenen Manuskript.

»Ach, das ist ja eine dolle Geschichte«, freute er sich. »Das ist mal etwas anderes als immer nur Schulklassen und pensionierte Studienräte!« Er grinste schelmisch. »Ich schlage Ihnen vor, dass Sie es zunächst in den Zeitungsarchiven probieren. Ein Bremer, der mitten im Kalten Krieg in den Osten ziehen wollte, war sicher eine Meldung wert«, meinte er. »Sie können die Ausgaben auf Mikrofilm ansehen. Ich zeige Ihnen, wo Sie die Filme in Ruhe durchstöbern können und wie das Lesegerät funktioniert. Kommen Sie mit«, forderte er Frieda auf. Sie folgte ihm durch den langen Flur bis zu einem großen Raum, der von einer Front tiefer Fenster in helles Licht getaucht wurde und in einen Innenhof zeigte. »Hier ist einer unserer Lesesäle«, sagte er mit gedämpfter Stimme, aus Rücksicht auf die beiden grauhaarigen Frauen, die hier saßen und in Dokumente vertieft waren, »Studienrätinnen«, flüsterte er und senkte seine Stimme um weitere Dezibel. Er kicherte, und Frieda konnte nicht anders, als mit einzustimmen.

»Das sind unsere Mikrofilmlesegeräte«, er wies auf eine Apparatur auf einem der Tische. »Ich besorge Ihnen gleich die entsprechenden Filme. Und die Akten kann ich auch für Sie heraussuchen. Den Namen kennen Sie nicht?«

Frieda wiegte bedauernd den Kopf. »Nein, leider nicht. Der Spitzname der Frau war Coco. Sie ist im Jahr 1978 gemeinsam mit einem Verlobten, der mutmaßlich Hans hieß, sowie ihrem Vater ausgereist.« Frieda hoffte, dass der Autor den Namen des Verlobten nicht geändert hatte, wobei sie mittlerweile vermutete, dass auch der verstorbene Rolf Jestermann in Wahrheit anders geheißen hatte. Sicher hatte der Autor so die Privatsphäre der Personen wahren wollen. Anders als bei den Protagonisten, deren Namen bisher nicht im Manuskript erwähnt worden waren.

»Und der Vater war Bremer?«

»Genau. Coco selbst hat wohl in Berlin gelebt. Leider weiß ich nicht, unter welcher Adresse, wie lange oder ob sie dort überhaupt gemeldet war.« Frieda spürte, wie eine altbekannte Röte ihr Gesicht überzog und es ganz warm werden ließ. »Entschuldigen Sie«, raunte sie Gert Fischer zu. »Sie halten mich bestimmt für schrecklich naiv. Ich komme hierher mit nichts als einer Jahreszahl und einem Spitznamen und hoffe, eine Lebensgeschichte zusammensetzen zu können.«

»Aber nicht doch!«, hielt Gert Fischer dagegen. »Wenn sich junge Menschen für die gute alte Zeit interessieren, geht mir das Herz auf! Ganz egal, mit wie vielen Informationen sie hier ankommen. Dass Ihr Entdeckergeist von einem alten Manuskript entfacht wurde, ist das Schönste, was mir in den vergangenen Wochen hier untergekommen ist.« Er strahlte Frieda an.

»Danke.« Sie lächelte zurück.

»So, nun wollen wir keine Zeit verlieren. Ich schaue nach den Akten über den Vater. Einen Umzug in die DDR haben wir bestimmt vermerkt. Und die Mikrofilme der Zeitungen bringe ich Ihnen auch gleich. Welcher Monat war das?«

»Es müsste der Sommer gewesen sein. Juli, August. Vielleicht September.«

»Gut. Ich bin gleich zurück.«

Frieda nickte und bedankte sich. Dann nahm sie an dem Tisch Platz, auf dem das Lesegerät stand, und schaute sich um. Die beiden Frauen waren inzwischen leise wispernd in ein Gespräch vertieft. Sie wirkten entspannt und lachten immer wieder miteinander. Wenn sie tatsächlich beruflich hier waren, bereitete ihnen ihr Job offenbar eine Menge Freude. Frieda dachte, dass es ihr früher mit dem Schreiben ähnlich gegangen war. Es hatte sich nie wie Arbeit angefühlt, eher wie ein schönes Hobby. Erst in den letzten Monaten, vielleicht in den vergangenen ein oder zwei Jahren, war ihr kreativer Geist erschöpft und es war mühsam geworden, die richtigen Worte für die Kolumne und erst recht für den schleppend vorangehenden Roman zu finden. Plötzlich fiel ihr auf, dass ihr die Arbeit rund um den Buchladen wiederum gar nicht schwerfiel. Sie dachte an Clara und daran, wie sie gemeinsam bei Tee alles Wichtige besprachen, den Instagram-Account managten und den Laden einrichteten. Es hatte so viel Spaß gemacht, die Bücher auszuwählen, und sie konnte es inzwischen kaum mehr erwarten, die Türen zu öffnen und im Geschäft zu stehen.

Kurz darauf brachte Gert Fischer die Mikrofilme. Es handelte sich dabei um kleine Spulen, die mit dem Namen der Zeitung und einem Datum beschriftet waren. »Wir haben den Weser-Kurier und die Bremer Nachrichten. Letztere sind eine der ältesten Tageszeitungen der Welt«, kommentierte er, und Frieda war ehrlich beeindruckt. Dann nahm er eine Rolle, spannte sie ein und schaltete den Monitor ein. Dabei erklärte er die einzelnen Schritte, damit Frieda ihn nicht für jede neue Spule rufen müsste. »Haben Sie verstanden, wie es funktioniert?«, wollte er im Anschluss wissen.

Frieda nickte und kam sich ein bisschen so vor wie damals in der Schule. Sie unterdrückte ein Grinsen. Aber es freute sie sehr, dass Gert Fischer so bemüht war und ihr alles zeigte.

»Nun will ich noch nach den Akten sehen«, versprach er. »Ich wünsche erst mal viel Erfolg. Und vor allem: viel Spaß.« Er zwinkerte ihr zu und ließ sie allein. Frieda richtete ihre Aufmerksamkeit auf den Bildschirm, auf dem, ähnlich einer heutigen Online-Ausgabe, die Artikel erschienen waren. Auf der Titelseite gab es einen großen Aufmacher über ein Gipfeltreffen europäischer Staaten, das in Bremen stattgefunden hatte. Man war in der Hansestadt offensichtlich mächtig stolz darauf, Gastgeber gewesen zu sein, und das Treffen hatte für Aufruhr in der Stadt gesorgt. Damals hatte man beschlossen, eine neue Währung namens ECU zu schaffen. Wohl der Vorläufer des Euro, dachte Frieda. Bis der schließlich eingeführt wurde, vergingen einige Jahre. Auffällig war aus heutiger Sicht außerdem das Bild dazu: Ausschließlich Männer hatten an dem wichtigen Treffen teilgenommen. Frauen an der Spitze von Regierungen gab es in Europa damals noch nicht. In einer anderen Ausgabe fand Frieda eine Meldung über fehlende Aufträge für die Großwerften der Stadt. Weil auch im Manuskript von einem Streik in den Werften die Rede war, las sie den Bericht genauer, fand jedoch keinen Anhaltspunkt, der ihr weiterhelfen würde. Auf den Sportseiten wurde gut einen Monat vor Beginn der neuen Bundesligasaison das ewige Auf und Ab der letzten Jahre der Werder-Elf diskutiert. Manche Dinge wiederholten sich eben immer wieder, dachte sie. Schnell ließ sie sich ablenken und tauchte fasziniert in den damaligen Alltag ein. Sie las von Ereignissen, die die Welt in Atem gehalten hatten, wie die Oppositionsbewegungen gegen das Schah-Regime im Iran und die Geburt des ersten Retortenbabys in London. Sie vertiefte sich in einen Artikel über Alice Schwarzer, aber auch in die Vielzahl kürzerer Berichte über fröhliche Stadtteilfeste, Ausstellungen und neu eröffnete Restaurants. Frieda hätte stundenlang weiterstöbern können. Zwischendurch informierte Gert

Fischer sie mit bedauernder Miene, dass es keine offiziellen Informationen über einen Bremer gab, der nach Ostberlin gezogen war. Auf seine Frage, ob Frieda etwas entdeckt hatte, schüttelte sie den Kopf.

»Ein bisschen Zeit haben Sie noch, bis wir schließen«, schmunzelte er, als er Friedas vor Aufregung erhitztes Gesicht und ihren Eifer bemerkte.

»Auch wenn ich nichts finde, habe ich eine Menge erfahren«, gab sie philosophisch zurück und grinste.

Gert Fischer stimmte ihr amüsiert zu. »So ergeht es unseren Besuchern meistens.«

Leider ergab Friedas lang anhaltende Suche in den alten Ausgaben der hiesigen Zeitungsverlage keine neuen Hinweise zu Coco und dem Autor. Kurz vor Schließzeit wurde Frieda von Gert Fischer aus ihrer Arbeit gerissen. Als sie ihm mitteilte, dass sie noch immer nicht wusste, von wem das Buch handelte, blickte er sie enttäuscht an. »Ich hoffe, Sie bleiben dran«, sagte er, während er sie zum Ausgang begleitete. »Und bitte informieren Sie mich, wenn Sie mehr in Erfahrung gebracht haben. Die Geschichte interessiert mich nun auch.« Er versprach, sich Gedanken zu machen, wo und wie sie noch an Informationen gelangen könnte, dann verabschiedeten sie sich voneinander.

*

Was für ein aufregender Tag, dachte Frieda, als sie abends im Bett lag und durch das kleine Fenster hinaus in den Nachthimmel blickte. Während sie in ihren späteren Wohnungen vor jedem Fenster Vorhänge angebracht hatte, war dieses Fenster immer frei geblieben. Sie sah die helle Mondsichel hinter dunstigen Schleierwolken und die scharfen Konturen der Giebelspitzen der Häuser gegenüber. Der Besuch im Staatsarchiv hatte sich gelohnt, auch wenn sie bisher nichts zum Autor des Manuskripts herausgefunden hatte. Wahnsinn, was dort alles verborgen lag! Geschichten und Geschichtchen, die nicht nur die ganz großen Ereignisse der Vergangenheit zeigten, sondern das ganz normale Leben von Bremer Bürgern. Ihren Alltag, ihre Freuden, ihre Sorgen.

Künstler und Künstlerinnen wie Frieda wurden manchmal – eigentlich meistens – ganz plötzlich von der Muse geküsst. Unverhofft im Auto, unter der Dusche, beim Spazierengehen am Meer, aber selten dann, wenn sie ganz dringend Einfälle brauchten. Und so war es auch jetzt. Während Frieda an ihren Tag dachte, ihre Recherchen an den Mikrofilmen Revue passieren ließ und vage ein paar To-dos bezüglich der Eröffnung aufpoppten, hatte sie mit einem Mal die verschwommene Idee für einen neuen Roman im Kopf. Etwas, was seit Jahren nicht vorgekommen war und von dem sie traurig angenommen hatte, es käme nie wieder. Nun aber formierte sich aus dem ersten flüchtigen Gedanken ein Bild. Sie stellte sich vor, wie zwei Menschen über das Eintauchen in Bremens Geschichte zueinander fanden. Sie schrieben sich Briefe, versteckt in einem dicken, alten Schinken, den seit Jahren niemand mehr ausgeliehen oder auch nur angeguckt hatte. Der Schnipsel, der sie zusammenführte, wäre natürlich ein Zufall. Eine Randnotiz von ihm. Vielleicht nur ein Einkaufszettel, der die Seite markierte. Etwas, was mit dem Buchinhalt nichts zu tun hatte. Sie würde mit einem witzigen Kommentar reagieren: »Ich hoffe, Sie haben alles bekommen, obwohl Sie Ihren Zettel nicht dabeihatten.«

So in der Art.

Sie würden sich über das Schreiben näherkommen, einander verraten, woran sie arbeiteten und wonach sie im Archiv recherchierten. Natürlich gäbe es noch Hindernisse zu überwinden. Eine schon bestehende Ehe? Nein, das wäre zu plump. Vielleicht ein Geheimnis aus ihrer beider Vergangenheit. Eine gemeinsame Schulzeit zum Beispiel.

Frieda war plötzlich hellwach. Rasch stand sie auf, holte aus dem Wohnzimmer ein altes Notizbuch und schrieb ihre Ideen auf, damit sie sich in einer ruhigen Minute mit ihnen beschäftigen könnte. Ein altbekanntes Kribbeln ergriff sie. Es war die Vorfreude darauf, sich eine Geschichte auszudenken, sie aufzuschreiben und ganz in ihr zu versinken.

Kapitel 14

Am nächsten Tag hatte Frieda natürlich kaum Zeit, um sich mit dem Plot für ein mögliches neues Buch zu beschäftigen. Die Vorbereitungen für die Eröffnung hielten sie in Atem. Sie hatte mit dem Weser-Kurier telefoniert, um eine kleine Anzeige im Regionalteil zu schalten. Außerdem hatte sie beim Lokalredakteur nachgefragt, ob er denn auch wirklich kommen würde. Die Sendung »Moin Bremen« hatte ihr inzwischen eine Absage erteilt. Die Wiedereröffnung eines Buchladens war offenbar keinen Fernsehbeitrag wert. Frieda hatte eine patzige Antwort auf der Zunge gelegen, doch da man sich im Leben immer zweimal traf, blieb sie professionell.

Im Großmarkt musste sie noch Gläser und ein paar salzige Snacks besorgen. Frieda hatte sich von Clara die Mitgliedskarte geben lassen und war mit dem Wagen ihrer Eltern hingefahren. Als sie schon fast an den Kassen angelangt war und ihre Einkaufsliste bereits abgearbeitet hatte, beschloss sie, noch ein paar große Boxen Weingummi zu kaufen. Das würde den Gästen bestimmt gefallen, dachte sie. Bunte Tüten! Richtig schön nostalgisch.

Während sie heimfuhr, ging sie im Kopf weitere Aufgaben durch. Besteck und Geschirr würde der Feinkostladen mitbringen. Darum müsste sie sich nicht kümmern. Zu Friedas großem Verdruss hatte sie noch immer keine lokale Autorin oder keinen lokalen Autor gefunden, die oder der die feierliche Wiedereröffnung mit einer kleinen Lesung begleiten könnte. Aber sie hatten ja die Fotos. Die Ausstellung, an der Bernd eifrig arbeitete, würde die Besucher bestimmt begeistern. Frieda parkte direkt vor der Haustür, öffnete noch rasch eine der Weingummidosen, ließ die Einkäufe im Auto und betrat das Haus. Während sie an ein paar Schlümpfen kaute, fand sie ihren Vater im Arbeitszimmer vor, wo er die bereits gedruckten Bilder betrachtete und sortierte.

»Hallo, Papa«, begrüßte sie ihn schmatzend. »Kommst du gut voran?«

»Hallo, mein Kind. Ja, ich bin fast fertig.« Er strahlte. Stolz warf er einen Blick auf die Sammlung, die er auf dem Schreibtisch, dem Gästesofa und sogar auf dem Boden ausgebreitet hatte. »Die Rahmen und Staffeleien wurden direkt zu euch geliefert«, erklärte er. »Ich werde die Fotos gleich zusammenpacken und in den Laden bringen. Kommst du mit?«

Frieda zögerte. Wie spät war es? Was müsste sie heute noch unbedingt schaffen? Es war ihr, als hätte sie noch tausend andere Dinge zu erledigen. Ob das besser werden würde, wenn die »Bücherwelt« wieder geöffnet war? Oder kämen jeden Tag weitere Aufgaben hinzu? Doch dann schob sie die To-dos beiseite und nickte. »Klar. Dann kann ich gleich die Gläser und das Gebäck mitnehmen. Das ist alles noch im Auto.«

Sie schlugen die Fotos für den Transport vorsichtig in Seidenpapier ein und legten sie in große Mappen.

»Schau«, sagte Bernd bei einem Bild. »An diesem Tag

wurde ›Cocos Bücherwelt‹ schon einmal wiedereröffnet. Habt ihr auch Ballons für Freitag besorgt? Ich finde, das sieht direkt nach Fete aus.«

Frieda erstarrte mitten in der Bewegung. »Was sagst du da?«

»Ob ihr Ballons besorgt habt!«

»Das meine ich nicht. Das andere!«

»Ach, du machst dich lustig, weil ich das Wort ›Fete‹ benutzt habe.« Ihr Vater lachte. »So hieß es früher. Dann eben *Party*.« Er betonte es überdeutlich.

»Wieso ›Cocos Bücherwelt‹?«, fragte Frieda mit heiserer Stimme. Sie trat näher und nahm ihm das Foto aus der Hand, das er gerade auf das dünne Papier legen wollte.

»Vorsicht!«, rief er. »Nicht mit deinen Süßigkeitenfingern anfassen!«, mahnte er ärgerlich.

Schuldbewusst wie ein kleines Kind legte Frieda es wieder auf dem Schreibtisch ab.

Das Schwarz-Weiß-Foto zeigte das alte Bremer Häuschen mit dem Erker und dem großen Schaufenster. Ein großer, gut gebauter Mann, früher hätte man wohl »stattlich« gesagt, hielt stolz und offenbar überglücklich eine kleine Frau mit dunklem Bob und elegantem Kostüm in den Armen. Beide strahlten um die Wette. Helle Ballons umwehten das Ladenschild. Und es bestand kein Zweifel, auf dem Schild war deutlich zu lesen: »Cocos Bücherwelt«.

»Ich fasse es nicht«, murmelte Frieda und legte sich unwillkürlich die Hand an die Stirn.

»Was ist denn, Liebes?«, fragte ihr Vater besorgt. »Stimmt etwas nicht? Geht es dir nicht gut?«

Frieda räusperte sich und versuchte, ihre Gedanken zu ordnen. Konnte das sein? War Clara Coco? Und war ihr Mann Gregor damit der heimliche Autor, der seinen eigenen Namen aus Gründen der Anonymität im Buch nicht erwähnt hatte? »Ich habe euch doch von dem Manuskript erzählt«, begann Frieda und setzte sich ermattet auf eine freie Stelle auf der Couch.

»Ja«, sagte Bernd und lachte. »Mehr als einmal. Das hat dich in den letzten Wochen doch fast genauso beschäftigt wie dein neuer Job.«

Sie atmete tief durch. »Ich denke, es ist Clara, um die es in der Geschichte geht, Papa! Und dass ihr verstorbener Mann Gregor das Buch geschrieben hat.« Mit großen Augen sah sie ihren Vater an, in der Hoffnung, er könnte irgendetwas sagen, um das Chaos in ihrem Kopf zu sortieren.

»Was sagst du da?« Auch Bernd stand die Überraschung ins Gesicht geschrieben. »Claras Mann hat ein Buch geschrieben, von dem sie nichts wusste?«

»Ja!« Frieda nickte heftig. »Ich glaube schon. Im Buch geht es um eine Frau namens Coco. Er schreibt davon, dass er einen Laden besitzt und dass Coco seine große Liebe ist, die dann wegzieht. Sie ist bereits verlobt und geht mit ihrem Verlobten in den Osten.«

»Und dann?«

»Ich habe es noch nicht zu Ende gelesen«, gab Frieda zu. »In letzter Zeit war viel zu tun. Aber offenbar ist die Coco aus dem Buch, also Clara, wieder zurückgekehrt und sie haben zueinandergefunden.«

»Oh.« Er überlegte und sah aus dem Fenster. Dann

drehte er sich zu Frieda und lächelte. »Aber das ist doch wunderbar! Er hat ihre Liebesgeschichte aufgeschrieben. Und offenbar weiß Clara gar nichts davon. Sonst hätte sie ja längst etwas gesagt.«

Frieda nickte. Clara war Coco, wiederholte sie in Gedanken. Unglaublich.

»Ich glaube, das wird ihr Trost spenden«, überlegte Bernd laut. »Sie ist so traurig darüber, dass er nicht mehr lebt. Sein Buch ist ein Vermächtnis ihrer Liebe.«

»Vielleicht macht es sie noch trauriger, wenn sie das Manuskript liest«, gab Frieda zu bedenken. »Weil sie nicht mehr mit ihm darüber sprechen kann. Ihm nicht danken kann für die romantischen Worte, die er gefunden hat.«

»Ach, Unsinn.« Bernd hatte schon wieder zu seiner üblichen anpackenden Art zurückgefunden. »Es gibt nur einen Weg, das herauszufinden. Wir fahren hin und erzählen es ihr!«

*

»Was sagt ihr da?« Claras – oder Cocos – Augen füllten sich mit Tränen.

Frieda hielt ihr das Manuskript entgegen. »Hier«, sagte sie leise. »Lies es selbst.«

Vorsichtig, so als handelte es sich um einen wertvollen Schatz, was es im Grunde ja auch war, nahm Clara den Stapel entgegen. Ehrfürchtig blickte sie auf die Seiten. »Von der kleinen Liebe, die ganz groß werden wollte«, las sie. Jetzt, da sie wusste, dass damit ihre eigene Liebe gemeint war, schien der Titel für sie eine ganz neue Bedeutung gewonnen zu haben. Zärtlich strich sie mit dem Finger über die Buchstaben. »Ich kann das einfach nicht glauben.«

»Und er hat dir nie etwas davon erzählt?«, wollte Bernd wissen.

Frieda befürchtete schon, Clara könnte ihnen ihre Neugier übel nehmen, doch da hatte sie sich getäuscht. Unter Tränen lächelnd antwortete Clara: »Nein. Dieser Schlawiner. Vielleicht sollte es eine Überraschung für mich sein. Ich weiß es nicht …« Traurig ließ sie das Ende des Satzes in der Luft hängen. »Gefällt es dir?«, wollte sie dann von Frieda wissen.

»Sehr!« Frieda lächelte. Dann, als ihr bewusst wurde, dass es kein fiktiver Roman mehr war, sondern die echte Liebesgeschichte ihrer neuen Freundin, fügte sie hinzu: »Es ist bezaubernd.«

»Entschuldigt mich«, bat Clara nach einem Moment der Stille. »Ich brauche etwas Zeit für mich.«

Frieda und Bernd nickten. »Natürlich«, sagte Frieda.

Clara begleitete ihren Besuch noch zur Tür. Dann sagte sie: »Danke, Frieda. Ohne dich hätte ich das hier«, sie drückte die Seiten an ihr Herz, »niemals wiedergefunden. Du ahnst sicher, was mir das bedeutet.«

Frieda machte einen Schritt auf sie zu und nahm sie in den Arm. »Ich bin froh, dass es so gekommen ist, Clara. Alles.«

*

Auch wenn Frieda Fragen auf der Seele brannten und für die Eröffnung immer noch Dinge zu erledigen waren, ließ sie Clara in Ruhe. Sie nahm an, dass ihre Chefin sich zu Hause vergraben hatte, um das Manuskript von vorne bis hinten zu lesen, vielleicht einige Passagen zu wiederholen und in Erinnerungen zu schwelgen. Bestimmt würde sie keinen klaren Gedanken fassen können, ehe sie das Buch wenigstens einmal bis zum Ende gelesen hätte.

Auch Friedas Eltern nahmen Anteil und fragten immer wieder, ob sie etwas von Clara gehört hätte. So langsam wurde Frieda unruhig. Ob das gefundene Manuskript Clara so aus dem Konzept gebracht hatte, dass die Wiedereröffnung in Gefahr war? Diese Sorgen teilte sie ihrem Vater mit, als sie abends auf dem Balkon saßen, Brote aßen und Pfefferminztee tranken.

»Das glaube ich nicht«, versuchte Bernd, seine Tochter zu beruhigen. »Die Frauen dieser Generation stecken viel mehr weg, als man glaubt. Du kennst doch Clara! Sie ist zäh.«

»Mh«, machte Frieda und war nicht ganz überzeugt. »Sie trauert immer noch um ihren Mann. Es könnte sie ganz schön durcheinandergebracht haben.«

»Sicher hat es das!«, räumte ihr Vater ein. »Aber sie wird sich bald bei dir melden und dir vielleicht auch mehr erzählen.«

Und er hatte recht. Am nächsten Tag, einen Tag vor der Eröffnung, rief Clara an.

»Frieda, meine Liebe, ich bin es, Clara.«

»Hallo, Clara«, sagte Frieda und hoffte, ihre Erleichterung war ihr nicht allzu sehr anzumerken. »Wie geht es dir?«, fragte sie schlicht.

»Gut. Es geht mir gut.« Clara atmete hörbar aus. »Das war ein ganz schöner Schreck. Ein schöner Schreck im wahrsten Sinne des Wortes.« Sie lachte. »Ich kann kaum glauben, dass er das vor mir verborgen hat.«

»Kannst du dir erklären, warum?«, fragte Frieda vorsichtig.

»Er war bescheiden«, war Claras Antwort. »Stellte sein Licht immerzu unter den Scheffel. Ich gehe davon aus, dass er sich keine großen Hoffnungen auf eine Veröffentlichung machte und es deshalb gar nicht probierte. Oder vielleicht hat er es sogar versucht und nur Absagen bekommen und das Manuskript dann tief im Keller vergraben. Wir werden es wohl nie erfahren ...«, schloss sie traurig.

Frieda sagte nichts.

»Vielleicht war es auch seine Art, mir etwas zu vererben«, meinte Clara plötzlich und klang schon viel munterer. »Das hätte zu ihm gepasst. Er liebte es, mich zu überraschen.«

Friedas Stimme war belegt, als sie antwortete: »Das klingt schön. Irgendwie.«

»Gregor ist an Corona verstorben. Ich glaube, ich habe dir das nie erzählt«, sagte Clara nun. »Es ist jetzt fast drei Jahre her. Zuerst habe ich noch daran gedacht, den Laden in seinem Andenken weiterzuführen, doch wir mussten ohnehin schließen, und dann fehlte mir die Kraft.«

Frieda, die aus ihrem Freundes- und Bekanntenkreis niemanden kannte, der an Corona gestorben war, schluckte schwer. »Das tut mir sehr leid.« Sie erinnerte sich an die Zeit, in der täglich neue Horrormeldungen aus allen Teilen der Welt aufkamen. An die einsamen Tage in Schweden, an denen es nur sie und Jonathan gegeben hatte. Sie hatten diese Momente jedoch genossen, gestand sie sich ein und schämte sich fast dafür. Ihnen war es gut gegangen, sie hatten keinerlei finanzielle Nöte gehabt. Natürlich hatte sie gewusst, dass Menschen starben oder unter Einsamkeit litten. Aber das war eben außerhalb ihrer heilen Welt geschehen.

»Es war schwierig«, sagte Clara. »Wir haben keine Kinder und keine anderen Angehörigen. Mit den Nachbarn habe ich mich manchmal auf der Straße getroffen, aber zu dieser Zeit war die Angst vor Ansteckung ja auch noch so groß. Also ist jeder seiner Wege gegangen.« Sie seufzte. »Manchmal habe ich gedacht, das Leben wird nie wieder schön.«

Wieder wusste Frieda nichts zu sagen. Das Gefühl, vom Leben herausgefordert zu werden, kannte sie. Doch das war nichts im Vergleich zu Clara, die einsam und allein ihre große Liebe beerdigen und aus Kraftlosigkeit sein Lebenswerk schließen musste.

»Ich bin sehr glücklich, dass dein Vater und du in meinen Laden gestolpert seid. Vielleicht hatte Gregor da oben seine Hände mit im Spiel.«

Mittlerweile liefen die Tränen in kleinen, steten Bächen über Friedas Wangen, und sie war froh, dass sie das Gespräch am Telefon führten.

»Ich habe einen Wunsch, Frieda.«

»Alles«, krächzte sie.

»Lies bei unserer Eröffnung etwas aus Gregors Buch vor. Es hätte ihn stolz gemacht, seine Worte aus dem Mund einer echten Schriftstellerin zu hören. Du hast doch gesagt, dir würde die Geschichte so gut gefallen.«

Frieda überlegte nicht lange. »Natürlich«, stimmte sie zu. »Aber eine Frage habe ich noch, Clara.«

»Ja, bitte?«

»Wieso heißt der Laden nicht mehr ›Cocos Bücherwelt‹?«

Clara lachte. »Ein paar Straßen weiter hat kurz darauf ›Cocos Café‹ eröffnet, und die Inhaberin war eine ganz blöde Schnepfe. Wir haben versucht, mit ihr zu reden, aber sie fand, dass Bücher und Kaffee doch gut zusammenpassten. Sie hätte überhaupt nichts dagegen, dass die Gäste annahmen, wir gehörten zusammen. Aber ich fand die so blöde, dass ich das nicht wollte. Also haben wir unseren Namen geändert.« Frieda hörte an ihrer Stimme, dass Clara sich über die Erinnerung amüsierte. »Gregor fand damals, ich sei ein Trotzkopf und dass das gar nicht zu mir passe. Wir hätten uns schon mit ihr arrangieren können. Doch ich wollte mich mit dieser dummen Nuss gar nicht einigen. Sie war überheblich und hielt sich für etwas Besseres.«

»Was ist aus ›Cocos Café‹ geworden?«

Jetzt lachte Clara schallend. Frieda glaubte, dass sie diesen Klang zum ersten Mal hörte, und er gefiel ihr.

»Das lief nicht besonders gut. Sie hat schließlich zugemacht und ist dann nach Berlin gezogen. Ich hoffe natürlich trotz allem, dass sie ihr Glück dort gefunden hat«, fügte sie leicht verlegen hinzu. »Nach allem, was ich dem Tratsch im Stadtteil entnehmen konnte, hat sie einen reichen Mann geheiratet und zwei Kinder bekommen.«

*

Mein lieber Gregor,

bitte verzeih, dass ich mich so lange nicht bei dir gemeldet habe. Meine Tage hier sind … nicht ganz so, wie ich es mir erhofft habe. Uns war klar, dass unsere Leben und unsere Vergangenheit durchleuchtet werden würden – damit haben wir gerechnet! Doch die Unterredungen sind recht zermürbend. Vater, Hans und ich werden getrennt voneinander befragt. Offenbar geht man davon aus, dass Widersprüche in unseren Erzählungen so schneller aufgedeckt werden können. Aber was für Widersprüche? Wir werden behandelt wie Spione! Dabei sind wir doch einfach nur enttäuscht vom Westen und erhoffen uns von dem sozialistischen Staat ein besseres Leben!

Die Stimmung hier im Übersiedlungsheim ist bedrückend. Neuankömmlinge sind gut zu erkennen: Sie sind fröhlich und voller Hoffnung. Doch nach ein paar Wochen geht den meisten der Mut verloren. So auch mir. An Vaters Gesicht erkenne ich, dass er ebenfalls von Enttäuschung geplagt wird. Doch wie es sich für einen Mann seiner Generation gehört, zeigt er es nicht. Nur wer ihn gut kennt, so wie ich, sieht die müden Augen, die Gesichtshaut, die hier und da grau wird, den schleppenden Gang. Ich weiß, dass er es schaffen wird! Er hält durch, gibt korrekte Antworten und ist in Gänze vom Sozialismus überzeugt – ihm wird man nichts anlasten können. Sie werden nichts finden, womit sie ihn eines Schwindels überführen könnten.

Doch was ist mit mir? Ich bekomme Zweifel. So ist es also, eingesperrt zu sein. Ich fühle mich wie im Gefängnis.

*

Clara ließ den Brief sinken. In ihren Augen schimmerten Tränen. Sie hatte die Zeilen nie abgeschickt. Nie abschicken können. Es war ihnen im Aufnahmeheim nicht erlaubt gewesen, mit dem Westen in Kontakt zu treten. Sie hatte ihn Gregor viel später gezeigt und immer aufbewahrt, um nicht zu vergessen.

Eines Tages war ihr Vater plötzlich verschwunden. Clara war fast verrückt geworden vor Sorge. Niemand verriet ihr auch nur ein Sterbenswörtchen. Unter jenen, die bereits länger auf ihre Einreise warteten und die so langsam unter den haftähnlichen Bedingungen litten, kursierten schreckliche Gerüchte. Es hieß, dass einer der Umsiedler sich das Leben genommen hätte. Auf Claras bange Nachfragen bei der Staatssicherheit ließ man sie im Unklaren. Später erfuhr sie, dass dies eine beliebte Technik war, um die Befragten auf den Prüfstand zu stellen. Wer zeigte auch in Sorge um Angehörige noch eine klare politische Haltung? War bis ins Mark überzeugt vom Staat der Arbeiter und Bauern, der die Wurzeln von Krieg und Faschismus endgültig entfernt habe?

Und davon, dass dafür eine bestimmte Ideologie vonnöten war, die Erziehung und Reformen erforderte?

Clara war es nicht gelungen. Aus Angst um ihren Vater verlor sie den Appetit. Als sie merkte, dass die Mitarbeiter im Heim sie mit einer Mischung aus Sorge und Misstrauen beäugten, trat sie in einen Hungerstreik, um Antworten nach dem Verbleib ihres Vaters zu erzwingen. Die Befragungen wurden immer strenger. Eines Nachts holte man sie aus dem Bett, verfrachtete sie in einen Transporter, und so verließ sie das Aufnahmeheim, in dem überprüft wurde, ob sie sich als DDR-Bürgerin eignete.

Kapitel 15

Am Tag der großen Wiedereröffnung wachte Frieda mit pochendem Herzen auf. Sie hatte Lampenfieber. Was, wenn etwas schiefging? Wenn es regnete oder keine Gäste kamen? Was, wenn ihr die Stimme versagte, während sie vorlas? Und überhaupt: War das mit dem eigenen Buchladen nicht eine ganz große Schwachsinnsidee und von vornherein zum Scheitern verurteilt? Sie hätte sich am liebsten die Decke über den Kopf gezogen und wäre einfach liegen geblieben. Doch Untätigkeit würde das Gedankenkarussell in ihrem Kopf erst recht nicht stoppen. Also schwang sie ihre Beine aus dem Bett, setzte sich auf und griff nach ihrem Handy.

»Toi, toi, toi für heute! Bin schon gespannt auf deinen Laden. Und vor allem auf die Lesung!« Die Nachricht war von Tom. Beim Gedanken an ihn ertappte sich Frieda dabei, wie sie unwillkürlich lächeln musste. Dass er wieder Teil ihres Lebens war, hatte sie niemals erwartet. Sie hatte ihn schließlich glücklich in Freiburg bei seiner Ehefrau gewähnt. Sie antwortete nur mit einem lächelnden Emoji und einem kurzen »Danke«. Dann sprang sie unter die Dusche, zog sich an und lief die Treppen hinab zu ihren Eltern, die in der großen Wohnküche frühstückten. Zu ihrer Überraschung saß auch ihre Schwester Annemarie bereits am Tisch und trank

Kaffee. Sie trug schlichte Jeans und ein Poloshirt und sah darin aus wie ein Model.

»Guten Morgen, Murmeltier«, grüßte sie mit erhobener Augenbraue, und Frieda spürte direkt, wie sich ein schlechtes Gewissen in ihr breitmachte.

Wie konnte sie an einem Tag wie diesem bloß bis in die Puppen schlafen, fragte sie sich innerlich, den Ton ihrer Schwester nachahmend. Verstohlen warf sie einen Blick auf die Backofenuhr: 8:12 Uhr. »Guten Morgen. Was tust du denn hier?«, fragte sie und konnte nicht verhindern, dass sie griesgrämig klang.

»Ich bin hier, um dir zu helfen«, gab Annemarie kühl zurück. Gelassen nahm sie einen weiteren Schluck Kaffee. »Gern geschehen.«

»Kinder, Kinder, keinen Streit heute«, mahnte Ingrid. »Frieda, deine Schwester hat sich heute freigenommen, um dich bei deinen Vorbereitungen zu unterstützen. Annemarie, es ist erst kurz nach 8 Uhr, lass Frieda etwas Zeit, um wach zu werden.«

Frieda goss sich einen großen Becher Kaffee ein und nahm auf der Eckbank Platz. »Das ist lieb von dir«, sagte sie schließlich. »Danke.«

Annemarie nickte gönnerhaft, sodass Friedas Blut erneut in Wallung geriet.

»Ich habe Croissants und Franzbrötchen mitgebracht«, sagte Annemarie nun. »Zucker hilft doch gegen die Aufregung, nicht?«

»Oh, das ist ja lieb.« Frieda war ehrlich überrascht. »Danke.«

»Ich weiß doch, wie sehr du die Dinger liebst.«

Annemarie schenkte ihrer kleinen Schwester ein vorsichtiges Lächeln, und Frieda hörte, wie ihre Mutter neben ihr aufatmete. Erste schwesterliche Annäherung geglückt!

Gemeinsam fuhr Familie Papendiek mit dem Auto nach Walle. Clara saß auf einem Liegestuhl vor ihrem Haus in der Sonne und erwartete sie schon.

»Was haben wir für ein Glück mit dem Wetter!«

Sie wirkte gelöst. Als Frieda am Tag zuvor bei ihr gewesen war, um das Manuskript wieder abzuholen, hatten Tränen in Claras dunklen Augen gestanden. Frieda hatte befürchtet, ihre Freundin würde sich doch zu viel zumuten. Doch sie kannte Clara inzwischen gut genug, um zu wissen, dass sie ihr die Leviten lesen würde, wenn sie das laut aussprach. Jetzt war sie erleichtert, Clara gut gelaunt anzutreffen.

»Die Jungs aus der Nachbarschaftsgruppe haben schon den Pavillon im Hof aufgestellt«, verkündete sie fröhlich. »Dort haben wir doch viel mehr Platz als im Vorgarten.«

»Was für eine Nachbarschaftsgruppe?«, wollte Ingrid neugierig wissen.

»Darum geht es doch jetzt gar nicht«, sagte Bernd und stupste seine Frau liebevoll an. »Du willst aber auch wirklich immer alles ganz genau wissen«, neckte er sie.

»Eine WhatsApp-Gruppe für die Bewohner dieser Straße«, gab Clara bereitwillig Auskunft. »Ich habe mich von Frieda überreden lassen, da einzutreten. Sie meinte, das täte mir gut. Und es ist toll: Gestern habe ich der Familie, die gegenüber eingezogen ist, mit Mehl ausgeholfen, weil der Supermarkt schon zu hatte, und wir haben bestimmt eine halbe Stunde lang geplaudert. Sie sind gerade erst aus Dortmund hergezogen. Und sie werden heute Abend auch zur Eröffnung kommen!«

»Eine WhatsApp-Gruppe für die Nachbarschaft. Das ist ja eine tolle Idee. Das machen wir auch«, meinte Ingrid begeistert.

»Es ist mehr für Organisatorisches, Mama. Nicht für Tratsch. Die anderen sind ja dann auch in der Gruppe«, warnte Frieda ihre Mutter.

Bernd und Annemarie lachten.

»Ihr seid aber auch doof«, gab Ingrid zurück, musste aber selbst grinsen. »Auch für organisatorische Dinge finde ich das einen schönen Einfall. So kann man sich besser austauschen. Zum Beispiel, wenn mal was fehlt. Ich bespreche das morgen gleich mit Henni.«

»So!«, Annemarie klatschte in die Hände, um das Geplänkel zu beenden. Sie richtete zunächst das Wort an Clara: »Moin, Frau Müller, ich bin Annemarie, Friedas große Schwester! Es freut mich sehr, Sie endlich kennenzulernen.«

Clara erhob sich aus dem Liegestuhl und ergriff die ihr gereichte Hand. »Moin, Annemarie, bitte, lass uns ›Du‹ sagen. Ich bin Clara«, erwiderte sie freundlich.

Annemarie lächelte und nickte. »Gern.« Dann fuhr sie fort: »Nun lasst uns loslegen, damit alles hübsch ist, wenn die ersten Gäste kommen.«

Annemarie war Kira sehr ähnlich. Sie ging die Dinge zielstrebig und strukturiert an. Und wenn doch etwas danebenging, wurde es eben wieder in Ordnung gebracht. Sie sah immer Lösungen, selten Probleme. Plötzlich war Frieda sehr froh, ihre Schwester an diesem Tag an ihrer Seite zu wissen.

In den kommenden Stunden stellten sie Gläser und Schälchen für die Snacks auf, wiesen das Catering-Personal an, das Geschirr und Speisen lieferte, und machten hier und da noch ein wenig sauber. Bevor es Zeit war, nach Hause zu fahren, um sich umzuziehen, schnappte sich Frieda zwei Flaschen Beck's und zog ihre Schwester mit in den Hof. Die anderen begutachteten die inzwischen aufgestellte Fotogalerie und ließen sich von Clara mehr über die Bilder erzählen. So waren die beiden Schwestern im Innenhof ungestört.

»Was ist?«, fragte Annemarie stirnrunzelnd. »Ich wollte noch den Stehtisch draußen im Vorgarten aufstellen und dekorieren, damit alles schön einladend aussieht.«

»Das mache ich gleich«, entgegnete Frieda, setzte sich auf eine der zwei Bierzeltgarnituren und klopfte auf den Platz neben sich. »Nun setz dich mal zu mir«, forderte sie ihre Schwester auf.

Annemarie zögerte, setzte sich dann aber. »Ich denke nicht, dass jetzt Zeit für eine Pause ist«, meinte sie, nahm das angebotene Bier aber dennoch entgegen.

»Danke für deine Hilfe«, sagte Frieda feierlich. »Auch für die Möbel in unserer alten Wohnung. Ich habe mich noch gar nicht dafür bedankt.«

»Schon gut.« Sie winkte ab. »Da nicht für.«

»Doch«, hielt Frieda dagegen. Nachdenklich knibbelte sie am Etikett ihrer Bierflasche.

»Wie meinst du das?«, fragte Annemarie misstrauisch und trank einen Schluck.

Frieda blinzelte in die Sonne, die den kleinen Hof jetzt am Nachmittag ganz schön aufheizte. »Na, weil es schön ist, dass wir uns gegenseitig mal was Gutes tun und das auch sagen«, meinte sie schließlich. »Anstatt uns nur anzuzicken und darüber zu meckern, wie die andere ihr Leben lebt.«

Annemaries Mundwinkel zuckten. »Ich meckere doch nicht darüber, wie du dein Leben führst.«

»Du verstehst es nur nicht.«

»Du meines ja auch nicht!«

»Es ist nicht so, dass ich mir das nicht wünschen würde, Annemarie.«

Angesichts des ernsten Tons sah Annemarie ihre Schwester ungläubig an: »Du wünschst dir, du könntest verstehen, wie ich lebe? Oder du wünschst dir ein Leben wie meins?«

»Letzteres«, gab Frieda schlicht zu. »Manchmal jedenfalls.«

Die Ältere schwieg. Dann ließ sie einen weiteren Schluck Bier ihre Kehle hinunterrinnen und blickte nachdenklich durch den Innenhof. »Das wusste ich nicht«, meinte sie schließlich und blickte Frieda direkt an. »Du, die abenteuerlustige Frieda, die um Himmels willen niemals sesshaft werden wollte, die als freie Autorin ins Sehnsuchtsland Schweden zog, die in den besten Restaurants von Stockholm mit Namen begrüßt wird, wünscht sich, auf einem alten Hof im Bremer Norden zu leben, mit zwei Kids, die ständig etwas wollen, und einem zwar sehr lieben Ehemann, der aber kaum zu Hause ist?« Nach dieser langen Ansage war Annemarie außer Atem.

Frieda schwieg. Ihr Leben, das Annemarie gerade beschrieben hatte, war ohnehin Vergangenheit, aber selbst vor einigen Monaten, als bei ihr noch alles rosig schien, war sie insgeheim neidisch auf ihre große Schwester gewesen. Nicht nur, weil sie schön und begabt war, sondern weil sie sich ein behagliches Leben eingerichtet hatte. Einen tollen Hof, Ruhe, Natur. Ein soziales Netz, in dem sie eingespannt war. Die Eltern nur einen Katzensprung entfernt.

»Ja«, antwortete sie nun. »Ich stelle es mir schön vor, eine Familie zu haben. Einen Ehemann, auf den man sich verlassen kann. Ein vertrautes Umfeld, das man liebt.« Weil Annemarie darauf nichts sagte, fuhr Frieda fort. »Du kannst mir doch nicht weismachen, dass du niemals bemerkt hast, wie neidisch ich auf dich war?«

»Du meinst, weil Ole damals auf mich stand und nicht auf dich?«, versuchte Annemarie einen Scherz.

Das kam so unvermittelt, dass Frieda laut lachen musste. »Auch das.« Ole war ihr Jugendschwarm gewesen. Bevor sie sich in Tom verliebt hatte. Doch eines Tages hatte besagter Ole ihr beim Eisessen gestanden, dass er lieber mit Annemarie zusammen wäre. Im zarten Alter von 16 Jahren hatte das ganz schön wehgetan.

»Frieda«, begann Annemarie dann, »ich war in manchen Dingen erfolgreicher, weil ich ganz anders bin als du. Ich war immer ehrgeizig, wollte immer überall die Beste sein. Deshalb habe ich geübt wie eine Wilde. Badminton! Schach! Hauptsache gewinnen, das war mein Motto. Dir war so etwas schnuppe. Du bist lieber mit deinen Freundinnen zum See gefahren und hast den Sommer genossen. Du kannst doch nicht neidisch auf etwas sein, was dich eigentlich gar nicht interessiert.«

Frieda dachte nach. »Stimmt eigentlich«, meinte sie dann und zog die Nase kraus.

»Und meine Familie? Du warst doch verheiratet. Du weißt, wie das ist. Auf jeden Fall ist nicht immer alles Gold, was glänzt«, fügte sie trocken hinzu.

Wieder musste Frieda lachen. »Waaaas?«, tat sie überrascht. »Wie kannst du so etwas nur sagen?« Sie nahm ihre Schwester in den Arm.

»Weißt du, ich habe dich auch oft beneidet. Du warst so frei und wild. Ich fühlte mich neben dir manchmal wie der langweiligste, geradlinigste Mensch auf Erden.«

»Das hätte ich nie gedacht«, gab Frieda zu. »Du hast mir meistens das Gefühl gegeben, du fändest meine Art zu leben unreif und verantwortungslos.«

Annemarie zuckte mit den Schultern. »Vielleicht war das mein Schutz. Hätte ich zugeben sollen, dass ich lieber familienlos mein eigenes Ding durchziehen würde?«

»Was wäre denn dein eigenes Ding?«, wollte Frieda wissen. Ihr kam es so vor, als wäre es seit sehr langer Zeit das erste Mal, dass sie ihrer Schwester solch eine Frage stellte und ernsthaft an einer Antwort interessiert war.

Annemarie schnaubte, als könnte sie sich selbst nicht daran erinnern, was das einmal gewesen sein könnte. »Vielleicht muss ich mir mal die Zeit nehmen, das herauszufinden«, sagte sie schließlich.

»Das solltest du unbedingt«, meinte Frieda leise und lächelte ihrer Schwester zustimmend zu. »Hinter der Mutter, Ehefrau, Ärztin und erfolgreichen Hobbyschachspielerin steckt doch sicher noch mehr«, unkte sie dann.

Annemarie, die sonst immer einen Konter auf Lager hatte, kicherte. »Saxofonspielerin vielleicht. Das war früher mal mein Traum. Aber ich war zu unbegabt.«

»Wie bitte? Das höre ich ja zum ersten Mal!«, rief Frieda. »Also beides: sowohl, dass du für etwas zu unbegabt bist, als auch, dass du mal Saxofon spielen lernen wolltest.«

Annemarie nickte mit ernster Miene. »Mein dunkelstes Geheimnis«, sagte sie mit gespielter Dramatik.

»Sehr düster. Weißt du was? Wir finden jemanden, der es dir beibringen kann«, sagte Frieda entschlossen. »Wäre doch gelacht!«

»Es ist übrigens schön, dass du wieder da bist, du alte Nudel. Und ich bin sehr stolz auf dich, dass du den Schritt mit dem Buchladen wagst!«

Frieda war gerührt. »Danke. Das bedeutet mir viel.«

*

Die Eröffnung war für den frühen Abend geplant. Die Gäste sollten mit einem Glas Sekt oder einem alkoholfreien Getränk begrüßt und später, wenn alle eingetroffen waren, in kleinen Gruppen durch das Sortiment und die Fotoausstellung geführt werden. Um 20 Uhr würde Frieda aus »Von der kleinen Liebe, die ganz groß werden wollte« lesen. Sie würde mit dem ersten Kapitel beginnen, eine kürzere Szene aus dem Mittelteil lesen und schließlich mit den letzten Seiten enden. Da das Buch nicht zum Verkauf stand, durfte sie das Ende ruhig vorwegnehmen. Frieda fand es schade, dass Clara das Manuskript nicht veröffentlichen wollte. Sie hatten lange darüber gesprochen, aber schließlich war Clara zu dem Schluss gekommen, dass die Geschichte einem kleinen Kreis vorbehalten bleiben sollte. So fühlte es sich für sie richtig an.

Frieda trug ein rot geblümtes Sommerkleid, das perfekt zu ihren hellen Haaren und der leicht gebräunten Haut passte. Genau das würde eine fröhliche Buchhändlerin tragen – zumindest in Friedas Vorstellung. Als sie zu Hause vor dem Spiegel gestanden hatte, fand sie sogar, dass sie richtig gut aussah. Und das war, bei aller Selbstliebe, in letzter Zeit eher selten vorgekommen.

Sogar Annemarie in ihrem eleganten kleinen Schwarzen hatte Frieda ein Kompliment gemacht. »Aber doch jetzt wohl nicht die ollen Birkenstocks dazu«, hatte sie dann aber entsetzt ausgerufen, als Frieda in ihre Schuhe geschlüpft war.

»Na, na, na«, hatte sie scherzhaft mahnend zurückgegeben. »Wir haben uns doch gerade erst vertragen!«

Tatsächlich war Frieda dann aber dem Ratschlag ihrer großen Schwester gefolgt und hatte sich hellbraune Ledersandaletten übergestreift. Als sie jetzt an sich heruntersah, war sie zufrieden mit der Wahl. Aber das würde sie Annemarie trotz der frischen Versöhnung nicht auf die Nase binden.

Frieda hatte sich am Stehtisch im Vorgarten positioniert, um die Gäste zu begrüßen. Clara gesellte sich hin und wieder zu ihr, verschwand aber auch immer wieder mit einem der früheren Stammgäste im Laden, um eine kleine Vorabführung zu geben. Als Frieda schon ungeduldig von einem Fuß auf den anderen trat, weil ihre Freundinnen noch nicht da waren, kam Tom um die Ecke. Er sah fantastisch aus. Der helle Leinenanzug stand ihm hervorragend. Das geringelte T-Shirt, das er darunter trug, machte den Look jungenhaft und stylisch.

»Hallo, meine Schöne«, begrüßte er sie galant, als er vor ihr stand, und drückte ihr einen Kuss auf die Wange. Frieda fragte sich unwillkürlich, ob er sie jemals so genannt hatte. Nein, dachte sie dann, das hätte sie bestimmt nicht vergessen.

»Moin, Tom«, gab sie so gelassen wie möglich zurück. »Du siehst super aus! Steht dir richtig gut. Warst du mit Henni einkaufen?«, frotzelte sie.

Verschwörerisch lehnte er sich vor und flüsterte in ihr Ohr: »Du kennst mich einfach zu gut.«

Sie musste kichern. »Möchtest du ein Glas Sekt?« Sie wies auf das volle Tablett, das vor ihr stand. »Ich mache hier sozusagen den Empfang!«

»Sehr gern. Dafür bin ich schließlich gekommen«, grinste er und nahm ein Glas entgegen. »Trinkst du mit?«

Wenn sie das mit jedem Gast machte, war sie betrunken, ehe sie auch nur eine einzige Zeile vorgelesen hätte. »Nur einen wönzigen Schluck«, witzelte sie in Heinz-

Rühmann-Manier, eine Anspielung an »Die Feuerzangenbowle«, und Tom ergänzte: »Sonst steigt er in den Kopf!«

»Schön, dass du gekommen bist«, sagte Frieda. »Es beruhigt mich, bekannte Gesichter zu sehen.«

»Da kommen noch mehr«, antwortete Tom und wies die Straße hinunter, auf der sich gerade Kira, Hanna und Marike näherten.

Sie trugen einen riesigen Blumenstrauß und ein Schild, auf dem »Claras und Friedas Bücherwelt« zu lesen war. Frieda schlug vor Überraschung die Hand vor den Mund. »Leute«, murmelte sie, als die Frauen bei ihr ankamen. »Ich weiß gar nicht, was ich sagen soll.«

»Ist alles mit Frau Müller abgesprochen. Sie hat ihren Segen gegeben!«

»Das ist ja der Wahnsinn!« Frieda betrachtete das metallene Schild. Es war weiß mit dunkelgrauer, verschnörkelter Schrift und würde mit dem Rosaton der Fassade sicher wunderbar harmonieren.

»Ich kann es euch morgen anbringen, wenn ihr mögt«, schlug Tom vor.

»Vielleicht sollten wir damit warten, bis wir wissen, ob der Laden läuft«, erwiderte Frieda unsicher.

»Nichts da«, erklang da Claras Stimme. »Das Schild wird gleich morgen aufgehängt!«, bestimmte sie. »Vielen Dank, junger Mann«, sagte sie zu Tom.

»Ihnen auch«, grinste er. »Für das ›junger Mann‹!«

*

Als Frieda sich an dem Stehtisch, der ihr als Pult diente, bereitmachte, steigerte sich ihre Nervosität noch, obwohl sie nicht gedacht hatte, dass das möglich wäre. Fahrig ordnete sie ihre Notizen, strich die Buchseiten glatt und griff nach dem Wasserglas, um einen Schluck zu nehmen. Nicht zu viel trinken, mahnte sie sich dann, nicht, dass du gleich auf die Toilette verschwinden musst! Sie sah auf und blickte in viele neugierige Gesichter. Sie entdeckte sogar Kati aus dem Social-Media-Kurs und nickte ihr freudig zu. Sie hatten sich über LinkedIn vernetzt und sich darüber ausgetauscht, was sie mit ihrem Wissen aus dem Workshop anstellten. Dabei hatte Frieda von dem Laden erzählt und sie zur Eröffnung eingeladen.

Die Gäste wirkten entspannt, stießen mit ihren Weingläsern an und plauderten miteinander. Frieda würde nur wenige kurze Passagen lesen, daher hatten sie darauf verzichtet, Stuhlreihen aufzustellen.

Frieda räusperte sich. »Guten Abend, liebe Gäste«, begann sie dann. Sie fing ein aufmunterndes Lächeln von Tom ein, der ganz vorne stand und sie nicht aus den Augen ließ. Seine Anwesenheit und sein Grinsen, das ihr zu sagen schien: »Alles nicht so wild«, ließen sie sich entspannen. Was sollte schon passieren? Ihre Lieben waren hier. Sie blickte auf eine aufregende Zukunft. Und, was sie bei allen Zweifeln und Unglück der letzten Monate nicht vergessen durfte, sie war gesund. Das war sehr viel wert. »Clara und ich freuen uns sehr, Sie und euch heute hier begrüßen zu dürfen. Für Clara geht damit ein kleiner Traum in Erfüllung. Wie viele sicherlich wissen, stand die ›Bücherwelt‹ lange leer. Fast wäre sie für immer geschlossen worden. Doch, wie soll ich sagen, das Schicksal hatte anderes mit ihr vor und schickte meinen Vater und mich vorbei.« Frieda grinste und machte eine kurze Pause, als einige der Gäste lachten. »Mein Name ist Frieda Papendiek. Einige kennen mich vielleicht unter dem Namen Freya Pape.« Wieder eine Pause. Dieses Mal huschte ein erstauntes Raunen durch die Reihen. »Ich hätte nicht gedacht, dass ich mal Bücher verkaufe, statt sie zu schreiben«, erklärte Frieda. »Allerdings hätte ich früher auch nicht gedacht, dass ich mal Bücher schreibe.« Wieder ein Lachen. »Aber wie sagte John Lennon so schön? ›Leben ist das, was passiert, während du dabei bist, andere Pläne zu machen.‹ Um Pläne im weitesten Sinne geht es auch gleich in dem Buch, aus dem ich vorlesen möchte. Es ist ein unveröffentlichter Band. Geschrieben von einem liebenden Mann.« Frieda warf einen raschen Blick zu Clara. Sie hatte ihre Begrüßungsworte mit ihr abgestimmt, und Clara hatte sich dafür entschieden, im Hintergrund zu bleiben. Sie wollte nicht im Mittelpunkt stehen, wenn sie ihren Emotionen freien Lauf ließ. Aus diesem Grund hatte sie sich ursprünglich gewünscht, den Autor weiterhin geheim zu halten. Doch um Gregors Andenken zu ehren, hatte sie kurz vor der Eröffnung beschlossen, seinen Namen zu nennen.

»Meine Damen und Herren«, verkündete Frieda feierlich. »Ich habe heute die Ehre, aus dem bis vor Kurzem unentdeckten Manuskript von Gregor Müller zu lesen, dem einstigen Inhaber dieses Buchladens und, was noch wichtiger ist, Claras verstorbenem Mann.« Die Gäste blickten sich neugierig um. Frieda spürte, wie eine wachsende Aufregung um sich griff. »Das Buch heißt ›Von der kleinen Liebe, die ganz groß werden wollte‹, und es ist seiner Frau, Clara Müller, gewidmet.« Sie hörte einige leise »Ohs« und »Ahs«, dann atmete sie tief durch und begann mit dem ersten Kapitel. Sie hatte es einige Male geübt, las langsam und bemühte sich, an den richtigen Stellen Pausen zu setzen. Nach dem ersten Kapitel ließ sie die Seiten sinken und fasste grob zusammen, wie sich die Geschichte weiterentwickelte, ohne zu viel zu verraten. Dann las sie ihre Lieblingsszene vor. Es handelte sich dabei um die Seiten, auf denen Gregor mit einem guten Freund ein Restaurant besuchte und ihm von Clara vorschwärmte. Dabei verschwieg er, dass sie verlobt war, weil er sie nicht in einem schlechten Licht dastehen lassen wollte. Die Worte, die er wählte, um sie zu beschreiben, hatten Frieda tief berührt. Er schien jedes Detail in ihrem Gesicht zu kennen: die kleine Narbe unter der linken Augenbraue, die eine Sommersprosse, die größer war als alle anderen. Er nannte sie eine liebevolle Seele, die empfindsam, aber niemals schwächlich war. Schließlich gestand er seinem Freund, dass er sich in ihre Lebensfreude, ihren Humor und ihren eigensinnigen Willen verliebt habe. Auch jetzt, da sie die Szene zur Vorbereitung mehrere Male gelesen hatte, ging sie ihr unter die Haut. Ihr wurde wieder einmal bewusst, dass sie nicht glaubte, dass jemals ein Mann so über sie gesprochen, geschweige denn geschrieben hätte. Auch Jonathan nicht. Und sie fragte sich, ob sie ihn je wirklich geliebt hatte, wenn es doch vielleicht einseitig gewesen war.

Ein Räuspern ließ sie zusammenzucken. Ups, dachte sie, sie war offenbar gedanklich etwas abgeschweift. Sie lächelte. »Eine wunderbare Szene, nicht wahr?« Zustimmendes Gemurmel setzte ein. »Da es das Buch nicht zu kaufen geben wird, nehme ich nichts vorweg, wenn ich nun das Ende vorlese.« Frieda blickte in enttäuschte Gesichter. Vielleicht würde Clara sich die Veröffentlichung noch einmal überlegen, dachte sie. Das Interesse schien schließlich da zu sein.

*

Es war wieder ein Dienstag. Wir haben den Dienstag später zu unserem Lieblingstag erklärt und sogar an einem Dienstag geheiratet. Viele gute Dinge passieren an Dienstagen, wenn man erst mal darauf achtet. Es war Winter. Ein trüber Tag im Januar 1979. Die Wochen nach Weihnachten sind immer mau. Die Menschen haben schließlich schon viel Geld ausgegeben, um ihre Liebsten zu beschenken. Wer sich im Januar oder Februar in meinen Laden verirrt, will entweder nur schauen, plaudern oder im schlimmsten Fall etwas umtauschen. Entsprechend missmutig blickte ich auf, als die Türglocke erklang. Es regnete, und sie brachte eine Menge kalter, nasser Luft mit hinein. Im ersten Moment fielen mir die Pfützen auf, die sich unter ihr bildeten und die ich am liebsten aufgewischt hätte. Sie stand nur da, mit diesem ihr eigenen ent-

zückenden Grinsen im Gesicht, das immer so viel sagte. Ihr Lächeln war für mich stets wie ein offenes Buch. Oft war es voller Liebe – wenn wir uns etwas erzählten und den anderen mit jedem Wort näher kennenlernten. Mindestens genauso oft waren Lebensfreude und Vergnügen darin zu lesen. Ihr unerschütterlicher Optimismus steckte mich immer wieder an und erinnerte mich daran, dass alles möglich war. Ganz selten nur war ihr Lächeln spöttisch – vielleicht, wenn ich etwas sehr Dummes gesagt oder getan hatte. Sie neigte nie dazu, zu urteilen oder Schadenfreude zu empfinden. Nur die Inhaberin des Cafés in der Nachbarschaft konnte sie nicht ausstehen.

»Clara«, flüsterte ich und setzte mich erst langsam, dann immer schneller in Bewegung. Abrupt blieb ich vor ihr stehen, unfähig, etwas zu tun. So, als hätte ich Angst, dass sie nur eine Fata Morgana war, die zerplatzte, wenn ich sie berührte. »Du bist zurück.«

Sie lachte, und dann kamen die Tränen hinzu. »Ja, ich bin wieder hier, Gregor«, sagte sie erschöpft. Ihre Stimme zitterte leicht. Sie breitete die Arme aus, um sich in meine fallen zu lassen. Ich hob sie hoch und wirbelte sie einmal im Kreis herum. Dann ließ ich sie wieder los, stellte sie behutsam auf die Füße, um sie ganz genau zu betrachten. Ihr zartes Gesicht. Die großen braunen Augen. Ihr schlichtes Wollkostüm unter dem Regenmantel. Beides durchnässt. Ich sah, dass sie abgenommen hatte, und hoffte, dass ich ihr den Kummer, wenn er denn der Grund dafür war, schon bald nehmen könnte. Ich wagte kaum zu fragen, wie sie es zurück nach Bremen geschafft hatte. Konnte es denn so einfach sein?

Hatte die Regierung sie gehen lassen, oder war sie geflohen? War sie gar nicht erst mit in den Osten gegangen, sondern hatte ihren Vater und Hans vorausgehen lassen? Ein forschender Blick in ihr müdes Gesicht, in dem Spuren von Sorge erkennbar waren, verriet mir, dass es, egal wie, wohl nicht ganz so einfach gewesen war.

Ich konnte mein Glück kaum fassen, dass ihr die Flucht – die Ausreise aus der DDR musste doch so genannt werden –, ob erlaubt oder nicht, gelungen war und sie all die Strapazen bis auf ein paar Erschöpfungsanzeichen offenbar unbeschadet überstanden hatte. Ich hatte so viele Fragen zu ihrer Reise. Dazu, wie es ihrem Vater ging. Ich wollte wissen, ob sie allein in die BRD zurückgekehrt war – wenn sie sie überhaupt verlassen hatte – oder ob Hans sie begleitet hatte. Doch ehe all das über meine Lippen kam, verschloss Clara sie mit einem leidenschaftlichen Kuss, der zumindest die Fragen nach Hans beantwortete. Und für alles andere hatten wir jetzt Zeit genug. »Ich bin zurück«, wiederholte sie noch. »Ich bin da, wo ich hingehöre.«

*

Frieda ließ die Seiten sinken und sah ihr Publikum an. Sie blickte in glänzende Augen und bewegte Mienen. Zaghaft begannen die Gäste zu klatschen, und Frieda atmete erleichtert auf. Sie bedankte sich für die Aufmerksamkeit und ermunterte die Gäste, sich die Fotogalerie anzusehen – jetzt vielleicht mit einem anderen Blick, da sie die Geschichte dahinter kannten. Dann wünschte sie allen weiterhin einen schönen Abend und ging zu ihren Freundinnen. Gerührt drängten sie sich um Frieda, um ihr zu gratulieren. Sogar Kira standen Tränen in den Augen.

»Das war ja wunderbar«, flüsterte Hanna ergriffen und fasste sich ans Herz. »Und du hast das so toll gemacht, Frieda. Wir sind stolz auf dich!«

»Danke!« Frieda ließ sich von allen in den Arm nehmen. »Ihr glaubt gar nicht, wie aufgeregt ich war.«

»Doch«, sagte Tom, der ebenfalls näher gekommen war, um ihr zu gratulieren. »Das habe ich gesehen.« Er blinzelte ihr zu.

»Ach Quatsch«, kam es da von Marike. »Ich glaube nicht, dass die anderen Gäste es bemerkt haben. Ich fand dich sehr souverän!«

Frieda schnappte sich zwei Gläser Sekt und machte sich auf die Suche nach Clara, die in ein Gespräch mit einem älteren Herrn vertieft war. Beim Näherkommen erkannte Frieda Gert Fischer aus dem Staatsarchiv.

»Herr Fischer!«, rief sie überrascht aus. »Wie schön, dass Sie so spontan kommen konnten!« Frieda hatte ihm erst am Tag zuvor eine Mail geschickt, in der sie das Geheimnis um das Manuskript gelüftet und ihn zur Eröffnung eingeladen hatte.

»Ich habe mich sehr über Ihre Einladung gefreut, Frau Papendiek. Sehr freundlich, dass Sie an mich gedacht haben. Eine wirklich berührende Geschichte«, sagte er an Clara gewandt und verbesserte sich dann schnell: »Ich meine, für Sie ist es natürlich mehr als eine Geschichte. Es ist das Leben.«

Clara lächelte. »Das haben Sie schön gesagt.« Sie bemerkte das zweite Glas in Friedas Hand. »Lassen Sie uns anstoßen! Auf Geschichten. Und auf das Leben!«

Frieda reichte das Glas an Gert Fischer weiter und zog sich zurück.

Zögernd ging sie durch das kleine Geschäft, das nun ihres war, belauschte hier und dort die Gespräche ihrer Gäste und warf wieder einmal einen Blick auf die Fotogalerie, die ihr Vater so liebevoll zusammengestellt hatte. Als einer der Kellner ihr ein Glas Wein anbot, griff sie zu und schlich sich nach draußen. Als sie auf der Straße vor dem bonbonrosa Altbremer Haus stand, kniff sie sich unauffällig in den Unterarm. Nein, sie träumte nicht. Sie war hier, vor diesem Geschäft, mit all den Menschen, die ihr wichtig waren, und mit den neuen und alten Kunden der »Bücherwelt«. Ihrer »Bücherwelt«. Es war unglaublich. Sie nahm einen Schluck Wein und sah blinzelnd in den wolkenlosen Himmel. Es würde noch ein Weilchen dauern, bis die Dämmerung einsetzte. Sie dachte an Schweden und die hellen Nächte, die sie so geliebt hatte. Kurz kam ihr auch Jonathan in den Sinn, dem sie noch einen Korb geben musste. Das war in der Aufregung der vergangenen Woche untergegangen. Doch das hatte Zeit. Jetzt wollte sie den Augenblick genießen. Nur für sich. Stolz darauf sein, was sie geschafft hatte.

Epilog

Der September bescherte Bremen nun schon seit knapp zwei Wochen den schönsten Altweibersommer, den man sich vorstellen konnte. Friedas Wecker klingelte früh. Sie wollte vor der Arbeit noch eine Runde joggen gehen. Sie trank ein Glas Wasser, wärmte sich etwas auf und lief die Treppen hinab. Unten im Flur traf sie ihren Vater, der noch im Pyjama war.

»Guten Morgen, Papa«, rief sie gut gelaunt. »Noch im Schlafanzug? Wie kommt's?« Übermütig trippelte sie auf der Stelle.

Ihr Vater blickte verdutzt von den beiden Kaffeebechern auf, die er zurück ins Schlafzimmer balancieren wollte. »Es ist nicht mal acht Uhr«, meinte er pikiert. »Nun mach mal nicht so einen Alarm hier. Es ist noch gar nicht lange her, da musste ich dich um elf Uhr aus den Federn scheuchen.«

Frieda lachte, drückte ihrem Vater einen Schmatzer auf die Wange und rief: »Ich gehe noch laufen, ehe ich in den Laden fahre.«

»Das sehe ich. Ich bin ja nicht senil.«

Frieda hüpfte die Treppen hinunter und trat ins Freie. Sie beschloss, zur Weser und ein Stück am Ufer entlangzulaufen. Im Schatten war es noch kühl. Frieda zog die langen Ärmel über ihre Hände und joggte los. Sie lief durch den Park in Richtung Kleine Weser, überquerte die Fußgängerbrücke und wollte am nördlichen Ufer des Nebenarms zurücklaufen, als ihr eine Idee kam. So trabte sie über den Teerhof und gelangte auf die zweite Fußgängerbrücke, die sich über die Große Weser spannte. Das Sonnenlicht strahlte über den Fluss. Frieda musste die Augen zusammenkneifen, um überhaupt etwas sehen zu können. Mittig blieb sie stehen und sah hinab in die Weser, wie sie schäumte und sich kräuselte. Sie stützte sich lächelnd auf dem Geländer ab und hielt ihr Gesicht in die Sonne. Manchmal musste man einfach nur ein bisschen Vertrauen ins Schicksal haben. Es wusste schon, was es tat. Als ihr kalt wurde, sprang sie ein paarmal auf und ab und beschloss, zurückzulaufen. Da bemerkte sie einen Mann, der über die Brücke geschlurft kam. Er trug einen langen, dunklen Wollmantel, einen Hut und eine elegante Aktentasche. Seine Aufmachung passte nicht recht zu seiner Gangart. Mit hängenden Schultern lief er langsam von der Innenstadtseite zur Neustadt. Auf dem höchsten Punkt blieb er stehen. Er wandte sich nach Westen, schien einen Moment lang zu überlegen, beugte sich dann zurück und wieder nach vorn, hielt mit der rechten Hand seinen Hut fest und spuckte in hohem Bogen in die Weser. Einen Moment lang sah er nach unten, dann setzte er seinen Weg fort. Ein leises Lächeln umspielte seine Mundwinkel. Er grüßte Frieda mit einem angedeuteten Kopfnicken.